ハヤカワ文庫JA
〈JA1339〉

# 夏の王国で目覚めない

彩坂美月



早川書房
8230

# 夏の王国で目覚めない

♠架空遊戯♣

## 《架空遊戯》登場人物

羽霧泉音（うむ・いずね）…………１年前の夏に亡くなった作家。

九条茜（くじょう・あかね）………20歳。ミステリ作家志望の大学生。羽霧泉音の後輩。

高瀬浅黄（たかせ・あさぎ）………23歳。羽霧泉音の大学時代の友人。羽霧泉音に恋愛感情を持っていた。

草薙透吾（くさなぎ・とうご）……23歳。羽霧泉音の恋人。

藤森紫苑（ふじもり・しおん）……24歳。羽霧泉音の大学時代の友人。羽霧泉音の一番の理解者を自任する。

青井瑞穂（あおい・みずほ）………23歳。羽霧泉音の高校時代からの友人。

黒木高志（くろき・たかし）………25歳。フリーライター。羽霧泉音の先輩。

羽霧藍人（うむ・あいと）…………羽霧泉音の弟。

♥架空遊戯♦

# プロローグ

「月の裏側」

かわらないこころは存在すると思いますか？

（Sorry, This Site is Selected only）


「月の裏側」へようこそ。

おめでとうございます。

あなたは「選ばれた存在」です。

ここに集うことの出来た人間だけが、三島《みしま》加深《かふか》について語る権利を持つのですから。

無垢な妄想に賞賛を。

紡がれた言葉たちに祝福を。

残酷な才能の持ち主に、最大の敬意を表して。

# 管理人　ジョーカー

地球より……（ＢＢＳ）

６／１２　２３：１１　シェリング
ひょっとして私が、光栄にも最初の記入者ということになるのかな？
このサイトに来るのには少しばかり手こずらされましたよ、ジョーカーさん？
さて、ようやく入国を許されたこのサイト。
はたしてどんな謎が隠されているのか、楽しませていただくことにしましょう。

６／１３　１９：２７　モナド
「選ばれた存在」、三島加深を語る権利——本当にその通り。

うつくしいもの、特別な存在について語るには、語る側にも相応の資格が求められる。

すなわち、真に才能を理解する者としての。

三島加深の才能に魅せられた一人として、ここに意見を述べられるのを小生は嬉しく思う。

しかし、シェリング氏の書き込みはいささか不快だ。

ここは三島加深という類まれなる作家について真摯に語る場であるべきはずなのに、彼はふざけた探偵ゲームを気取って、このＢＢＳを汚そうとしているように思える。

　このような人物が最初に足を踏み入れた訪問者であるなどということは、三島加深の純粋な愛読者として、はなはだ心外である。

6／15　23：42　シェリング

おやおや、私の物云いがお気に召さない方がいらっしゃるようですね。揚げ足を取るようですが、「最初に足を踏み入れた訪問者である」という断定は成立しません。書き込みをしていないだけで、私より先にここを閲覧したユーザーがいるかもしれないでしょう？

誤解があるようなので言っておきますが、私は別段この掲示板を冒瀆しようなんて思っていないし、推理小説という畸形の文学をこよなく愛していますよ。三島加深はミステリ作家として評価しているし、それに、三島加深という人物そのものにもとても興味があるのです。

四冊という、けっして多くはない著作で一部にカルト的な人気を誇っているこの作家は、一体どういった人物なのか？

なぜ一切の経歴を非公開とし、公に姿を現すことを拒むのか？

ファンの間では、某ベストセラー作家の別名義であるという説や犯罪者説、複数の人間による合作説など様々な憶測が飛び交っていますが、真実は定かではありません。

この作家の存在そのものが、私にとって好奇心をかき立てる謎なのです。

6／17　18：56　AYASE

どうも、はじめまして。ＡＹＡＳＥと申します。

えっと、なんだかお邪魔でしたでしょうか？（汗）

ここに来られた嬉しさで、つい書き込みしてしまいました。

素敵なデザインですね、トップページの白い月が綺麗です。神秘的というか、どこか冷たく美しい、三島加深さんの作品のイメージを反映しているような気がします。

お二人の三島加深さんについての書き込みを見て、作品に対する思い入れの強さを感じ、感心してしまいました。

僕は普段、本はそれほど読まないのですが、この人の作品は女友達から薦められたのがきっかけで知り、見事にハマりました。

特に『空色眼球』が好きです。

６／１７　２３：０７　シェリング
はじめまして、ＡＹＡＳＥさん。全然お邪魔なんてことはないですよ。こちらこそどうぞよろしく。
神秘的、ですか。確かに作品からはそういう印象を受けますね。そういう謎めいたところになおさら興味を引かれます。
『空色眼球』は私も好きですよ。

6／18　19：08　モナド
やはりシェリング氏は、このBBSを汚そうとしているとしか思えない。三島加深という、崇高なる才能の持ち主を低俗な好奇心で弄び、推理ごっこの玩具にしようなどとは、まさに恥知らず、不道徳の極みというべきである。

孤高なる、残酷な才能。

その真実など、凡人がいくら考えたところで到底推し量れるものではないのである。

三島加深の作品は、すべて傑作だ。

6／19　23：37　シェリング
どうやらすっかり嫌われたようですね。
けれど物事には全て原因があり、結果があります。
――少なくとも、私はそう思います。

6／20　16：21　司
初めて書き込みします。
三島加深という作家について様々な見方があるようですが、その作品にはどれも成熟した大人の目線と、混ざり気のない子供の感性とが混在している気がします。
その危ういせめぎあいというか、アンビバレントな感性が奇妙な形で共存しているところが、三島加深という作家の魅力の一つではないでしょうか。

6／20　17：28　AYASE
成熟した大人の目線と子供の感性、ですか。なるほど。

僕も司さんと同じような感想を抱いていましたが、うまく言葉にすることが出来ずにいました。語彙が貧困でお恥ずかしい（笑）そのとおりですね！

三島加深さんの作品に苦しいほど惹きつけられているのに、いざその魅力を人に伝えようとすると、上手い表現が全然出てきません。

モット勉強シナクチャ！

6／22　19：34　ゆっぴぃ
こんにちは、はじめまして♪

初カキコです（笑）どきどき。

ここのサイトかなり好み。色使いとかキレイだし、月の写真も素敵！　センスいい。

トップページの「かわらないこころは存在すると思いますか？」って、三島加深の『かくも美しき白昼夢』の中で章の終わりごとに繰り返し出てきた言葉でしょ？

あの小説、一番好き。

かわらないこころって、絶対あるよね。

三島加深の小説ってすごくロマンチックだなあと思う。

でも「モナド」さんは、ちょっとイッちゃってるかなって感じ。資格とか権利とか、たかが小説のことで何考えてんのー？　みたいな。自分の世界に入り過ぎ？（笑）

早く新作が出ないかなあ。あ、皆さんよろしくねっ。

6／23　14：34　シェリング

いらっしゃいませ、ゆっぴぃさん。どうぞよろしく。

『かくも美しき白昼夢』は私も興味深く拝読しましたが、あなたとは作品に対する見解がいささか異なるようです。

あれは「かわらないこころは絶対ある」「ロマンチック」というような作品ではなく、むしろ三島加深の作品の中でも非常に懐疑的というか、美しい毒の部分の目立つものだったと思うのですが。

それから、トップの一文への私なりの回答としては──「人間の心が変わらないものであるならば、少なくともこの世の殺人の半分は起こりえないはずだ」と申し上げておきましょう。遺憾ながら。

6／23　19：10　ゆっぴぃ

やな感じ！　シェリングって嫌味なヤツ。絶対性格悪い。

言っておくけど、かわらないこころって絶対あるんだから！　あなたみたいな冷血漢にはわかんないんでしょうけどね‼
あなたみたいな男の彼女に同情。

6／24　19：02　モナド
ゆっぴぃ氏に、断固たる発言の撤回を求める！
たかが小説、とは許しがたい暴言だ。文学の道を志す者として聞き捨てならない！
発言の撤回を求める！

6／24　20：17　司
僕は、三島加深の作品について成熟した大人と子供の感性が混在しているように感じられると書きましたが、創作物においてそうした面があるのはさして珍しいことではないと思います。しかし、三島加深という作家の場合、それがひどく極端に見られる気がするのです。
たとえば、『かくも美しき白昼夢』で主人公の透子は、恋する青年に対して命を捨てることもいとわないほど強くひたむきな執着を抱いています。
ラストシーンで、透子は想いの象徴である白いバラを浮かべた浴槽で喉を突き、恋情に殉じるという形で自らの死を選びます。彼女の恋の死——それはつまり、彼女にとって自身の死と同一であることを意味しています。

しかしそんな主人公の心情をすくい上げるように細やかに描写してみせながらも、あくまで作品は冷徹なまでの論理性に支配され、主人公の恋をありふれた思い込みと自嘲する作者のシニカルな目線すら感じられます。

そんな相反した感性がせめぎあう作品を読んでいるうちに――これはあくまで僕の主観ですが――三島加深という作家の持つアンバランスさを感じたというか、大きな不安や偏りを内包している人物なのではないか、という印象を受けました。

上手く説明できませんが、そんな「揺らぎ」の部分に特に興味を惹かれたのです。

6／26　13：06　AYASE

こ、こんにちは。ちょっと見ない間に、なんか激しい展開になってますねー（汗）

＞ゆっぴぃさん　はじめましてですよね。どうぞよろしく。

＞司さん　大きな不安や偏りを抱えている人物、ですか。確かに、現状に完璧に満ち足りている人間が小説を書こうとはあまり思わないかも知れない。

アメリカの某ベストセラー作家が、小説を書く理由の一つとして、「死ぬのが怖いから」と答えていたことを思い出しました。いつか消えてなくなってしまうことへの恐怖が、存在していた証を残すために自分に本を書かせるんだと述べていて、クリエイターってそんなものすら原動力にしてしまうのだな、と興味深かった記憶があります。

６／２９　１９：４１　シェリング
おやおや、ゆっぴぃさん。

あなたみたいな男の彼女に同情、とはどういうことです？

あなたはこのサイト「月の裏側」の掲示板に書き込みをしている「シェリング」なる人物が男性だと頭から思い込んでいるようですが、「シェリング」が男性か女性かなんて、見たこともないのに断定することなんて出来ないでしょう？

あなたは、ネット上での書き込みを読むことによってしか「シェリング」なる人物を知らないのですから。ひょっとしたら、妙齢の美女かもしれませんよ（笑）既婚者かもしれないし、同性愛者かもしれない。

思い込みは危険ですよ。現実世界の全てにおいてね。

まあ、三島加深の毒のある作品を甘い夢物語として認識するあなたの都合のいい脳細胞は、少しばかりうらやましい気もしますが。

６／３０　１６：３５　ゆっぴぃ
Ｖシェリング　むかつく！　最低！　あなたが冷血漢だっていう根拠を云ってあげる。
そうやって屁理屈こねて人を小バカにするところ。そもそも「シェリング」なんて気取ったハンドルからして、嫌なやつ！
あたしは仮に大切な人と遠く離れたって、会えなくたって、絶対に気持ち変わったりしないもの。

かわらないこころ、あるんだから。

＞ＡＹＡＳＥさん　はじめまして！　よろしくね。ＡＹＡＳＥさんてなんかいい人そう。どっかの誰かさんとは大違い。

7／1　23：41　司
＞ＡＹＡＳＥさん　自分の存在が消えてしまうことへの恐怖。確かに、人を創作へ駆り立てるモチベーションとしてそういったものもあるのかもしれませんね。
でも、僕が三島加深の文章から感じるのは、恐怖ではなくて不安です。

7／4　18：08　蝉コロン
子供の頃に、庭のどこかに埋めたままなくしてしまったビー玉や、空き地で見つけた綺麗なセミの脱け殻。

私にとって、三島加深というのはそういう作家さんです。

透明で、どこか懐かしい。うまく言えないけど。

＞司さん　恐怖と不安の違いってなんですか？

7／4　20：18　司

蟬コロンさん、はじめまして。

ひどく簡単な言い方をしてしまえば、恐怖は対象のあるものです。

不安というのは、明確な対象がありません。

自分自身の中にあるもの、とでもいえばいいでしょうか。

7／4　20：36　AYASE
∨ゆっぴぃさん　僕、いい人そうですか？（ひとりテレる……）

日頃の真面目な勤め人ぶりが文章に出ちゃうんでしょうか、なんてね。

といっても、実は、今日で仕事を辞めてきました。

高校中退の僕ですが、大学に入って、自分の好きな勉強をとことんしてみたい、という気持ちになったんです。

前から密かに考えていたことなのですが、この掲示板で皆さんと三島加深さんについていろいろ話したりしているうちに、気持ちが固まりました。

まずは八月にある高卒認定を受験するために、頑張って勉強します。高卒認定に受かっても、志望する大学の試験とは大きなレベルの開きがあるので、何もかもがすぐに達成出来るとは思いません。それでも今は、前向きに頑張ってみたいという気持ちなのです。

……なんてえらそうなことを云っておいて、挫折したら笑ってやって下さい（笑）

そういうわけで、しばらくのあいだ僕の書き込みはより控えめなペースになってしまうかもしれませんが、皆さんのやりとりは楽しく拝見していますね！
∨蝉コロンさん　はじめまして、いらっしゃいませ。僕にとっても、三島加深は特別な作家さんです。話せる仲間が増えて嬉しいです。ヨロシク！

7/4　21：59　シェリング
∨AYASEさん　大学受験ですか。このBBSの数少ない良識人の書き込みが減ってしまうとは、少々残念ですね。おっと、失礼。
もしAYASEさんがK大を受験するご予定なら、合格した暁には私が部長を務めるK大ミステリクラブにぜひ入部して頂きたいものです。ご健闘を祈りますよ。
∨蝉コロンさん　こんばんは、はじめまして。なかなか詩的な表現をなさる方ですね。あなたが、思い込みが激しく感情的な書き込みをする方ではなさそうでホッとしています。いえ、別にどなたがそうとは申し上げませんが……。

7/5　03：16　採光ピエロ
すごいと思った。
はじめて読んだとき、心臓えぐりとられるみたいだって。すごい、濃い小説。いろんなものが詰まってて。
透明だけど、ドロッとしてる。水みたいな、血液みたいな。

なんでこんなものが書けるんだろう？　って思った。

人と話したりするのってビョーテキに苦手で。タイジンキョーフショーってやつで。だからこんなこと、誰にも言ったことないんだけど、三島加深の小説に出てくる人間って、すごく自分に似てるような気がする。

一番お気に入りなのは、『空色眼球』に出てくるタクミ。友達に変人扱いされてて、常にビデオカメラを持ち歩いて自分の美学に沿った映像（鳥の死骸とか、従兄弟の女の子の長い髪がなびくさまとか）を撮ってコレクションしてる。

彼が日曜に学校の屋上に忍び込んで、白いハンカチが風に舞いながら落ちていくのを撮影する箇所が一番印象的。あれって多分、屋上から飛び降りた菜摘への、タクミなりの弔いの方法だったんだよね。

あと、『かくも美しき白昼夢』の透子が死ぬシーンも美しくて、好き。

三島加深の小説は、めちゃくちゃ切なくて、いとおしくて、痛い。

７／５　２３：０１　モナド

ゆっぴぃ氏に、断固たる発言の撤回を求める！

発言の撤回を求める！

……

…

**8／2　23：58　シェリング**

**なかなか面白いことになってきましたね。**

**殺されるのは誰か？　犯人は誰なのか？　そして事件に隠された真相とは？**

**今からとても楽しみです。おっと、どうやら時間が来たようだ。もうすぐ日付けが変わる。**

**野暮な探偵はここでひとまず退場とさせていただきましょうか。**

**それでは皆さん、さようなら。**

**殺人現場でお目にかかりましょう。**

◇

天野《あまの》美咲は、ちらと腕時計に視線を走らせた。

八月三日　午後二時五十三分。

少し鼓動が速い。緊張しているのかもしれない。化粧室の鏡を見つめると、ややこわばった自分の顔が映っていた。

ゲーム開始まで、あと七分だ。ゆっくりと息を吐き、お気に入りのポーチから真新しい一本の口紅を取り出した。

ぎこちない手つきで丁寧に唇をなぞってみる。オレンジっぽいピンクの、綺麗な色。

自分の顔立ちには似合わないだろうと思い、つけたことがない色だったが、鏡を見ると意外に映えていた。それでも、口紅などつけ慣れていないせいか、やや唇だけ浮いて見える気がする。一瞬拭い落とそうかという気持ちがかすめたが、思い直した。

……いいんだ、どうせこれは私じゃない。別の人間なんだから。

鏡の中の、いつもとは微妙に違う表情をまとった自分を奮い立たせるように呟く。

ゲーム開始まで、あと三分。

美咲はポーチをバッグにしまいこんで化粧室を出た。途端、くらっとするような夏の日差しが降り注いだ。

街路樹が濃い緑の影を舗道に描く。ロールシャッハテストを連想させるような、不思議な形で揺れる葉陰。

この時間の駅前は人の流れもゆるやかだ。どこか倦怠に満ちた心地よさがたゆたっている。

ファーストシーンは、空木《うつぎ》駅南口の噴水前。

美咲はゆっくりとその場所に向かって歩き出した。どくん、と心臓が波打つ。

――いた。噴水が涼しげな飛沫をふきあげる傍らに、落ち着かなげに佇む複数の人の姿がある。

一度も顔を見たことがないのに、彼らに間違いないとなぜか直感でわかった。

一人、二人、三人……四人。自分を入れて、五人。

登場人物は揃った。

美咲はいったん足を止め、大きく深呼吸した。濃密な夏の匂いを含んだ空気が胸に入り込んでくる。

そのとき、駅の大時計が三時を告げるクラシックな鐘の音色を響かせた。

——さあ、ゲームスタートだ。

今から三日間、自分は「天野美咲」ではなく、「九条茜」になるのだ。

覚悟を決め、正面から彼らに近づいていった。二十代と思われる青年が三人、それから美咲と同じ高校生くらいの少女がいる。すぐに全員が美咲の存在に気がつき、一斉にこちらに視線を向けた。

それを確認してから、美咲は大きく目を見開いてみせた。

あらかじめ定められた、最初のセリフを口にする。

「これは一体、どういうことなの？」

【LOG IN】

八月一日　午後七時。

帰宅すると、リビングに守が一人で居た。

「お帰り」

ソファに座ったままこちらを見て義務的に告げると、すぐにそっけなく視線を外す。

テーブルの上に、中学の教科書やノートが広げられている。宿題をやっていたらしい。

自分の部屋でやればいいのに、変な子だと思う。

「ただいま」と短く答えて美咲が二階へ行こうとすると、守が再びぼそりと口を開いた。

「遅かったね」

「まだ七時でしょ。遅くなんかないわよ」

「あんまり寄り道しない方がいいと思うけど」

守はノートから視線を上げ、眼鏡の奥でやや皮肉っぽい表情を浮かべた。

「父さんと母さんが、心配するよ」

「わかってるわよ、そんなこと」

ムッとし、ぶっきらぼうに答える。この奇妙に大人びた態度を見せる、血のつながらない弟が苦手だ。

……何を考えているのか、よくわからない。

「ああ、そうだ。洗濯もの、一緒に取り込んであげたよ」

思い出したように、守がソファの上に畳んで置いてあった衣類を取り上げた。

「ちょ……っ！」

その手に摑まれている小花柄のキャミソールが目に入り、瞬時に顔が熱くなった。

足早に近付き、慌てて薄い布地を奪い取ると、硬い声で告げる。

「勝手に触らないで」

美咲はふいと顔をそむけ、そのまま階段を上がった。自分の部屋に入って鍵をかけたところで、ようやく肩から力が抜ける。ここだけが自分の空間だ、という気がした。

自宅の中は、どこも他人の家の匂いがする。

こめかみを軽く指でほぐし、制服を脱いで楽な格好に着がえると、おもむろに本棚から一冊の単行本を手に取った。

――三島加深著、『かくも美しき白昼夢』。

もう何度も読み返したその本を開くと、カバーの折り返しが目に入る。

本来そこに載せられるはずのプロフィールや著者近影の類は一切なく、NO IMAGE というそっけない文字だけが記載されている。

一部に熱狂的なファンを持つ、年齢も性別すらも明かさない謎の作家、三島加深。

ページに視線を落とし、ゆっくりと息を吐き出す。そう。

――思えば、この本が全ての始まりだった。

◇

三島加深という正体不明の作家に、なぜ自分が強く惹かれるものを感じたのかはわからない。いわゆるベストセラーリストに名が挙がるような作家ではない。

が、その作品は一部で熱烈な読者を獲得していた。本格ミステリとしての完成度もさることながら、繊細なあやうさに縁どられた、独特な文章。

三年前に『空色眼球』で鮮烈にデビューした三島加深は、その後立て続けに、『かくも美しき白昼夢』『終末時計』『ピリッシュノイズ』という三つの作品を出版していた。

著作のうち三冊は耽美で精緻なミステリで、最後の一冊は、ミステリとも幻想小説とも形容しがたい不思議な作品だった。四冊とも、美咲の本棚の一番目立つ場所に並んでいる。

これが現在のところ、三島加深の作品すべてだ。

一年前に『ピリッシュノイズ』が発売されたきり、何の情報も入ってこず、読者の間で新作が心待ちにされている。

初めて三島加深の本を読んだ日のことを、今でもはっきりと思いだせる。

その日、好きなアイドルの出ているドラマの原作本が欲しいと騒ぐ友人たちに付き合って、学校帰りに書店に立ち寄った。「ドラマ化決定！　今年一番泣けるラブストーリー」そんな煽り文句の書かれた派手な帯を巻かれ、友人たちが王子系と評する男性アイドルが切なげなカメラ目線で表紙に映った文庫本に、実のところさほど興味はなかった。

だから隣に置いてあるその本を見つけたのは、偶然だった。

『かくも美しき白昼夢』。

……妙なタイトルだな、と思った。本名なのかペンネームなのか、名前も少し変。

全体的に白い、摑みどころのない装丁の単行本を手に取る。何気なくページを開いたとき、冒頭の一文が視界に飛び込んできた。

――かわらないこころは存在すると思いますか？

小さな棘に指先を突かれたように、書かれた文字が自分のどこかを掠めた気がした。目に見えないくらい微かな、けれど確かに存在する疼き。ページをめくって内容を目で追いながら、しばしその場に佇む。横ではしゃぐ友人たちの会話が、耳を素通りしていった。

――一分、二分。

……しばしためらってから、美咲はその本をレジに持っていった。ハードカバーの本なんて、お気に入りの作家でなければ滅多に買わない。

それなのに、その本を欲しい、と感じた。

「美咲、『ラストストーリー』の原作買わないの？　これジュンヤがすっごい格好よくて、毎回マジ泣けるんだよぉ」

怪訝そうな顔をする友人たちに、作り笑顔で答える。

「うん、だから原作読むのは楽しみにとっておこうかなって。先の展開知らない方が、ドキドキしながら観れるでしょ？」

自宅に帰ってすぐ、『かくも美しき白昼夢』を読み始めた。

ラストシーンで、全てを失いながら主人公の透子は艶然と微笑む。

『幸福な記憶を苗床《なえどこ》にしても、私の体に花は咲かない。それならいっそ白い骨から溶け出した樹液で、琥珀のようにあなたを閉ざす。それが私の想いの──私の、全てだから』

最後のページを閉じ、息を吐き出した。ひどく喉が渇いていることに気が付き、飲み物を取りにキッチンへ行こうと立ち上がる。その、瞬間だった。

うぐ、と口元を押さえてうずくまった。その場にしゃがみこんだまま動けなくなる。めまいのような感覚に襲われ、とっさに息が出来なかった。

泣くつもりなんてまるでないのに、何かが壊れてしまったかのように、ぼろぼろと涙がこぼれ落ちる。なんだこれ、何なんだ。

毒が全身に染み込んでいくみたいに、云い知れない感情が体を巡る。もう、取り返しがつかない。そんな不穏な言葉が頭をよぎった。

口当たりのいい言葉が並ぶ、いわゆるメジャーな商品では決してない。独善的で自意識が強く、偏った、およそ一般受けしないタイプの主人公。

――なのに、どうして、こんなに伝わってくるのだろう。

ふと、好感度ランキング一位のアイドルタレントを起用したドラマの原作を思い出した。「号泣」「切ない」といった派手な宣伝文句が脳裏をよぎる。「あれ、すっごい泣いちゃったあ」クラスメイトとその時々の話題の作品を語り、そんな言葉で気安く盛り上がっていた。だけど、本当は違ってた。

あれはただ自分がフィクションで泣くことができる感受性を持っているのだと周囲にアピールして、酔っていただけだったんじゃないのか。これは違う、そんなのとは全然違う。

本を読むのは元々好きだったが、震えが来るほど作品に感じ入ったことなどなかった。フィクションの世界はあくまで扉の向こう側にあるものであり、どんなに心を奪われても、日常とは明確に隔てられるはずのものだった。……扉の隙間から、こんなふうに染み出して来るものではなかった。

――この人は知っている。私のことを全部。

――この人の言葉が、私の全てを暴いてしまった。

そのとき悟った。自分の中に、三島加深がずっと前から棲んでいたことを。

いつしか、美咲の興味は作品だけでは止まらなくなっていた。こんな小説を書くのは、一体どういう人物なのだろう？　どんなささいなことでもいい、作者のことが知りたい。

そんな思いに駆られて三島加深に関する情報を探していた美咲は、インターネット上で奇妙な発言を目にした。

それは三島加深のファンサイトでの出来事だ。チャットに参加している複数のユーザーが、思い思いに好きなシーンや台詞について語っていた。

〈やっぱり『空色眼球』がベストかな！　あれ初めて読んだときの衝撃は、ちょっと忘れられない〉

〈私は『ピリッシュノイズ』が好きです。ミステリとして回収されないし、ファンの間でも賛否分かれるけど、あの独特の手触りというか、世界観にすごく惹かれますね。あれだけ他の作品と少し違ってる感じで、その後は新刊出てないみたいですけど、作風とか迷ってらっしゃるんでしょうか〉

〈『ピリッシュノイズ』あたしも好き♪　『この風船は卵のよう。生まれなかった無数の子供たちが眠っている』って一文とか妙に頭に残るなあ。三島加深の小説って一回ハマるとつい何度も読んじゃうんだよね。なんかちょっと麻薬っぽい〉

適当に相槌を打ちながら、パソコンの画面を饒舌な文章が流れるのを眺めていた、そのときだった。

〈――ねえ、三島加深の秘密って知ってる？〉

唐突に会話の流れを断ち切るように、そんな意味深な発言が投げ込まれた。

画面に打ち出されたその台詞を目にし、美咲は首を傾げた。――三島加深の、秘密？

キーボードを打つ。

〈三島加深の秘密って、何ですか？〉

尋ねると、すぐに相手から返事が来た。

〈これ、噂なんだけど〉

――三島加深のファンサイトのどこかに、特別な隠しサイトへ通じる入口があるらしい。入口を見つけて課されるゲームにクリアし、そこに辿り着いた者は、三島加深に関する重要な秘密を知ることが出来るというのだ。

〈前にあたしの友達が隠しサイトへの入口を偶然見つけて挑戦したらしいんだけどさ、途中でゲームオーバーになっちゃったんだって〉

……嘘か本当かはわからないが、興味をそそられる話だ。好奇心から、再び尋ねた。

〈ゲームって、どんな内容ですか？〉

〈なんかいろいろ質問に答えていくゲームらしいよ。あたしの友達は五問目ではじかれたって。その後何度試しても、もう隠しサイトの入口にアクセス出来なくなったんだって〉

つまり与えられるチャンスは一度きり、というわけらしい。真偽の程はともかく、なんだか面白そうだ、と思った。

〈その隠しサイトへの入口って、どこにあるんですか？〉

〈アンタ、ずいぶん興味あるみたいだね？〉

パソコンの向こうで相手がにやりと笑ったような気がした。

〈いーよ。アンタ、マジで加深のファンみたいだから、友達から聞いたサイトのアドレス特別に教えたげる。けどこういう類の隠しサイトって、しょっちゅう場所変えたりするらしいから、今もそこにあるかはわかんないけどね〉

一拍置いて、次の発言が画面に表示された。

〈ここじゃ教えられないから、アンタのメールアドレスを教えて〉

他のユーザーが、二人のやりとりに口を挟んでくる。

〈三島加深の秘密なんて話、聞いたことない。なんかそれ、危なくないー？〉

〈勧誘とかじゃないの？〉

少し迷い、美咲はプロバイダのアドレスではなく、気まぐれに取得したきりほとんど使っていないフリーのメールアドレスを提示した。……万一トラブルがあったとしても、こちらなら簡単に破棄出来るだろう。

アドレスを確認した相手から、素早いレスポンスが返ってくる。

〈了解。だけど、気を付けた方がいいよ。隠しサイトへのアクセスに失敗した友達、そのあと行方不明になっちゃったんだ。……まあ変わった子だったから、自分の意思でどっか行っちゃったのかも知れないけどねー〉

本気とも冗談ともつかない不穏な発言を残して、相手がさっさとチャット画面からログアウトしてしまう。まるでチェシャ猫みたいな消えっぷりだ。

しばらく適当に会話を続け、他のユーザーに形ばかりの挨拶をしてから、早々に美咲もチャットを終了させた。はやる気持ちを抑えて、ウェブ上のメールボックスを開いてみる。

——あった。新着メールだ。数分前の送信日時と、見覚えのないそのアドレスを確認する。

早速メールを開こうとし、一瞬、ためらいが生じた。

もし相手が悪質な愉快犯か何かで、厄介なウイルスに感染させられたら？　ともすればこちらのパソコンの中身を相手に覗き見られてしまったり、個人的なデータを盗まれてしまうことだってあるかも知れない。……さて、どうしよう。

迷った後で、美咲は思いきってメールを開けた。

ただの悪戯や勧誘なら、こんな回りくどい方法を取る必要があったとも思えない。

それに——掻き立てられた好奇心は、今すぐにでもその隠しサイトへの入口を見つけてゲームにチャレンジすることを望んでいた。

三島加深の秘密とは、一体どういうことだろう。そこに、本人につながる何かがあるのだろうか？

無題のメールには文章は一切書かれておらず、ホームページのアドレスらしきものだけがそっけなく貼りつけてあった。アドレスはそのままリンクになっている。

小さく息を吸い込み、えいやっという感じでアドレスをクリックした。

画面が暗くなった。まばたきせずに見守ると、数秒後にリンク先にジャンプしていた。胸を高鳴らせながら、画面を見つめる。

「凍った空　うつくしい虹」という文字が画面に表示された。それを囲むように、無数の白い風船がふわふわ揺れているアニメーションが現れる。

先ほどチャットでも話題になっていた、三島加深の『ピリッシュノイズ』を連想した。作中に何度も出てくる、印象的な風船の描写。あれをイメージして作ったのかも知れない。じっと見ていると、目がちかちかしてきそうだ。

やたら凝った作りのホームページを読み進めていくうちに、これが個人的に作成されたものだということがわかった。

『八月三日、ハヤブサ書房の文学新人賞の発表。小生の「夜の亡骸」は惜しくも二次選考で落選。ゼミと就職活動で多忙な合間を縫って書き上げた意欲作だけに、失意を覚えざるを得ない』

小説家を志す男性が、自作や投稿歴をメインに載せているページらしい。自身の文学論や、読んだ本の感想なども事細かく書かれているが、彼はどうやら熱心な三島加深の愛読者のようだ。他の作家の作品については辛辣な批評ばかりが目につく中、三島加深の小説はともすれば大袈裟とも思えるくらいの賛辞をもって語られていた。

美咲は訝しい思いで画面を眺めた。全体的に滲む作り手のナルシシズムや、古めかしい物言いが気にかかるものの、一見したところ、ごく普通の個人のサイトのようだ。

隠しサイトをほのめかすような記述は、どこにも見当たらない。

このサイトのどこかに、本当に三島加深の秘密に関する特別なページなど存在するのだろうか？

画面を反転させてみたり、Tabキーを押したりと思いつくまま色々な方法を試みるが、なかなかそれらしきものは見つからない。

そもそも普段、サイトを閲覧していて隠しページの存在をほのめかす文章があっても、美咲の場合は素通りしてしまうことがほとんどだ。それは単純にさほど興味を持てるものがなかったからというのもあるが、有害コンテンツの類ではない、隠しページにする必然性を感じないようなものの場合、そこに作り手の自意識めいたものを感じてなんとなく気持ちが引いてしまうからかもしれなかった。

この手のことに詳しい守に相談してみようかという考えが頭をかすめたものの、すぐに思い直す。これは、自分のゲームだ。誰かに助けを請うのは、なんだかズルをするみたいで気が進まなかった。

……それに、求められているのは、おそらくそんな表面上の知識ではないはずだ。

親指の爪を噛む。入口はどこに隠されている……？

そこまで考え、ふと気付いた。

――そうだ。初めから、このゲームの鍵は三島加深以外にないではないか？

おそらくキーワードは、三島加深に関するものだ。

美咲はあらためて小説の感想が書き込まれた日記や、ネット上に公開されている自作小説、プロフィール紹介まで丁寧に目を通した。

いくつか怪しい箇所を見つけてチェックしてみたが、何も隠されている様子はないようだ。

時計に目をやると、パソコンを立ち上げてからかなりの時間が経っていた。ため息をつく。今日のところは、ひとまず諦めるしかないかもしれない。

そう思って何気なくトップページを眺めていたとき、ふいに視線が画面のある一点で止まった。あ、と思わず声が出る。

パソコンの中、青空を背景にゆらゆら浮かぶ無数の白い風船。

そのうち、画面の端に小さく映っているたった一つの風船だけが、他のものと異なり、全く風に揺れていない。

それはよく見ないとわからない、ごく小さな違和感だった。不思議に思いながら、動かない風船にカーソルを移動させた。

息を詰めてマウスをクリックした瞬間、コツッとくぐもったような硬い効果《サウンドエフェクト》音が響いた。風船の表面に、ひびらしきものが入る。美咲は目を瞠った。

唇から、半ば無意識に『ピリッシュノイズ』の一文がこぼれ落ちる。

「この風船は、卵のよう。生まれなかった無数の子供たちが眠っている……」

そうか、と理解する。――これは風船ではなく、卵なのだ。

何度かクリックすると、効果音と共に〝卵〟はパリンと二つに割れ、中から鍵の形をしたアイコンが現れた。恐る恐る、カーソルを鍵に近付ける。

矢印が、リンクを示す人差し指を立てた形にぱっと変化した。――見つけた！

美咲は胸の内で快哉を叫んだ。間違いない。ここが、隠しサイトへ通じる入口。

興奮を抑え、かち、とマウスをクリックした。画面が音もなく暗転する。

いよいよ目的の場所に到達だ――食い入るようにして見入ると、目の前に文字が表示された。

〈Welcome to Kafka's World〉

文字の下に、プレイヤー名とメールアドレスを入力する欄が現れる。答えなければ先に進めないようだ。少し考え、美咲は「蟬コロン」という名前を打ち込んだ。先ほど使ったフリーのアドレスではなく、メインで使っているプロバイダのアドレスを入力する。

なんとなくこちらの真剣さが試されているような気がした。身を引き締める。

ファン、という音がして、突然画面の真ん中にウィンドゥが開いた。


〈『ピリッシュノイズ』で相馬凜子たちが使っていた合言葉は？〉


美咲は驚いて息を吞んだ。相馬凜子、というのは三島加深の小説『ピリッシュノイズ』の主人公だ。

とっさに本を確認しようと腰を上げかけたが、画面を見直してハッと立ち上がるのをやめた。

ウィンドゥの隅で、20、19、18、と逆カウントが始まったのだ。

どうやら制限時間は二十秒、ということらしい。本棚まで行ってページをめくり、悠長に調べている余裕などない。うろたえ、ぎゅっと目を閉じた。落ちついて！

数字は無情に減っていく。13、12、11……。

目を開け、キーボードに指を乗せた。問いの下の空白のボックスに、思い出した答えを入力していく。5、4、3、2……。

〈『ピリッシュノイズ』で相馬凜子たちが使っていた合言葉は？　――MURDER〉

タイムオーバーぎりぎりでEnterキーを押すと、再びファン、という音と共にウィンドゥが開いた。反射的に肩が跳ねる。

〈『かくも美しき白昼夢』で、葉村透子が死ぬ際に胸に抱いていた花は？〉
20、19、18、17、16……。美咲は焦りながらも、ゆっくり的確に答えを打ち込んだ。一つでも間違えたら、その時点でもうゲームオーバーになってしまうだろうという予感があった。
〈White Rose〉

打ち終わると、すぐにまた次のウィンドゥが開く。唸りながら集中して画面を睨む。地上から遥か高い場所で綱渡りでもしている気分だ。

何度も読み込んだ作品の内容を思い返しながら、美咲はなんとか質問に正しい答えを返し続けた。冷や汗をかきながら二十問ほど回答したところで、その質問が来た。

〈『終末時計』で立花光希の脳裏に浮かぶ空想上の砂時計。その砂の計る時間は？〉

はたと動きが止まった。確か……五分か三分だったような気がする。

どちらだったろう？

本を取ってきて確認しようかと逡巡する。13、12、11……。ダメだ、間に合わない。

美咲は唇を噛み締めた。9、8、7……。

いちかばちかだ。動揺にもつれそうになる指で、キーを叩く。

〈Three〉

息を止めて見守ると、残り二秒というところでカウントが静止した。

そのまま、しんと画面が沈黙する。まさか……入力した答えが間違っていたのか？

緊張して見つめる美咲の前で、開いていた全てのウィンドゥが消えた。ゆっくりと、画面が変貌する。

やがて現れた言葉に、ぎくりとした。

『あなたは、特設ステージに入りました。ここから先はチャット形式で回答して頂きます』

チャット形式？　訝しく思って眉を寄せると、文章が消え、画面に立体的な通路が現れた。

3D映像だ。マウスを前後に動かすと、それに合わせて画面も前に進んだり、後ろに下がったりする。

天井はなく、夜空に作り物じみた白い三日月が浮かんでいた。通路の奥に長い階段がある。

緊張しながらマウスを操作して進むと、画面が規則的に小さな上下を繰り返し、階段を下りる動きを再現した。

両側の壁は地層のようにいくつも土色の層が重なっており、その中に動植物の化石と思われる白いものが散らばっている。よく出来ているな、といささか間の抜けた感想を抱いた。

やがて目の前に現れた重々しい扉をクリックすると、ギィッときしんだ効果音と共に扉が開かれた。無意識に背筋を伸ばす。

チェス盤を連想させる白と黒の部屋に、トランプの兵士が立っていた。手足の生えたカードの表面に描かれているのは、にやにや笑いを浮かべたジョーカーだ。美咲は息を詰めた。これはアバターと呼ばれる、ネット上の分身だ。誰かがパソコンの向こうで操作しているキャラクター。

画面下の会話ボックスに、うすら笑いを浮かべたトランプのアバターの発言が打ち込まれた。

(ジョーカー) ようこそ、蟬コロンさん。

不気味な笑みに、無性に落ち着かない気分になった。画面を通り越して、パソコンに向かっている美咲自身が凝視されているような錯覚に襲われる。

挨拶を返そうとしたとき、会話ボックスに次の台詞が現れた。

(ジョーカー) あなたには大切なものがありますか?

……てっきり三島加深の作品について尋ねられるのだろうとばかり思っていたため、予想外の質問にふいをつかれた。困惑して画面を見つめる。

大切なもの? 急に、何を云い出すのだろう。

深く考える前に、ふっと家族の顔が浮かんだ。幼い頃の美咲と、両脇を歩く幸せそうな両親。

迷うことなく答える。

（蝉コロン）あります。

間があった。次の質問が、投げかけられた。

（ジョーカー）大切なものを失ったらどうしますか？

反射的に指が止まった。脳裏で、両親の面影がまるでインクが滲んだように消えていく。唇を噛み、自分を立て直すように、美咲は強くキーを打った。

（蝉コロン）わかりません。失ったことがないから。

こんな答え方をして失格になるかも知れない、という考えがちらと頭をかすめたが、それよりも妙に胸がざわついた。この人は、なぜこんな質問をするのだろう？

美咲の言葉を吟味するかのように、またしばらく間が空いた。再び、問いが発せられる。

（ジョーカー）かわらないこころは存在すると思いますか？

その質問に、今度こそ身を硬くした。——それは自分が惹かれ、手に取った三島加深の小説の一文だった。

画面の向こうにいる相手に、心の中を読み取られたような気がした。文字を睨みつけ、こわばった指を、ゆっくりと動かす。

（蝉コロン）存在すると思います。

相手が沈黙した。画面の向こうで何を考えているのだろうと不安になるくらい長い時間の後、ふいにジョーカーの輪郭がかすれ始めた。その姿はじりじりと薄れ、霞のように消えていく。思わず動揺した。待って、と口にした途端、ジョーカーの後ろに古めかしい扉が現れた。

美咲の前で、扉がもったいぶるようにゆっくりと開かれる。パソコンから、澄んだピアノのメロディが流れ出した。美咲も知っている有名な曲――《Ｏｖｅｒ Ｔｈｅ Ｒａｉｎｂｏｗ》の柔らかな旋律が耳をくすぐる。虹の向こう、ここではないどこかについて想いをはせる、センチメンタルな歌詞が思い浮かぶ。

――音楽が消え、画面が白くなった。直後に浮かび上がった文字に、目を瞠《みは》る。


**「月の裏側」**

**かわらないこころは存在すると思いますか？**

**（Ｓｏｒｒｙ，Ｔｈｉｓ Ｓｉｔｅ ｉｓ Ｓｅｌｅｃｔｅｄ ｏｎｌｙ）**


**「月の裏側」へようこそ。**

**おめでとうございます。**

**あなたは「選ばれた存在」です。**

**ここに集うことの出来た人間だけが、三島加深について語る権利を持つのですから。**

**無垢な妄想に賞賛を。**

**紡がれた言葉たちに祝福を。**

**残酷な才能の持ち主に、最大の敬意を表して。**

**管理人　ジョーカー**

トップページに、青白く冴えた光を放つ月の写真が載っていた。

確かめるようにまじまじと眺め、口元がほころぶ。間違いない。

自分はゲームをクリアしたのだ！　美咲は浮き立った気持ちで、さっそく辿り着いたばかりのWebページを探検し始めた。

サイト自体は三島加深の著作リストと掲示板という、二つのコンテンツで構成されているシンプルな作りだ。ざっと閲覧して、どうやら怪しい類のサイトではないようだと判断する。

三島加深について語ろうという、いたってまっとうな趣旨のものらしい。

ホッとしたような、やや肩透かしをくったような気分になり、苦笑した。

三島加深の秘密うんぬんというセリフは、おそらく興味を引くための煽り文句だったのだろう。冷やかしや荒らしを防ぐための、念の入った訪問者選びということか。

**6／12　23：11　シェリング**
**ひょっとして私が、光栄にも最初の記入者ということになるのかな？**
**このサイトに来るには少しばかり手こずらされましたよ、ジョーカーさん？**
**さて、ようやく入国を許されたこのサイト。**
**はたしてどんな謎が隠されているのか、楽しませていただくことにしましょう。**

書き込みを読み進めていくうちに、次第に興味を掻き立てられてきた。

回りに三島加深のことを話せる相手などいないし、好きな作家について熱っぽく語られているのを見るのは、なんだかわくわくする。

それにこのサイトにいるということは、つまり同じようにジョーカーのテストをクリアして来たということだ。トップページの「選ばれた者たち」という言葉ではないが、妙な仲間意識を感じてしまう。

特に「司」というハンドルネームのユーザーの書き込みには、へえ、と思うところがあった。三島加深の魅力について巧みに表現してみせながら、それを押し付けたり、ひけらかしたりしない聡明さみたいなものが感じられる。

眺めているうちに、うずうずしてきた。

――書き込みがしたい！

レスポンスが返されなくても、自分もここまで辿り着いたのだという足跡を残してみたい。

しかし、三島加深の何を話せばいいのだろう？

〈モナド〉のようにやみくもに神聖視するのは何か違う気がするし、かといって、〈司〉みたいに冷静に分析してみせることも出来そうにない。

少し考え、緊張気味に指を動かした。

7／4　18：08　蟬コロン
子供の頃に、庭のどこかに埋めたままなくしてしまったビー玉や、空き地で見つけた綺麗なセミの脱け殻。

私にとって、三島加深というのはそういう作家さんです。

透明で、どこか懐かしい。うまく言えないけど。

∨司さん　恐怖と不安の違いってなんですか？


Enterキーを押すと、はぁ、と詰めていた息を吐く。

パソコンの電源を落とし、夜になってから再びおそるおそる掲示板をのぞいてみた。すると。

7／4　20：18　司
蟬コロンさん、はじめまして。
ひどく簡単な言い方をしてしまえば、恐怖は対象のあるものです。
不安というのは、明確な対象がありません。
自分自身の中にあるもの、とでもいえばいいでしょうか。

7／4　20：36　AYASE

∨ゆっぴぃさん　僕、いい人そうですか？（ひとりテレる……）

日頃の真面目な勤め人ぶりが文章に出ちゃうんでしょうか、なんてね。

といっても、実は、今日で仕事を辞めてきました。

高校中退の僕ですが、大学に入って、自分の好きな勉強をとことんしてみたい、という気持ちになったんです。

前から密かに考えていたことなのですが、この掲示板で皆さんと三島加深さんについていろいろ話したりしているうちに、気持ちが固まりました。

まずは八月にある高卒認定を受験するために、頑張って勉強します。高卒認定に受かっても、志望する大学の試験とは大きなレベルの開きがあるので、何もかもがすぐに達成出来るとは思いません。それでも今は、前向きに頑張ってみたいという気持ちなのです。

……なんてえらそうなことを云っておいて、挫折したら笑ってやって下さい（笑）

そういうわけで、しばらくのあいだ僕の書き込みはより控えめなペースになってしまうかもしれませんが、皆さんのやりとりは楽しく拝見していますね！

∨蝉コロンさん　はじめまして、いらっしゃいませ。僕にとっても、三島加深は特別な作家さんです。話せる仲間が増えて嬉しいです。ヨロシク！

7／4　21：59　シェリング
∨AYASEさん　大学受験ですか。このBBSの数少ない良識人の書き込みが減ってしまうとは、少々残念ですね。おっと、失礼。

もしＡＹＡＳＥさんがＫ大を受験するご予定なら、合格した暁には私が部長を務めるＫ大ミステリクラブにぜひ入部していただきたいものです。ご健闘を祈りますよ。

∨蝉コロンさん　こんばんは、はじめまして。なかなか詩的な表現をなさる方ですね。

あなたが、思い込みが激しく感情的な書き込みをする方ではなさそうでホッとしています。

いえ、別にどなたがそうとは申し上げませんが……。


思いがけず書き込まれていた好意的なレスポンスに、嬉しくなった。

それからほぼ毎日、このサイトに訪れるのが美咲の日課となった。限定されたメンバーによって会話はさまざまな方向に広がり、しかしその核にいるのは常に三島加深という、正体不明の作家だった。

「月の裏側」にアクセスし始めて、一カ月ほど経った頃だろうか？

サーバーから受信した一通のメールを、美咲は不審な思いで見つめた。

『（件名）架空遊戯に参加しませんか？
（差出人）ジョーカー
（送信日時）七月二十七日　ＡＭ二時二十八分
（本文）いかがお過ごしでしょうか？

「月の裏側」管理人のジョーカーです。

突然ですが、架空遊戯に参加してみませんか？

架空遊戯とは、あらかじめ設定された状況下において与えられた役柄を演じるという、いわゆるロールプレイングです。

その状況の中で、ある事件が起こります。事件とは、MURDER——殺人です。皆さんの目の前で、架空の殺人劇が展開するのです。

しかし、ただの殺人劇ではありません。

この殺人劇を演じるのは「月の裏側」で交流しているユーザー、つまり、あなた方自身なのです。

来たる八月三日の午後三時、皆さんが集合次第、ゲームは開始されます。

演じるキャラクター設定は、それぞれメールの最後に記載してあります。あなた方は、実際にその人物になりきって、この殺人劇に参加しなくてはいけません。

ここで、架空遊戯について詳しくご説明致しましょう。

ゲームの期間は三日間。

八月三日の午後三時に空木駅の南口噴水前でスタートし、八月五日の午後三時に終了します。

皆さんはその三日間の間、行動を共にし、与えられた役柄を演じることになります。

七人のうち、たった一人、犯人役がいます。

参加者は自らの役を演じながら、事件の真相と犯人役を推理するのです。

さて、ゲームの中で大きな役割を担うのが「コマンド」です。

ゲーム中、それぞれに行動を指示する「コマンド」が、それとわかる方法で渡されます。

あなた方は必ず「コマンド」に書かれた通りに行動しなければなりません。

この殺人劇において、あなた方は事件の当事者であり、探偵役であり、被害者であると共に犯人にもなりうるのです。

では、架空遊戯における最も重要な三つのルールについてお話ししましょう。

1　決して自分の本当の名前を明かしてはいけない。
　素性や連絡先、ハンドルネームを名乗ることも不可。
2　参加者は携帯電話やパソコン等の通信機器を持参してはいけない。
　ゲームの期間中は知人に連絡をとることは一切禁止とする。
3　「コマンド」には必ず従うこと。他プレイヤーのアイテムを奪ったり、無断で使用するなどの妨害行為を禁止する。

以上のルールに違反した場合、違反者には罰が課せられ、その場でゲーム失格となります。

事件の真相を見抜き、犯人役を推理した者がゲームの勝者です。

探偵役のどなたも犯人を当てることが出来なかった場合は、犯人役の勝ちとさせていただきます。


ここまで読んで、皆さんはある疑問を抱いていることでしょう。

何故、このような大掛かりなゲームを行おうというのか？

ゲームに参加することにどんな意味があるのか？


今、私の手元には原稿があります。

――世間に発表されていない、三島加深の小説です。

皆さんにだけは、お教え致しましょう。

作家の三島加深はある事情から、もう小説を書かないことを決意したのです。

今後、世間に作品を発表することは二度とないでしょう。

私は最後に執筆した作品を本人より入手しました。

タイトルは、『月のソナチネ』。

それを読んだ私は大きな衝撃を受けました。

その小説は三島加深の魅力が十分に活かされた、これまで出版されたものと同様に、いいえ、それ以上に素晴らしいものだったのです。

作品を託された私はさんざん悩んだ挙句、これをどうすべきかを思いつきました。最後の作品。それは作家、三島加深をこよなく愛し、理解する聡明な読者にこそ託すべきではないかと。

それをどうするかは、手にした人間次第です。

そこで、私は様々なやり方で、条件に符合すると思われる三島加深の愛読者を選び抜きました。それが、「月の裏側」に辿り着いた皆さんというわけです——もうおわかりですね？

架空遊戯に参加し、見事ゲームをクリアした方が、三島加深の未発表作品『月のソナチネ』を手に入れることが出来るのです。


参加、不参加はメールでお知らせください。

既に第一のコマンドはこのメールに添付されてあります。

参加希望の方のみ目を通し、そうでない方は破棄して頂いて結構です。

尚、Webサイト「月の裏側」は八月三日に閉鎖されます。

事前の打ち合せや不正行為を防ぐためにも、掲示板には架空遊戯に関する書き込みはご遠慮ください。

あなたがゲームに参加し、望む結末を得られることを願っております』

口元に手を押し当てた。

興奮に、鼓動が激しく鳴っている。乾いた唇を舐める。

三島加深の、未発表作品……？

それが最初にジョーカーがほのめかしていた、三島加深に関する秘密なのだろうか。

世間にその存在すら公表されていない、三島加深の最後の作品が、自分だけのものになる
——？

「嘘でしょ……」

半ば呆然としながら、画面をスクロールした。そこには、美咲の全く知らない架空の人物についての描写が綴られていた。


九条茜《くじょうあかね》、二十歳。

ミステリ作家志望の大学生。一年前の夏に亡くなった作家、羽霧泉音《うむいずね》のいた文芸サークルの後輩。泉音に憧れ尊敬しているが、その一方で彼女に嫉妬している。

人当たりはいいが、芯が強く情熱的。羽霧泉音の亡くなった日は彼女の別荘に招かれていたため、容疑者の一人とされている。

◇

椅子に座ったまま、もう何度読み返したかわからないメールをじっと眺める。結論は未だ出てこない。

――架空遊戯。

昨今のミステリブームで、そうした類のイベントがあるらしいということは知っていた。ホテルや旅行会社などが主催する、ミステリツアーにミステリナイト。

例えば、ツアーの参加者が宿泊したホテルで殺人事件が演じられる。参加者は物語の登場人物になった気分で真相を推理し、見事に謎を解いた者が名探偵の称号を得る、というような手の込んだお遊びだ。

正直云って、興味はある。こんな展開に好奇心が掻き立てられないはずがない。

だけど、もし危険な目に遭ったら……？

ネット上で交流しているとはいえ、顔も知らない、全くの他人に会いに出かけていくというのは、やはり少なからず不安がある。

考えてみれば、ジョーカーという人物について自分は何も知らない。ホームページでは通常、管理人の簡単な自己紹介が載っていたり、管理人が自ら掲示板にまめに書き込みを行ったりしている場合が多いようだが、「月の裏側」でジョーカーが自身のことについて触れている部分は一切ないし、掲示板に現れたこともたぶん一度もないはずだ。

そもそもジョーカーは、一体どうして三島加深の作品を手に入れることが出来たのだろう？　そんなものが本当に存在するのだろうか？　考え出せば、きりがない。

それに、と美咲は小さくため息をついた。

家族になんて説明する？　夏休みとはいえ、部活にも入っていない、未成年の自分が突然三日も家を空けるというのは、どう考えても不審に思われるだろう。

かといって、父親には本当のことなど到底云えそうにない。

……やはりあきらめるしかない、か。未練がましく画面を見つめ、断りのメールを作成すべくキーボードに指を乗せた。と、「美咲ちゃん、ちょっと下りてきてくれるー？」と階下から柔らかい女性の声が飛んできた。

仕方なく、メールは後回しにすることにしてパソコンをシャットダウンする。一階に下りると、帰宅した父母と、守がダイニングキッチンにいた。

「二人とも帰ってたんだ？　お帰り」

そう声をかけると、今しがた美咲を呼んだ未和子が「美咲ちゃん」と明るい眼差しを向けてくる。

ゆるやかなパーマをかけた髪を一つにまとめ、エプロン姿でにこにこしている未和子は、全体が曲線で出来ているような女性だ。やんわりとしていて、角がない。

アーモンド形の目だけが、不思議なくらい美咲と相似している。未和子と買い物に行ったとき、偶然会ったクラスメイトが二人を見比べて、「天野さんって、お母さん似なんだねー」と感慨深げに口にしたくらいだ。胸の内でぼそりと呟く。

……義理のハハオヤ、なんだけど。

父が未和子と再婚したのは、半年前のことだ。

父は、伴侶を亡くして女手一つで守を育ててきた未和子と恋仲になり、一年間の交際を経て、一つの家族になることを決意した。いわゆる子連れ再婚、である。

「ねえ、見て」

未和子が笑顔でテーブルの上を指差した。そこにはエンゼル型の白い容器が載せられている。大きな花を連想させる、よくある形状のお菓子の型だ。

「美咲ちゃん、苺のババロアが好きなんですって？　お父さんに聞いてね、今日お昼休みに家に戻ったときに急いで作ってみたの。うー、ちゃんと固まってるかなあ……」

云いながらやや不安そうな面持ちで容器をひっくり返し、蓋を開けにかかる。

守が未和子に疑り深い目を向けた。

「大丈夫なの？　母さん、結構そそっかしいからね」

「失礼なこと云うんじゃないわよ、何年栄養士やってると思ってるのよ」

「スイカゼリーとかいう恐ろしくまずい失敗作を人に食わせたのは誰だよ。今だから云うけど、あれは人間の食べるものじゃなかったよ」

「それはずっと昔の話でしょ！　……ほおら、成功ー」

未和子が得意げに、つややかな桜色の物体を容器ごと傾けて皆に見せる。

「おいおい、そんなに斜めにすると食う前に落っこちるぞ」と父が苦笑した。

「やあねえ、そんな失敗しないわよ。心配性なんだから」

和やかに笑い合う彼らの様子を眺めているうちに、落ち着かない気分が襲ってきた。みぞおちのあたりがずんと重くなるような、奇妙な感覚。

まるで、自分だけが台詞を知らないまま舞台に上がってしまったまぬけな役者みたいだ。

半分にスライスしてある苺が底の部分に整然と並べられたババロアに、普段あまり甘いものを食さない父親も目を細めた。

「お、こりゃ美味しそうだ。なあ、美咲」

快活に声をかけられ、一瞬遅れて「うん、そうだね」と美咲はにこりと笑みを形作った。

「じゃあ、心配性な誰かさんの血圧が上がったりしないうちに、切り分けちゃいましょうか。守、そこに出してあるお皿このへんに並べてくれる？」

「ん、わかった」

守が立ち上がり、慣れた手つきでガラス皿をテーブルの上に並べ始める。何気なく守の手元を見やり、どきりとした。

ブーゲンビリアの花が描かれたそのガラス皿のセットは、美咲の実の母が気に入っていたものだ。上品だがありふれていないデザインをとても好み、大切にしていて、特別なときだけ使用していた。

「……なんで使うの？」

考える前に、そんな言葉が口から発せられていた。

え、と未和子が驚いたような声を出す。美咲の視線の先にあるものに気が付いて、みるまにうろたえた表情になった。

「これ……大切なものだった？　あの、ごめんなさいね。知らなくて、勝手に出しちゃったの」

未和子の反応に、動揺してうつむいた。しまった、別にそんな顔をさせるつもりで云ったんじゃない。気まずい思いで視線を反らす。

「別に、いいけど」

その様子がふてくされているように見えたのだろう。父が苦々しげに口を開いた。

「美咲、お前、せっかく作ってくれたのにその喋り方は何なんだ？」

「いやあね違うのよ、私が無神経なことしちゃったのがいけないんだから」

慌てて未和子が間に入った。少しも大したことではないのだというように軽い口調で云い、微笑んでみせる。

「ほんと気が回らなくてごめんね、美咲ちゃん」

「未和子」

父がそんな彼女に気遣わしげな視線を向ける。ぴく、と美咲の肩に力がこもった。

守は不思議そうにこちらを凝視している。美咲の子供っぽい態度に呆れているのかもしれない。いたたまれない空気に耐えかねて、口を開こうとしたとき。

「――いいんじゃないの、別に」

ふいに、守が呟いた。怪訝そうな口調で云い、困ったように小首を傾げる。

「あるんだから、普通に使ったらいいんじゃないの？　母さんも、なんでいちいち気を使ってるの」

守の手が無造作にガラス皿の縁を摑むのを目にし、反射的に頰がこわばった。

「ちょっと、やめて」

美咲の言葉に、守がわざとらしく眉をひそめる。

「なんで使っちゃダメなの？　理由を教えてよ、姉さん」

すました目つきに、神経がささくれ立った。美咲が嫌がることを意図しての言動に見えた。苛立ち、手を伸ばす。

「返して！」

思わずカッとなり、守の左肩あたりを乱暴に押した。

突き飛ばしたわけではないけれど、運悪く体勢を崩した守が壁に頭をぶつける。その手からガラス皿が滑り落ち、音を立てて床の上で砕けた。

「痛……っ」

守が顔をしかめて鼻の辺りを押さえた。その指の間から、つうっと赤いものが伝う。

美咲は茫然と立ちすくんだ。履いている淡いベージュのスリッパの上に、さっきまで大切にしまい込まれていた薄いガラス皿の破片が飛んでいた。

どうしていいかわからず、ぎゅっと手のひらを握りしめた。衝動のまま身をひるがえす。

「美咲！」

父の声がキッチンから追いかけてきたが、足を止めることなく階段を駆け上がった。ただこの場から逃げたかった。自分の部屋に戻って鏡を見た瞬間、苦い思いがせり上がってきた。呪文のように繰り返す。大丈夫、大丈夫、大丈夫。

ふざけ合える友達がいる。容姿も成績も、他人からけなされる類のものじゃない。大丈夫、自分は上手くやっている。

――だけど家の中に一歩入った途端、思うように演じられなくなるのはなぜだろう？

苺のババロアが好きなのは、母との思い出があるからだ。桜が美しく咲く季節に生まれたから「美咲」と名付けたのだと笑い、「美咲のお菓子」と云って、誕生日にはレモンと砂糖で漬けた桜の花びらの載ったそのピンク色のババロアを作ってくれた。いちごばばろあ、という響きが妙におかしくて、幼い頃はよく母に作ってとねだったものだ。

父はそれを知っているはずなのに、口にしない。

そのことに限らず、父は未和子たちの前では美咲と母の三人で過ごした出来事についてほとんど触れようとしない。まるで、初めからなかったみたいに。

父が未和子の名前を呼ぶ。それだけで、じわりと不快な気持が広がっていく。

彼らと家族の団欒を演じるとき、子供の頃に父がお土産に買ってきた外国のクッキーを連想した。華やかに装飾され、夢のように愛らしい見た目をしたクッキーは、食べると妙に粉っぽさが口の中に残った。あのざらりとした舌触りと、違和感。

返して、そう云って守を突き飛ばした。自分は何を返してほしいのだろう。

現実から逃げるように、パソコンのスイッチを入れた。メールソフトを起動させ、ジョーカーからのメールを再び開く。

そらで暗唱できるくらい、幾度も読み返した文章。およそ差出人の匂いというものを感じさせない、キーボードで打ち出されたそっけない文字が羅列されている。

「架空、遊戯……」

ぼんやりと呟いたとき、ふいにドアがノックされた。

「入ってもいい？」

ドアの外から、遠慮がちに未和子の声がかけられる。ジョーカーからのメールを眺めていた美咲は、思わず椅子から飛び上がりそうになった。

ドアとパソコンの画面を慌てて見比べ、急いでマウスを動かしメールを閉じようとする。

動揺のため返事が遅れたのを、拒絶と受け取ったのだろう。

ドアの向こうで、未和子が微かに落胆する気配を感じた。

「晩御飯、お父さんと気まずいだろうと思って持ってきたの。ここに置いておくから、ちゃんと御飯は食べてね？」

さりげない口調を繕ってそんな言葉を発した後、盆を床に置いたらしい小さな音がした。

未和子が階段を下りていったのを確認してから、美咲はそっとドアを開けた。

夕食の載った盆を手に、机に戻る。おにぎりの載った皿と、鶏肉と里芋のうま煮、キュウリとワカメの酢の物が入った小鉢と一緒に、盆の隅に苺のババロアが控えめに鎮座していた。

使われているのはいつもの、オフホワイトのシックなケーキ皿だ。

後ろめたいような気分になりながらおにぎりを口に運ぶと、中から甘じょっぱく煮た鶏のそぼろが現れた。微かにしょうがの香りがする。

そういえば昔から近所に住んでいた未和子は、地区行事のたびに、守が好きなこのそぼろのおにぎりを作っていた。

町内対抗の運動会で、当時小学生だった美咲がリレーのアンカーになったとき、まだ幼かった守は手をぐるぐる振り回しながら顔を真っ赤にして声援を送っていた。一番にゴールに飛び込んだ美咲を興奮した面持ちで見つめ、「美咲ちゃん、すげー！　格好いい」と叫ぶ。今では想像もつかないが、当時の守は美咲になついていて、よく後をくっついてきたものだ。

「美咲ちゃんがほんとのお姉ちゃんだったらよかったのにな」

帰らなければならない時間になると、守はいつもさみしげな面持ちで呟いた。

「そしたら帰らなくていいし、ずっと一緒に遊べるのに」

しょんぼりうつむく守を、美咲はこう云って励ました。

「おうちが近いんだから、いつだって遊べるでしょ？　それに血がつながってなくても、いつでも美咲が守のお姉ちゃんになってあげるからね」

つないだ手を心底嬉しそうに握り返してくる守がいとおしかった。

本当に姉弟となった今、気付いたことがある。

……結局のところ、自分は守のことを、「片親の可哀想な子」とどこか憐れみの目で見ていたのではないか。

なんだか急に食欲が失せ、美咲は手に取ったスプーンをそのまま盆に戻した。

重苦しい感情がもやもやと胸の内に広がって、ババロアに手をつける気分にはなれなかった。もどかしい苛立ちと、自己嫌悪。未和子の料理は、なんだか不思議と手作りの味がしないように感じた。栄養士という仕事ゆえの、これも一種の職業病とでもいうのだろうか。

BGM代わりにパソコンで流していたサスペンス映画を、ぼうっと目で追う。

真っ暗な山中、男女が共謀して殺した女の死体を土に埋める。

『この女がいる限り、あなたと一緒になれないんですもの。大丈夫、絶対見つからないわ。あとは時効まで逃げ切れば――』

未和子のことは嫌いじゃない。だけど、どうしても訊いてみたいことがある。

――あなたは私の母がいなくなる前から、父を想っていたんですか。

……母が突然消えたあの日から、もう三年が経つ。

食事を終えると、お茶が欲しくなった。美咲は静かに一階へ下りた。無人のキッチンにホッとしながら食器を片付け、ラップをかけたババロアを冷蔵庫へしまってから麦茶をコップに注ぐ。守はあの後どうしただろうと思ったが、すぐに考えるのを止めた。知らない。血のつながらない、扱いにくい弟のことなど気にしても仕方がない。

再婚が決まり、一緒に住むことが決まったとき、美咲は守に尋ねてみたことがある。

親が再婚するのをどう思う？　という美咲の問いに、守は軽く肩をすくめ、こちらが拍子抜けするほどあっさりと答えてみせた。

「別に、親の再婚に泣いて反対するほど子供じゃないしね。母さんには母さんの生き方があるだろうし。それに君のお父さん、公務員だろ。僕、大学に進学するつもりだから、安定した家庭環境や経済基盤があるに越したことないし」

この家に未和子たちが引っ越してくるのを手伝ったとき以来、美咲は守の部屋に入ったことがない。特に部屋に行く用がなかったということもあるが、守自身が、自分の部屋よりも居間にいることの方が多いのだった。

麦茶を持って部屋に戻ると、開いたままのメール画面が目についた。

……そういえば以前、「司」から「蝉コロン」宛にメールが届いたことがあったと、ふと思い出す。

メンバー同士は基本的にホームページの掲示板で交流していたため、個人的なメールが来るなんて珍しいな、と思った記憶がある。

司からのメールは、特別な用件ではなかった。ハンドルネームの由来は何ですか、差し支えなければ教えてください、というような内容。

特に深い意味はありません、と答えた。

『英語の授業で、二つの文章をつなぐ接続詞の意味合いがある記号 semicolon を、変に聞き違えて連想しただけです。コンマでもなくて、ピリオドでもない、その中間的な位置にあるっていうのが、ちょっと今の自分の心境とかぶるかなって』

翌日、返信が来た。

『どうしてそう思うんですか？』

余分な感情を差し挟まない短い文面が、なんだか逆にこちらの警戒心を緩めた。

美咲は少し考え、キーボードを叩いた。

『三年前の夏に、母が突然いなくなったんです』

顔も知らない相手に、なぜそのときそんなことを書いてしまったのかはわからない。

もしかしたら、本当は誰かに聞いて欲しかったのかも知れない。

『父は別の人と再婚しました。時々、思うんです。もしかしたら父は、再婚相手の女の人と共謀して、母を殺したんじゃないかって。私の母はきっと、今頃どこかの山奥で土の下に埋められているのかも知れません』

そこまで書いて苦笑いした。まるで安っぽいドラマのシナリオだ。

『前に進むことも、かといって、後ろを振り返って事実と向き合うことも出来ない。中途半端で、臆病です。三島加深さんの作品で、何かが壊れるときの音をピリッシュノイズって云いますよね。私にとってのそれは、セミの鳴く音です。大音量で鳴くセミの声を聞くと、母がいなくなった日のことを思い出すんです。何かが終わるような、そんな気持ちになるんです』

変な話をしてごめんなさい、忘れて下さい。

長くなったメールの最後を、そう締めくくった。

『そういう司さんのハンドルネームの由来は何ですか?』

やがて、返事が来た。

『変わったハンドルだから、なんとなく気になってたんです。こちらこそ不躾《ぶしつけ》な質問をしてすみません。聞かせてくれて、ありがとうございます』

飾らないシンプルな文章。

『ちなみに僕のハンドルネームは、面白みもなく本名からとっただけです(笑)』

――架空遊戯。ここにいる天野美咲とは違う、別の自分。

机に向かい、じっと画面を凝視する。

身動きすらしないまま、一分が過ぎた。二分……三分……。

やがてゆっくりと、美咲はキーボードに指を乗せた。自らの意思を確認するように、一文字一文字、わざと大きな音を立ててキーを叩く。

短い文章が画面に浮かび上がった。

『(件名) 参加希望
(本文) ジョーカー様。架空遊戯に参加させていただきます。蝉コロンより』

決意が鈍らないうちにと思い、すぐに作成したメールを送信する。直後、なんなく送信が完了した。無意識に詰めていた息を吐く。

(送っちゃった……)

これでもう、後戻りは出来ない。

ゲームへの登録はなされたのだ。

◇

胎児の瞳は青いという。生れ落ちた瞬間から、彼らの瞳は暗く深く、密やかに泥のように淀んでいく。視界に映る全てが濁るその前に、私は、そっとまぶたを閉じる。追い出された眼球は、月の光をうつろに映す。

三島加深『空色眼球』

#【FIRST STAGE】

player × 7

◇

ゲーム当日の朝。

美咲は物音を立てないよう注意を払いながら、そっと自分の部屋を出た。

休日は皆、九時過ぎまで起きてこないはずだ。気付かれないうちに家を出ようと、足音を忍ばせて階段を下りかけたとき、キッチンで微かな音がした。ぎくりとして動きを止める。

スリッパが床をこする音と、続いて冷蔵庫のドアを開ける音。

どうやら未和子がいつもより早く起き出して、キッチンに立っているらしい。

まずい、と胸の内で舌打ちした。玄関に行くには、どうしてもキッチンの前を通らなければならない。右肩にかけた旅行バッグがずしりと重さを増した。

……ダメだ、こんな格好を見つけられたら、言いわけのしようがない。

キッチンのドアは開いていて、廊下を通れば見咎められてしまう危険性が高かった。

美咲は緊張して階段の途中に立ち尽くした。こうしている間にも、父や守がいつ起き出してくるかわからない。

そのとき、じゅわっ、とはじけるような音がした。キッチンから食欲をそそる匂いが漂ってくる。フライパンでウインナーか何かを炒めているようだ。

今なら、未和子はコンロに向かっていてキッチンの入口に背を向けているはずだ。

慌ててつま先立ちで階段を下りた。キッチンの前を通り過ぎるとき、廊下がみしりと音を立てて一瞬ひやりとしたが、炒め物をする音にかき消され、幸い未和子の耳には届かなかったらしい。

スニーカーに足を突っ込み、玄関のドアを開けると、予想より大きな音がして身を硬くした。そろそろと慎重な動きでドアを閉める。

外に出ると、まるで誰かが「快晴」というタイトルで作り上げた舞台装置みたいに、頭上高く青空が広がっていた。

机の上に残してきた「二、三日友達の家に泊ります。心配しないでください」というメモが発見されるまで、まだしばらくかかるだろう。

……なんだか不思議だ。自分は今から、パソコンの画面の中の約束だけを頼りに、顔も素性も名前すら知らない相手に会いに行こうとしている。

それも、「誰かが殺し、誰かが殺されるゲーム」に参加するために。

これから自分が演じることになる架空の人物の名前を、口の中で呟いた。九条茜。クジョウアカネ。くじょうあかね。

一見大人しく、でも芯の強い、ひたむきな女性。

胸の内に激しい情熱とまっすぐな意思を秘めている、そんな女性。

無意識のうちにぴんと背筋を伸ばしながら、美咲は、まだ人通りの少ない休日の住宅街を歩き出した。

◇

**八月三日、午後三時。指定された空木駅南口の噴水前にやってきた九条茜は足を止め、驚いた表情でそこに佇む四人を見つめた。その場所にいたのは、全員が茜の知っている人物だった。混乱に襲われながら、茜は口を開いた。**

**「これは一体、どういうことなの……？」**


「これは一体、どういうことなの？」

美咲は、あらかじめ定められたセリフの第一声を発した。

正直に云えば、自分に芝居など出来るのだろうかとかなり不安だったのだが、美咲自身が実際に大きな戸惑いを感じていたため、演技をする必要もなく声には真に迫った緊張の色が含まれていた。

噴水の傍に立っているのは、四人の男女だ。

芝居なのか素の感情なのか、それぞれが一様に不安そうな、これからどうなるのだろうといった訝しげな表情を浮かべている。

「……それは、オレの方が聞きたい」

一人の青年が、スリムな眼鏡のフレームに軽く触れる仕草をしながら静かな口調で云った。すんなりとした細面に、切れ長の双眸が全体的に理知的な印象を与えている。通った鼻梁に薄い唇。

端整な面立ちをしているのに、綺麗だとかハンサムだとかいう形容詞が妙にそぐわない気がするのは、彼自身の放つ硬質な雰囲気のせいだろう。

彼は続けた。

「オレは抽選に当たったとかいう連絡を貰ったんだ。高瀬《たかせ》浅黄《あさぎ》……つまりこのオレに、懸賞賞品として国内旅行が当たったから、出発日の今日、この時間にここに来るよう指示された。他にも当選者が何人か来るからって。それがこうも知ってる顔ぶればかり集まってるっていうのは、どういう訳なんだ？」

高瀬浅黄。美咲はメールに書いてあった、他の登場人物の簡単な人物設定を思い返した。

高瀬浅黄、二十三歳。亡くなった作家・羽霧泉音の大学時代の友人。彼女に対して恋愛感情を持っていた。知的で冷静沈着。

美咲はコマンドの内容を頭の中でもう一度反芻し、自身を落ちつかせるように軽く息を吐いた。

「抽選？　私もそう」

さあ、ここからが長台詞だ。

「じ——自宅に、電話が来たの。私が、ある懸賞に当選……して、『国内ミステリツアー』っていう行き先不明の旅行をプレゼントされるって。向こうは間違いなく、九条茜さま、って私の名前を、か、確認したわ。ちょうど、大学は夏休み中だし、なんだか面白そうだなと思って、軽い気持ちで参加を決めたの。それでこうして指定された場所に来てみたら、皆さんがいるし」

つっかえつっかえの上、あまりの棒読みに我ながら頭を抱えたくなった。ああ、ひどい。半ばやけになりながら、セリフを続ける。

「……あなたはどうなんですか？　草薙さん」

一番近くに立っていた青年を「草薙さん」だろうと適当に見当をつけて向き直ると、反対側に立っていた長身の青年が居心地悪そうに口を開いた。

「……驚いたな。実はオレもそうなんだ」

こっちが草薙だったのか、と美咲は慌てて体の向きを変えた。


**草薙透吾《くさなぎとうご》、二十三歳。亡くなった羽霧泉音の恋人。無口で慎重な性格。あまり感情を顕わにするタイプではない。**


一見するとやや険のある印象を受けるが、それは生来の顔の造作のせいらしく、投げかけてくる視線はどこか不思議な穏やかさをたたえている青年だった。

見た目は二十歳前後、というところだろうか。

草薙（無論、役の上での名前だが）は落ち着いた様子でセリフを述べた。

「二人と同じように、懸賞に当選して旅行が当たったって連絡が来て、それでここに。ええと……藤森さんは？」

「僕も同じさ」

自分の出番を待ちかねていたのがはっきりとわかる勢いで、藤森と呼ばれた猫背で痩せぎすな青年が言葉を発した。

**藤森紫苑《ふじもりしおん》、二十四歳。羽霧泉音の大学時代の友人。彼女のファンであり、一番の理解者を自任する。**

個性的な自己表現のつもりなのか、髪の毛をバイオレットに染めているが、そのくすんだ色合いが彼の顔色をいっそう悪く見せ、似合っているとは云い難い。長めの前髪の向こうで、目が神経質そうに動いていた。

一瞬美咲に向けた視線に、ちらりと優越のような色が滲んだ。なんだ、ライバルはこんな年下の女の子じゃないか、楽勝だ。そんな表情。

この状況に興奮しているのか、やや高揚した口ぶりで語る。

「僕も抽選に当たって、指示されてここに来たんだ。君たちがいて驚いてるのはこっちの方さ。彼女が亡くなって以来、もう君たちと会うことなんかないと思ってたからね」

**彼女、という言葉にそれぞれが一瞬ハッとした顔つきになった。**

美咲はコマンドの内容を思い出し、慌てて困惑したように目を伏せてみせた。……こんなものでいいのだろうか？　よくわからない。

必然的に、残る一人に全員の視線が注がれた。

美咲と同い年くらいと思われるその少女は、いつのまにか噴水のへりに腰掛けて皆のやりとりに耳を傾けていたが、周りに注目されると悠然とした動きで立ち上がった。ナイフを突き立てられたハートのロゴが胸元にプリントしてあるTシャツと、ミニスカートといういでたち。ストロベリーキャンディみたいな爪の色。陽の光に透けて幾分茶色がかって見える髪の毛は、指ですいてみたいと思わせるほどに柔らかそうだった。

小動物を連想させる縦長の眼や、ぷっくりと突き出すような形の唇が特徴的で、同性の美咲から見ても可愛いと思える少女だ。さほど緊張した様子もなく、正面からぐるりと全員の顔を見回すと、彼女は軽く肩をすくめてみせた。

「……たぶん、皆さんが思ってる通りよ。あたしもおんなじ。青井《あおい》瑞穂《みずほ》サン、抽選に当たりましたーって云われて、ここに来たの」

**青井瑞穂、二十三歳。羽霧泉音の高校時代からの友人。泉音とは互いに気が合い、親しく付き合っていた。はっきり物をいうタイプで周囲との衝突も多く、癖のある性格。**

瑞穂はきゅっと眉をひそめると、不可解そうな面持ちを作り、おもむろに腕組みして問いかけた。

「ねえ、これってホントどういうことなの？　抽選に当たったのが全員知り合い同士なんて、そんなことあるわけ？」

上手い、と美咲は密かに感心した。瑞穂は皆から視線を向けられても全く動じる気配もなく、それどころか、全員が初めて顔を合わせた状況下で実に堂々とした演技を見せている。愛らしい外見に反して、なかなかの度胸というべきだろう。

「確かに、この状況は不自然だな」

考え込む素振りをして、高瀬はもっともらしくセリフを呟いた。興奮を隠せない様子の藤森とは対照的に、こちらも随分落ち着いているようだ。

わざとらしくない自然な動作で、高瀬がちらりと腕時計に視線を落としてみせる。

「とっくに指定された時間になっているのに、案内役の人間も誰も現れないっていうのも妙だ。……連絡してきた会社の名前を覚えてるか？　九条」


「いいえ」


「いいえ」

突如自分の役名を呼ばれ、あらかじめ指示されていたこととはいえ、どきっとして美咲は首を横に振った。慌ててセリフを思い起こす。

「な、名乗ったような気もするけど、覚えてません。実は何の懸賞に当選したのかも、よくわからないの。そもそも懸賞とか、あんまり応募する趣味ってないし。でもミステリツアーっていうから、てっきり私が所属してる推理小説研究会の誰かが、私の名前で応募したのかなって思ったし」

どうにか間違えずに云えた。

「君はどうだ？　青井」

「あたし、くじとか懸賞とかそういうの大好きだもん。ネットでクリックするだけで応募出来ちゃうのも多いしさ。そんなの、いちいち覚えてなんかない」

瑞穂は、文句ある？　と云いたげに上目遣いに高瀬を軽く睨んだ。

藤森も横から割って入るように口を開いた。

「そう云われると、僕もそういうものに応募した心当たりがないんだよね。でも相手はちゃんと僕の名前を知ってたし、間違いようもないと思ってさ。それにただで旅行に行けるならラッキーだと思ったし。別に疑いもしなかったよ」

美咲は、そんなセリフを云いながらもどこか嬉しげな藤森をそっと盗み見た。この調子では、彼が犯人役になったらすぐさま周囲にバレてしまうのではないだろうか。

高瀬の問いに、草薙も心当たりがないと首を振った。

「なんてことだ、誰も何も知らないのか！」

お手上げのポーズを作る高瀬に、瑞穂がムッとした表情を向ける。

「そういうあなたはどうなのよ？」

「残念ながら、オレもその件に関しては何の確認も取っていない。だから誰も何も知らないことになると云ったんだ」

おや、と思った。今のやりとりはコマンドには含まれていないアドリブのようだ。いささか大袈裟な芝居で藤森が「なんだか気味が悪いな」と眉をひそめる。草薙がためらいがちに述べた。

「不安がらせるようで申し訳ないが、たまたま知人ばかりが当選したなんて確率は極めて低いと思う。しかも誰もはっきりと内容を覚えていない抽選に。どう考えたって、不自然だ」

おそらく困惑した表情を作ろうとしているのであろう草薙の顔つきがまるでしかめっつらをしているように見えたので、美咲は状況を忘れて吹き出しそうになったが、慌てて生真面目な表情を取り繕い、自らのセリフを呟いた。

「じゃあ、一体誰が私たちをここに呼び集めたっていうの？」

戸惑ったような沈黙が流れた。

美咲のメールに添付されていたコマンドは、ここで終わっていた。……この後、一体どうなるのだろう？

そっと様子を窺い見ると、彼らも困惑げに視線を交わし合っている。

そのとき、草薙がためらいがちに口を開いた。

「……実は今日、変なメールが来たんだ」

美咲はハッとして草薙を見た。どうやらこの展開は、草薙にのみ与えられたコマンドによるものらしい。

「変なメールって？　どんな？」

　思わず素の感情で訊き返すと、草薙はセリフを確かめるように一言一言、ゆっくりと答えた。

「覚えのないアドレスからで、『西４』ってそれだけ書いてあったんだ。——このことと、何か関係あるのかな」

　紫がかった髪の毛を掻き上げ、藤森がどことなく不満そうな面持ちで草薙を見た。高瀬と瑞穂が訝しげな表情になる。

「西……って、なんだろう？　駅の西口に行けってことかな？」

「空木駅は、北口と南口しかないはずだけど」

　美咲は少し考え、思いついたことを口にした。

「……確か、駅のすぐ近くにメインパーキングがあったはずです。東エリアと西エリアに分かれてたと思いますけど、もしかしたらそこでしょうか？」

「本当？　きっとそれよ！」

「そういえばあったな。ひとまず行ってみるか」

　そう云った高瀬の脇で、藤森が小さく舌打ちした。無言のまま、一人で足早に歩いていってしまう。

　呼び止めるタイミングを失い、美咲たちはあっけにとられてその後ろ姿を見送った。

　高瀬が、皮肉めいた微笑を浮かべる。

「……やれやれ。マイペースな御仁だね」

◇

不揃いな足音が、地下駐車場に反響する。

日差しの注ぐ屋外とはうって変わり、ひんやりとした空気が肌に触れた。まるで洞窟みたいだ。

スニーカーを脱いでコンクリートの上を裸足で歩いたら、冷たくて気持ちいいだろうな。そんな考えが浮かび、慌てて打ち消す。

呑気な空想をしてる場合じゃない、ゲームに集中しなきゃ。

歩きながら、美咲は他のメンバーをちらりと盗み見た。少し離れた場所にいる藤森は唇を斜めに引き結び、いくぶん不機嫌そうに辺りを見回している。一番最初に個人的なコマンドを与えられたのが自分ではなく、草薙だったのが面白くないのかもしれない。

瑞穂が声に出してプレートを読んだ。

「西4って表示がある。ここに何があるっていうの?」

「手分けしてそれらしいものを捜してみるか」

高瀬の提案に、藤森が「異議あり」と嚙みついた。高瀬が悠然と振り返る。

「何か?」

「それぞれ別々に捜すのはよした方がいい。もしこの中で誰か一人が重要な手がかりを見つけて、皆に知らせずこっそり自分だけの物にしたら？」

「……あのねえ」

気負った口ぶりでまくしたてる藤森に、瑞穂が呆れた目つきで反駁した。

「誰もそんなせこい真似しようなんて思ってないわよっ。あー、やだやだ。ていうか、自分がそういうこと考えてるから他人も同じことするんじゃないかって疑うのよ。どお、図星でしょ」

「君は僕を侮辱する気か？」

「あたしはたった今アナタが云ったことをそのまま返しただけよ。先に変に疑ったのは、そっちじゃない」

「僕はただ、ここにいる全員を無条件に信用するのはどうかと云ってるだけだ」

瑞穂の強気な口調にたじろぎながらも、藤森はわめくように云った。

高瀬が腕組みし、落ち着き払った声で告げる。

「確かに、彼の云うことにも一理ある。……だけど少なくとも今は、そんな心配をする必要はなさそうだぜ」

「どうして」

納得がいかなそうな藤森の問いに、高瀬はゆっくりと前方を指差してみせた。

つられて美咲もそちらを見やり、直後に息を呑んだ。瑞穂が短い悲鳴を上げる。

――駐車場の片隅に、誰かがうつ伏せに倒れている。

埃っぽいコンクリートに広がる髪の毛に隠れ、顔は見えない。長い髪や、身に着けている白いワンピースなどから判断して、女性のようだ。女性は倒れたままぴくりとも動かない。

その背中から生えているのは、鋭い輝きを放つナイフだ。

ワンピースの薄い布地は、赤い染みで汚れている。

うっと呻いて、藤森が後ずさった。

「ねえ、何⁉ あの人、まさか、死んでるの……？」

瑞穂が怯えた声を発する。美咲はただ混乱してその光景を見つめた。一体、何が起こっているの……？

ふいに、高瀬が進み出た。倒れたまま動かない人物に近付き、自然な動きで側に屈み込む。

高瀬はうつ伏せた人物の顔と、ナイフの突き刺さった部分を見比べていたかと思うと、突然、ナイフの柄に手をかけた。

「ちょっと！」

ぎょっとして一同が叫ぶのにも構わず、一気にナイフを引き抜くと、それを手にしたまま高瀬はこちらに視線を向けた。

微笑し、軽い口調で告げる。

「ただのマネキンだ。……結構よく出来てるね」

マネキン……？ 緊張した空気が、瞬時に霧散した。思わず詰めていた息を吐き出す。

演技なのか素の感情なのか、瑞穂が怒ったような表情で自身の両腕をさする。

「もう、なんなのよこれ。イタズラにしては手が込んでるし、悪趣味過ぎ」

「ん？　マネキンの掌に、何か入ってるみたいだ」と高瀬が訝しげに眉をひそめた。

「今度は何なんだよ」

不服そうな呟きを漏らしながらも、藤森は顔を突き出してマネキンの手元を覗き込んだ。美咲たちも警戒しながら近付き、観察する。

「銀色の小さな物が固定されてる。……失礼」

高瀬が手を伸ばし、テープか何かで貼りつけられていたらしいそれを難なく引き剝がした。

「おい！」

「見なければわからないだろ？」

抗議の声を上げる藤森を軽くいなし、高瀬は目をすがめて手の中の物を眺めた。さして悩んだ様子もなく、ふうむ、と頷く。

「ロッカーの鍵だな」

小さな鍵にクローバーの模様と、「4」という番号が刻んである。

「駅のロッカーの鍵ってこと？」

「そう考えるのが妥当だろう」

恐る恐る身を屈めてマネキンを眺めていると、もう一方の手の指の隙間から、何か白い物がのぞいた。

「見て下さい。反対の手も、何か握ってます」

「なんだって？」

年下の少女に手柄を奪われるものかとばかりに、今度は藤森が横からそれをつまみ上げた。小さなピンポン玉だ。表面に書かれた『GAME　OVER』という赤い文字を見た途端、ぎょっとしたように手を離す。

「うわっ、なんだこれ」

藤森の手を離れたピンポン玉は地面に当たって数回跳ね、生き物のように駐車場の隅に転がっていった。

「ゲームオーバー……？　クソッ、何なんだよ」

藤森は触らなければよかったといいたげに薄気味悪そうな表情になり、両手をシャツの裾で拭った。

「とりあえず、ここを移動しないか。鍵が見つかったわけだし」

草薙の控えめな提案に、他のメンバーも同意する。

「ああ、そうだな。駅に行って鍵を試してみよう」

口には出さないが、マネキンを見下ろす皆の顔に、どこか気まずそうな色が浮かんでいる気がした。まるでここにいる全員が共謀して殺人を犯し、その死体を前にしているような、奇妙な感じだ。ほの暗い地下駐車場で見るマネキンがやけに本物っぽく見えるせいかもしれない。

美咲は困惑しながら呟いた。

「これ、このままにしておいていいんでしょうか？」

「最初からここにあったものだし、構わないだろう。誰かに見つかって、不届きなイタズラをしたのがオレたちだと思われる前に立ち去るのが賢明だ」

高瀬が肩をすくめて意見を述べる。

出口へ向かおうとしたとき、ふと、設置してある防犯カメラに気がついた。

無機的に凝視してくるカメラに、自然と早足になりながら、美咲たちはその場から歩き去った。

◇

「あった」

駅の通路に設置されたロッカーの前で立ち止まると、高瀬は手の中の鍵とロッカーの鍵を見比べた。

「間違いない、この鍵だ。四番は……ここか」

さっきも四という数字が使われたっけ、と思った。四。死。……なんだか嫌な文字だ。それとも雰囲気を盛り上げるための、手の込んだ演出？

瑞穂がやや不安そうに呟いた。

「なんか、ヘンなものとか入ってたらどうしよう」

「ヘンなものって？」

美咲の問いに、瑞穂が声をひそめて囁く。

「麻薬とか、赤ちゃんの遺体とか」

「やだ、やめて」

思わずぎょっとして声を上げると、高瀬がため息をついた。

「このままずっとここにつったってるわけにもいかないだろう。……開けてみよう」

「僕も賛成」とすかさず藤森も高揚した目つきで頷く。

高瀬は鍵を四番ロッカーの鍵穴に差し込むと、ゆっくりと右に回した。カシャ、という軽い音が響く。

緊張して見守る中、ロッカーの扉が開かれた。

……中に入っていたのは、封筒だ。白い封筒が数通、ロッカーの中にきちんと重ねて置いてある。

「何、これ？」

「一、二……六通ある。今ここに居るのは五人だから、一通多いな」

高瀬は慎重な手つきで一通の封を開けた。

中には、淡い水色の切符。それと、プラスチックで出来たクレジットカード位の大きさの物体が入っていた。

藤森が切符に書かれた文字を読む。

「……流星群7号。A寝台？」

聞き覚えがあった。〈流星群〉とは、確か、数年前に誕生した寝台列車だ。S県に向かって日本海側の山間コースを中心に走り、走行中に星空が綺麗に見えるという理由から〈流星群〉と名付けられたのだと、前にたまたまテレビで見た記憶があった。しかし新幹線を使ったルートの方が圧倒的に移動時間が短いということで、利便性を重視する昨今の風潮においては、特定のシーズンを除いて人気の程はいまひとつらしい。

その切符が、なぜか封筒の中に一枚ずつ入れられている。

「こっちは何なんだ？」と高瀬がプラスチック製の物体を手に取り、液晶画面と、数字の記されたボタンがついた表面をまじまじと凝視した。側面に、細いコードでイヤフォンマイクが接続されている。

草薙が遠慮がちに口を開いた。

「……たぶん、使い捨ての携帯電話だと思う」

「携帯電話？　これがですか？」

美咲は薄っぺらいそれを不思議な思いで覗き込んだ。

高瀬から渡されたそれをあれこれ操作していた草薙だったが、やがて諦めたように軽く首を振った。

「こっちからは電話もメールも発信出来ないみたいだ。パスワードで機能ロックがかけられてるのかも知れない」

瑞穂が不審げな目を向ける。

「何、それ。受信専用ってこと？」

ひょっとしたらこれを使って、ジョーカーから指示が下されるのだろうか。美咲は首を傾げた。

「他の封筒にも、全部同じものが入ってるみたいですね」

「待て。封筒に名前が書いてある」という高瀬の言葉に見ると、白い封筒の端に、それぞれの役名が記してあった。おや、と眉を寄せる。

一枚だけ、この場にいない人物の名前が書いてある。

黒木高志。メールに添付されていた登場人物設定を思い出す。


**黒木《くろき》高志《たかし》、二十五歳。フリーライター。羽霧泉音とは大学が同じで、文芸サークルの先輩だった。野心家で、プライドが高い。**


切符があるということは、この人物もまもなく姿を現すということだろうか？

封筒の束を差し出され、迷わず「九条茜」と書かれた封筒を引き抜く。

切符を見つめ、草薙が独り言のように呟いた。

「これに乗れ、ってことだよな」

「――どうする？　一人足りないみたいだけど」

「もちろん乗るさ」

藤森は頬を紅潮させ、早口で宣言した。

「こんな状況で帰ったら、後で絶対に後悔するね。来たくないヤツは帰ればいいんだ、ほっとけばいいさ。その分、競争相手が減ってこっちはお宝を手に入れるチャンスが増え……」

ハッと藤森が口をつぐんだ。みるまにしまった、という表情になる。

興奮のあまり架空遊戯の役を忘れ、現実世界の状況について口にしてしまったのだ。

「――オレは行くよ」

高瀬は動揺する藤森を気にした様子もなく、さらりと云ってのけた。

「一体誰が何の目的でオレたちを呼び出したのか、大いに興味があるね。……面白くなってきた」

眼鏡をくいっと上げる仕草で役にふさわしいセリフを述べながら、芝居とは思えない自信に満ちた笑みを口元に浮かべる。今しがたの失態に微かな苛立ちを見せながら、藤森がそっぽを向いた。

「……帰りたい人は？」

草薙が問いかけ、ゆっくりと顔を見回す。瑞穂は、はあ、と大袈裟に息をついてみせた。

「行くわよ。確かにこのまま帰ったら、すっきりしないし。旅行のつもりで、スケジュールもしっかり空けちゃったしね」

なんとなく帰るのではないかという美咲の予想に反して、草薙もその場に立ったままだった。どうやら、参加するつもりらしい。

結局、誰も帰ると云い出す者はいなかった。

「全員一致で賛成ってわけだ」と高瀬がニヤッと笑った。

「そうと決まれば、さっそく移動するとしよう」

めいめい地面に置いていた旅行バッグなどを手にし、改札へ向かう。瑞穂の荷物は、三日分にしてはやたらかさばっていた。何をそんなに持ってきたんだろう、と少し不思議になる。

ふと不思議な感慨を覚え、自然に足が止まった。

……パソコンの中でのみ交流していた人々が、今、こうして目の前にいる。

円筒形のスポーツバッグを無造作に肩にかけた草薙が、「行かないの？」と美咲の方を振り返った。

「今、行きます」

「もしかして、心配？」

心なしか気遣うように草薙が尋ねてきた。

きつい顔立ちに似合わず、実は意外と繊細な人なのかも知れない。美咲は小さく微笑した。

「いえ、不安なのもあるけど……そうじゃなくて、なんか、わくわくしちゃって。ちょっと興奮してるみたい」

「興奮？」

ヒントを頼りにアイテムを見つけ、イベントが進んでいく。——まるで本当に現実世界のRPGだ。

いつのまにか、自分がこのゲームを楽しみ始めていることに気が付く。

草薙は美咲の言葉に一瞬怪訝そうな顔をしたが、すぐに真顔に戻って促した。

「行こう。列車に乗り遅れる」

美咲は頷き、再び改札口へ向かって歩き出そうとした。

そのとき、藤森がするりと美咲の横を追い抜いていった。追い越されたとき、耳に届いた低い呟きに、一瞬驚いて動きを止める。

改札へと進む藤森の、痩せぎすな背中を思わずまじまじと見つめた。

彼が発した、くぐもった不明瞭なそれは、美咲には確かにこう聞き取れた。

——「コロサレル」、と。

◇

電光掲示板の表示が変わった。

ホームのベンチへ腰掛け、パンフレットに視線を落としていた高瀬が「もうすぐだな」と呟いた。

藤森は先程から落ちつかない様子でタバコを咥《くわ》え、しきりに前髪をいじっている。漂う煙に、瑞穂が嫌な顔をして藤森を睨んだ。

「ねえ、悪いけど消してくれない？　その匂い嫌いなの」

　藤森が不満そうに瑞穂を見た。

「ここは禁煙じゃないはずだろ。一服した方が、思考に集中できるんだ」

「だったら、あたしがいないとこで吸って。マナーでしょ」

　藤森がさらに何か云おうとしたとき、高瀬がのんびりとした口調で「なるほどね」と呟いた。

　瑞穂が眉を寄せて振り返る。

「何がなるほどなのよ」

　高瀬はふっと笑い、今まで目を通していた列車のパンフレットを開いて見せた。

『夏の星座を眺めながら、一夜銀河の旅へ』という、気恥ずかしいくらいロマンチックな謳い文句が視界に入る。

「オレたちが乗る流星群7号では、ちょうど今日、開設五周年のイベントが行われるらしい。一番先頭のラウンジカーと、続きのS寝台の車両は、このイベントの参加客以外は一切立ち入り禁止になる。予約は全て埋まったそうだから、結構反響があったみたいだな」

「それがどうしたの？　あたしたち宛のチケットはA寝台だったんだから、関係ないじゃない」

　高瀬は、わかってないな、といいたげに瑞穂を見た。

「列車内で大掛かりなイベントが開催されるなら、乗務員や乗客の注意はどうしてもそちらに向きがちだろう。その他の場所──つまり、オレたちの乗る車両については、普段よりも意識が向けられにくくなるかもしれない。何か事を起こすには適したシチュエーションになりうるってことさ」

「何かって何よ？」

「さあね」

飄々とした高瀬の口ぶりに、瑞穂が鼻にしわを寄せる。

「……ていうかイラッとするんですけど。さっきから人のこと小馬鹿にしてない？」

この二人、どうにも相性が悪いらしい。

はらはらしながら見守っていたそのとき、背後から遠慮がちに声がかけられた。

「あの、流星群に乗る皆さんでしょうか」

振り返ると、ホームに小柄な青年が立っていた。短く切りそろえられた黒髪に、こざっぱりとした水色のシャツとジーンズ。

二十代半ばくらいだろうか？　緊張した様子で窺うようにこちらを見る目つきは、どこか捨てられた子犬のように寄る辺ない印象を与える。肩から提げているごく普通のショルダーバッグが、細身の彼が持つと実物以上に大きく見えた。

「そう、ですけど」

困惑しながら美咲が答えると、ホッとしたように青年は口を開いた。

「ええと、こんにちは。黒木です」

その言葉に、緊張が走った。

――黒木高志。ロッカーに入っていた切符の、最後の持ち主が現れたのだ。

自然と全員が黒木を見つめ、彼が次のセリフを発するのを待つ空気になる。そんな美咲たちの様子に戸惑うような表情を浮かべる黒木を見て、ああそうか、と気が付いた。

最初に美咲が藤森に「草薙さん」と誤って呼びかけてしまったように、彼もまだこちらの役名を一切知らないため、おそらく、誰にどう話しかけていいのかわからないのだ。

同じことに思い当ったらしく、瑞穂がそっけなく名乗った。

「お久しぶり。青井瑞穂よ」

慌てて美咲も役名を名乗る。メンバーが次々と自己紹介を始めるのを、黒木は一つも聞き洩らすまいとしてか、ますます緊張した面持ちで見つめていた。

彼にとっては、これが推理劇の初イベントになるのだ。硬くなるのも無理はないだろう。

高瀬がおもむろにベンチから立ち上がった。

「あなたの分だ。念のため、確認してくれ」と封筒を取り出し、黒木に差し出す。黒木は自分の名前の書かれた封筒を見て目を瞬かせ、おずおずと中の切符を取り出した。視線を落とし、間違いないというように、黙って頷く。

よろしく、と藤森が横柄に手を差し出した。ついさっき競争相手が減ってラッキーだとうそぶいていたはずの彼だが、場の主導権を他人に持っていかれるのは面白くないらしい。

黒木がぎこちなくその手を握り返す。

「列車が来たぞ」という高瀬の声に、美咲は線路に目を向けた。

駅のホームに、ゆるゆると減速しながら一台の列車が滑り込む。

ほぼ時刻通りに入線したのは、シルバーの車体に鮮やかな数種類のブルーのラインが描かれた寝台列車、流星群7号だ。

プシュ、という気の抜けた音と共に、停止した列車のドアが開いた。ホームにいたまばらな人々が、出発の余韻を味わうようにどこか緩慢な動きで列車に乗り込んでいく。美咲たちもそれに続いた。

切符を片手に、狭い通路を移動する。部屋は続き番号で、全員が同じ車両らしい。

101から107まで、合計七つの個室が並んでいる。美咲は、番号の他は何の違いもないように見える無個性なドアの上部に表示されたプレートを確認した。美咲の割り当てられた部屋は、103だ。

「……全員A寝台の個室とは、ずいぶん丁重な扱いだな」

高瀬が腑に落ちないといった顔で独白する。

「よかった、知らない人と同じ部屋で寝るのってなんか気持ち悪いもん。あ、あたし105だから、ここだわ」

屈託なく云う瑞穂の横顔に、高瀬はちらと皮肉めいた視線を投げかけた。草薙が声をかけてくる。

「一応確認しておこうか。オレは104だけど、君は?」

尋ねられ、「103です」と慌てて答えた。

「僕は、102だ」と藤森が誇らしげに切符を取り出す。

続いて高瀬も自分の切符を皆に見えるように摘まみ上げてみせながら、口を開いた。

「左端の101はオレだ。……ということは、106が黒木さんか」

黒木は落ち着かない様子でドアを見つめたまま頷いた。

105と106のドアの間の壁には、列車の名前にちなんだと思われる壁飾りが掛けられていた。meteoric streamという流れるような銀色のアルファベットにぶら下がって、小さく壊れやすそうな無数の星が揺れている。

きらきら反射する細やかな装飾具がプレートの上部にかかるのが気になったのか、黒木がそっと指で飾りをなぞった。部屋番号のプレートを眺め、草薙が呟く。

「割り振られた数字には、意味があるのかな? 深読みし過ぎかな」

「さあ、どうでしょう」

美咲が首を傾げると、「注意した方がいいかもしれないよ」と藤森が意味深に云った。

「登場するアイテムに意味を持たせるのは、ミステリの基本だからね」

高瀬を見やり、瑞穂は挑戦的な笑みを向けた。肩の上で髪の毛が軽やかに揺れる。

「もし何か起こるとしたら、真っ先に殺されるのは101のあなたかもね、高瀬さん。気をつけた方がいいかも」

高瀬は肩をすくめ、わざとらしく微笑みを返した。

「短絡的な御意見をありがとう。だけど大抵の場合、惨劇の幕を開ける哀れな被害者はかよわき美女と相場が決まってる。君もせいぜい気をつけるんだね。ほら……後ろに！」

高瀬の声につられたように、瑞穂がハッとした表情で振り返る。その反応を見て高瀬は愉快そうに笑った。

瑞穂は彼を睨んで勢いよく口を開きかけたが、思い直したように、無言のまま くるりと背を向けた。直後、瑞穂が個室のドアを閉める乱暴な音が通路に響く。高瀬はやれやれ、というようにこちらを見やり、涼しい顔つきで１０１のドアに手をかけた。

「それじゃ、また後で会おう。——お互い無事ならね」

からかうような微笑と共にドアが閉まった。

「いちいち云うことが芝居がかったヤツだな……」

藤森も不快そうに呟くと、嘆息しながら個室へ消える。

「あの、それじゃあ僕も、失礼します」

困ったように皆のやりとりを眺めていた黒木が、小さく頭を下げて背を向けた。

通路には、立ち尽くす草薙と美咲が残された。草薙が苦笑する。

「とりあえず、部屋に荷物を置いてこれからに備えるのが良さそうだ。何が起こるかわからないし」

「……そうですね」

草薙がスポーツバッグを肩にかけ直し、「それじゃ、後で」と隣の個室に入るのを確認してから、美咲は閉められたそれぞれのドアを一瞥した。

もしかしたら、この中にはもう定められた犯人役がいて、人知れず〈殺人〉の準備にかかっていたりするのだろうか？

重みのある引き戸を開け、美咲は自分の割り当てられた個室内へと移動した。まず目についたのは、シンプルな形状のソファだ。折り畳み式らしく、手前のレバーを引くとベッドに早変わりするらしい。

窓際の壁には、嵌め込み式の小さなテーブルが畳んで収納されてある。僅かなスペースが巧みに活用されており、狭さがむしろ落ち着く感じだ。

ドアの上の網棚に荷物を押し込み、羽織っていたカーディガンを備えつけのハンガーに吊るす。ポケットから受信専用の携帯電話を取り出すと、少し考え、引き出したテーブルの上に載せた。目に触れる場所に置いておけば、ジョーカーから何か指示が来たときに見逃す心配はないだろう。

ソファに座ると、あと五分ほどで列車が発車する旨を告げるアナウンスが聞こえた。

身をもたせかけ、息を吐き出す。

どうやらゲームに参加するメンバーは、いずれも一癖ありそうな性格の持ち主ばかりのようだ。それとも、あれは芝居で、設定されたキャラクター像の通りに演じてみせているに過ぎないのだろうか？

それにしても、うまい具合に配役が決められたものだ。

美咲が演じる「九条茜」というキャラクターにしても、性別も年齢も、実際の自分とさほど大きなギャップはない。

「蝉コロン」というシンプルなハンドルネームから、美咲が女性であることや、その年齢などを当てることは難しいように思う。もちろん、ある程度の推測は可能かもしれないが、男性である可能性だって十分あったはずだ。

ふと、メンバーの中に女性を装う男性ユーザー——いわゆる「ネットオカマ」がいたらどうなっていたのだろう、という考えが浮かんだ。与えられたセリフを女言葉で懸命に喋る高瀬や草薙たちの姿をつい想像し、おかしくなる。

美咲は網棚の上の荷物を降ろし、中から小さなノートを取り出した。

ノートに、架空遊戯に登場する人物の名前を書き出してみる。

まず、九条茜。これはいうまでもなく「蝉コロン」こと、美咲自身のことだ。

次に、青井瑞穂。彼女はおそらく、「ゆっぴぃ」か「採光ピエロ」だ。書き込みを見る限り、美咲の他に女性ではないかと思われるユーザーは、その二人。

高瀬浅黄。彼はその芝居がかった言動や、ミステリ小説を好んでいるらしいところからみて、単純に判断すると「シェリング」ではないだろうか？

それから、草薙透吾。やや控えめな態度や物腰は、「司」か「AYASE」のどちらかのように思われる。どちらだろう？　名前の横に？マークを書いておく。

そして藤森紫苑。どことなく神経質な雰囲気が、「モナド」の書き込みを思わせる。彼が「モナド」かもしれない。

最後に、黒木高志。大人しそうに見えるが、出会ったばかりということもあり、まだよく摑めないキャラクターだ。それともあのぎこちない態度も、あらかじめ定められた芝居なのか。彼が「司」？　それとも「AYASE」だろうか。人当たりのいい印象を受ける「AYASE」の文章と、黒木の身に纏う空気は、それほど乖離していないように思われた。

だがネット上でのキャラクターと実際に会ったときの印象にギャップがあるなどというのはよく聞く話だし、ネット社会そのものが匿名性を帯びているのも事実だ。

——そもそもこのゲーム自体が別の人間の仮面を纏って参加しているものなのだから、こんな推測はあまり意味がないのかもしれない。

ぼんやりと考えていると、ふいにドアがノックされた。

「はい」と驚いて身を起こす。もしやまた何かのイベントか、と身構えながらドアを開けると、通路に立っていたのは、乗務員らしき男性だった。

「失礼します、切符を拝見します」

「あ」

にこやかに云われ、美咲は慌てて旅行バッグのサイドポケットを探った。水色の切符を相手に差し出す。切符を確認する乗務員の様子を見つめながら、無意識に肩に力がこもるのを感じた。

切符が偽物だということはないと思うが、手に入れた経緯が経緯であるだけに、なんとなく後ろめたい。

美咲の緊張をよそに切符はすぐに返され、愛想のいい笑みと共に部屋のカードキーが手渡された。

「はい、ごゆっくりどうぞ。結構揺れるからね、酔わないように気を付けて」

ドアを閉める音がして乗務員が出て行くと、美咲はホッと息を吐いた。

ひどく喉が渇いているのに気が付き、駅の売店で買った緑茶のペットボトルのキャップを開けて口に運んだ、そのとき。

聞き慣れない電子音がし、驚いて動きを止めた。

音のした方を見ると、受信機のランプがテーブルの上で赤く点滅している。

戸惑いながらそれを手に取り、画面に表示された文章を見つめた。

——コマンドだ！　送信者は、ジョーカーと表示されている。


**今すぐイヤフォンを装着し、ソファの裏にあるメモリーカードを受信機に挿入せよ。**


ソファの裏？　慌てて背もたれの後ろを覗き込んだ。

——あった！　薄型のメモリーカードが、粘着テープのようなもので貼りつけられている。

はやる気持ちで手を伸ばし、受信機のイヤフォンを両耳に突っ込んだ。

回収したメモリーカードをさっそく受信機に差し入れる。

どきどきしながら待っていると、しばらくして、データが再生される作動音がした。

イヤフォンからピアノの澄んだ音が流れてくる。聞き覚えのあるメロディ——《Over The Rainbow》だ。

息をひそめるようにしてフレーズを耳で追っていると、やがて曲が終わった。

沈黙の後、不自然な音声が語りかけてくる。

**『ようこそ、参加者の皆さん』**

ぎょっとして背筋を伸ばした。錆びた金属同士がこすれ合うような、耳障りな音。合成音声だ。

感情を含まないそれは、聞いていると妙に落ち着かなくなってくる。

**『さて、これから皆さんに次のコマンドを与えます。コマンドは、いつもこの受信機を通して与えられるとは限りません。推理劇の最中に別の形で提示される場合もありますので、ゲームから脱落したくなければ見逃さないよう、くれぐれもご注意下さい』**

告げられた内容に緊張が高まる。

そんな美咲の胸の内にはお構いなく、音声が無機的に次のシナリオを読み上げ始めた。

**『午後七時四十五分。メンバーたちは食堂車に集まった。「馬場」という見知らぬ名前で夕食が予約されていた。彼らは、一体誰が何の目的で自分たちを呼び集めたのかと首を傾げながらも席に着き、過去の事件について語り始めた』**

ぷつり、と唐突に音声が消えた。それ以上はいくら待っても、何も聞こえてこない。録音されたデータはそれで終わりのようだ。

美咲は興奮したままイヤフォンを外した。

あ、と見るとホームが遠ざかり、窓の景色が後方に流れていく。

いつのまにか、列車が動き出していた。

◇

午後七時四十分。

個室を出ると、ちょうどカードキーを使って自室のドアをロックしている瑞穂と出くわした。互いに、あ、という顔つきになる。美咲はためらいながら声をかけた。

「えっと、食堂車に行くんですよね？　一緒に行きませんか？」

瑞穂は観察するように美咲に視線を走らせると、「ええ」とこくりと頷いた。

連れ立って狭い通路を歩き出す。――次のイベントが開始されるまで、あと五分。

受信機は忘れずにポケットに入れてきてあった。指示を見過ごすことのないよう、ゲーム中は身に着けておいた方がいいと思ったのだ。たぶん、他のメンバーもそうしているに違いない。そっと瑞穂を盗み見る。

舞台となる食堂車へと向かいながら、高揚を覚えた。

今度は、どんな展開が待っているのだろう？

ふいに瑞穂が呟いた。

「ねえ、もう一人はどうしたのかな？」

「え？」

戸惑って訊き返すと、瑞穂が言葉を続ける。

「メンバーのこと。最後の一人って、いつ現れるのかな」

瑞穂の云おうとしていることを理解し、そうだ、と思った。

蝉コロン、シェリング、モナド、AYASE、司、ゆっぴぃ、採光ピエロ——「月の裏側」で交流しているメンバーは七人のはずだ。

しかし、今のところ、ゲームに参加しているのは六人。

「あの藤森って男のセリフじゃないけど、ほんと注意した方がいいかもねー。もしかしたらもう一人は殺人鬼役でも割り当てられて、どっかに潜んでたりするのかもよ」

「それですけど、殺されたらどうなるんでしょう？」

ふと不思議に思ったことを呟くと、瑞穂が「どういうこと？」と反応した。

「だってこれって、ゲームを通じて事件の真相と犯人役を推理するっていう趣旨でしょ？　だったら、もし途中で被害者役になった場合はどうなるのかなと思って。まさか、死んだ後でまた生き返って一緒に参加するわけにはいかないだろうし」

「……そう云われればそうよね。まさかと思うけど、不運にも被害者役に選ばれたらその場で退場ってわけ？」

美咲が口にした疑問に、瑞穂も訝しげに眉をひそめる。どうにも、腑に落ちない。

目的の車両に辿り着くと、既に他の面々は食堂車のドアの前に立っていた。皆、どことなく落ち着かない様子に見える。

草薙が困惑した面持ちで伝える。

「黒木さんが、まだ来ない」

え、と驚いて声が出た。高瀬が左手の腕時計に視線を落としながら云う。

「――四十四分。指示された時間まで、あと一分だ」

「嘘！　もしかしてコマンドに気付いてないんじゃない？」

ぎょっとした様子の瑞穂に、草薙がやんわりとかぶりを振る。

「狭い個室だし、それはないと思うけど……」

「放っておけばいい」

藤森は皮肉げに唇を歪めた。

「与えられた条件は皆同じはずだろ。自己責任さ」

瑞穂が呆れたような眼差しを向ける。

「アンタって、ほんっと嫌なヤツね」

「何だって」と気色ばむ藤森を片手を上げて制止し、高瀬は告げた。

「タイムリミットだ。……仕方ない、行こう」

その言葉に、美咲たちは慌てて神妙な表情を作った。ゲーム再開だ。

背筋を伸ばし食堂車の中へ入ると、優雅なクラシック音楽が流れてきた。女性スタッフが美咲たちを出迎える。

「いらっしゃいませ、ご予約はなさっておいでですか？」

「……予約した、馬場ですが」

高瀬が少し緊張した声でコマンドに書いてあった名前を告げると、女性は「こちらへどうぞ」と如才ない営業スマイルで応じた。

食堂車の中は、通路を挟んで左右に四人掛けのテーブルが配置されており、その半分くらいを客が占めていた。奇妙な模様の描かれた厚いカーペットを踏んで進む。

案内されたのは、一番奥に設置された六人掛けのテーブルだった。光沢のある紅の布地が使われた、洒落たデザインの椅子が三つずつ向かい合って並んでいる。純白のテーブルクロスと、一輪挿しに飾られたバラのレモン色との対比が見目鮮やかだ。

それぞれ、適当に席に着く。

藤森は瑞穂とのやりとりで気分を害したのか、ややふてされたように席に座った。

窓際から、奥の列が高瀬、草薙、藤森、手前の列が瑞穂、美咲という席順になった。

美咲の隣、黒木のための席が一つ空いたままになり、気になってしまう。

ビーフシチューのセットを人数分注文すると、高瀬はメニューを閉じて面白がるような表情になった。

「ベーシックなところで喩えるなら、『オリエント急行の殺人』てとこか」

瑞穂にうさんくさそうな眼差しを向けられ、高瀬がのんびりと続ける。

「オリエント急行は一八八三年に開通した。パリからコンスタンチノープル……つまり現在のイスタンブールを目的地に走行した豪華列車だ。アガサ・クリスティーが『オリエント急行の殺人』を発表した一九三〇年代は全盛期で、ヨーロッパの社交場のような役割を果たしていた。知らないのか？」

「オリエント急行くらい知ってるわよっ。なんでもミステリに結びつけるのね、呆れたわ」

「人生はミステリだ」

にっ、と高瀬が唇の端を上げた。

やがてウエイトレスが、揺れる車内で器用に食事を運んでくる。「失礼致します」と声がかけられ、オーダーした料理が手際良くテーブルの上に並べられた。食欲をそそる匂いが、湯気と共に立ち上る。美しく盛りつけられた料理の数々に、「美味しそう」と場の空気が緩んだ。

「美味しそう」

ひんやりとしたガラスの器に盛りつけられたサラダは、レタスにラディッシュ、パプリカ、クレソン、トマト、ほうれん草などの食材が色取りよく使われていた。熱いビーフシチューを口に運ぶと、程よく甘酸っぱい味が広がる。

バゲットをちぎりながら、高瀬が冗談めかした口調で独白した。

「こうしてオレたちを集めたのがどこの誰かは知らないが、待遇は悪くない」

高瀬の言葉に賛同するように、全員がしばし食事に集中する。

それにしても、初対面の人間とこんなふうに食事をしているのはなんだか変な感じだ。湯剝きされたトマトをフォークに突き刺しながら、美咲は思った。と、ふいに草薙が小声で呟いた。

「……ジョーカーは、どこで見ているんだろう？」

「え？」

突然飛び出した単語に、全員が驚いた表情で草薙を見る。

パソコンの画面で何度も目にしていた「ジョーカー」という単語は、実際に耳にするとひどく非現実的で、突飛なものに聞こえた。

草薙はこの場で口にしていいものかどうか、迷うそぶりをしたが、やがて美咲たちの視線に押されるように口を開いた。

「このゲームにおいて、オレたちはプレイヤーであり、主催者であるジョーカーはいわばゲームマスターの役割を担っているわけだ。だとしたら当然、どこかでオレたちの行動を見張っていると考えるべきだと思う」

「……三つのルール」

あっ、と美咲は小さく声を上げた。頭に浮かんだことをそのまま呟く。

「え？　何よ、なんのこと？」

瑞穂がもどかしげに促した。考えを整理しながら、美咲は続けた。

「ゲームの三つのルール。メールに書いてありましたよね？　自分の本当の名前を云ってはいけない、パソコンや携帯電話等の通信機器を持参して期間中に知人と連絡を取ってはいけない、それと……」

「コマンドは絶対遵守、他プレイヤーのアイテムを奪ったり、無断使用するなどの妨害行為は禁止」と今まで黙っていた藤森が早口で続けた。

「そうです。ルールに違反した人間は罰を与えられて、失格になる。ルールに違反したってことを、どうやって知るんでしょう？　罰を与えるのは誰？」

「――ジョーカーね」

瑞穂が納得したというふうに頷いた。

そのことについては既に予測済みなのか、高瀬だけは落ち着いた態度を崩すことなく、揶揄するように云った。

「油断しない方がいい。こんなことを話してる今も、もしかしたらすぐ近くで見られているかもしれないぜ」

どきりとして周囲を見回した。一番近くの席に座っているのは、若い女性の二人組だ。その向こうの席では、中年男性が一人で黙々と食事を取っている。

もしかしたら、あの人たちの誰かがジョーカー……？

ふいに、斜め向かいのテーブルの男性と視線が合った。もしかしたら、あの人かも。

食堂車にいる客が、急に全員怪しく思えてしまう。グラスの水が振動で微かにさざめいた。

「そんなにびくつかなくても、今のところ誰も三つのルールに違反しちゃいないさ。もっとも、これ以上ゲームマスターの存在について詮索を続ければ、もしかしたらゲーム進行の妨害にあたると見なされるかもしれないが」

ナプキンで口を拭いながら、しれっと云った高瀬の言葉に、美咲は慌てて車内を見回すのをやめた。

どこかで誰かがずっと自分たちのことを観察している。そう考え始めると、どうしてもその存在が意識されてしまう。

食事が終わり、コーヒーと紅茶が運ばれてきた。黒木の席は空席のままだ。

黒木の不在を気にしながらも、食後のお茶を口にするとようやく皆落ち着いてきたらしく、架空遊戯の役に戻り再びコマンドに沿った芝居を始めた。


**彼らは、一体誰が何の目的で自分たちを呼び集めたのかと首を傾げながらも席につき、過去の事件について語り始めた。**


「それにしても、正体不明の招待主は一体何者なんだろう？　どうしてオレたちが集められた？」

「そんなの決まってるじゃないか」

藤森が自信に満ちた口調で云った。見せ場とばかりに、声を張り上げる。

「僕たちの共通点といったら、一つしかないだろう。彼女だよ。——一年前に事故死した、羽霧泉音」

そのとき、草薙が不自然に動きを止めた。何かに気を取られたように、離れた所を凝視している。

つられて美咲も肩越しに振り返り、草薙の見ている方へ視線を向けた。

食堂車の通路を、一人の青年がまっすぐに歩いてくる。その視線と足取りは、間違いなく美咲たちの席へ向けられていた。

「何？」と不審げな顔で振り向いた瑞穂も、こちらへやってくる青年の存在に気が付いたようだ。

高瀬は値踏みするようにすうっと目を細め、呟いた。

「……やっと七人目が登場、ってわけか」

テーブルの側にやってきた青年は美咲たちを一瞥し、それから、挑戦的な笑みを浮かべた。

「ようこそ、ミステリツアーへ」

◇

美咲はしげしげと青年を観察した。

明るい茶色の髪の毛に、長い手足。無駄な贅肉の付いていない身体つきは、敏捷な肉食獣を連想させる。二十代前半というところだろうか？

くっきりとした二重瞼の下から、不遜な色を湛えた眼差しがこちらを見ている。

人目を引く顔立ちをしているが、熱心に手を加えているというよりは元々の造作が派手なのだろう。前髪が無造作にかかる目元に、やんちゃな悪ガキめいた光が宿る。

青年の唇が、不敵な笑みの形を刻んだまま言葉を発した。

「お久しぶりです。皆さんお元気そうで、何より」

「君は……」

突然の青年の出現に戸惑ったように、藤森はぽかんと口を開けた。

青年はそんな反応を想定していたのか、美咲たちの視線を浴びながら、からかうように言葉を紡いだ。

「あれ、どうしました？　まさか忘れたわけじゃないでしょ？……オレっすよ。去年亡くなった羽霧泉音の弟——羽霧藍人《あいと》」

羽霧藍人。そんな名前は、メールで送られた登場人物設定の中にはなかったはずだ。……そうか。

『謎の招待主登場』。

きっとこれは、食堂車で発生するゲームのイベントなのだ。そして招待主の役を割りふられたのが、七人目の参加者にあたる彼、というわけらしい。

今回はコマンドで指示されたセリフの類は一切ない。この展開を、全てアドリブで進行させなくてはいけないのだろう。

美咲は緊張しながら息を吸った。目を見開き、怪訝そうな声音を作って問いかける。

「羽霧、藍人君……泉音さんの弟の？　どうしてあなたが、ここに……？」

「どういうこと。まさかあなたが、あたしたちをここに呼び集めたってわけ？」

すかさず瑞穂が強い口調で尋ねた。

どうやら他のメンバーも状況を把握し、態勢を立て直し始めたようだ。

瑞穂の視線を怯むことなく受け止め、むしろその問いを待っていたかのように青年――藍人はにやりと笑って言葉を放った。

「ご名答。懸賞が当たったと騙して皆さんを呼んだのは、オレ」

藤森が何か云いかけるのを制し、高瀬が空いたままの席を示す。

「立ち話も無粋だ。とりあえず座ったらどうだ。幸い、というべきか、席も一つ空いているようだし」

そこで藍人は初めて美咲の隣の空席に気が付いたのか、おや、というように微かに眉を上げたが、遠慮なく席についた。

「注文は？」

「いいっす」

明らかにこの状況を面白がっている目つきで、藍人はあらためて一同を見回した。

見透かすような鋭い視線にどきりとする。藍人が現れたことによって、先程までとは異なる種類の緊張感が場に漂い始めていた。戸惑いながら尋ねる。

「本当にあなたが嘘をついて、私たちを呼び集めたの？」

「そう云ったはずだけど」

「どうして、そんなこと」

「どうして？」

藍人は口角を上げ、嘲るように美咲のセリフを繰り返した。

「それはもちろん、羽霧泉音の――姉の死について真実を知りたかったから。正面からそう云ったら、アンタたちはきっと来なかっただろ？」

「何だって」

不意をつかれた所作で、高瀬が訊き返す。

「羽霧泉音は事故死したはずだ。それも、一年前に」

「事故なんかじゃねーよ」

藍人が乱暴な口調で云い、挑発的に高瀬を見据えた。

「姉は事故死したんじゃない、殺されたんだ。――おそらく、ここにいる誰かに」

「え!?」

「殺された……？」

驚いたように口元を覆いながら、来たっ、と美咲は胸の内で呟いた。

偽りの招待によって集められたメンバー。謎の招待主登場。過去に亡くなった女流作家の死の真相が暴かれていく、か。

成る程、なかなか面白いシナリオになりそうだ。

感心する美咲の隣で、瑞穂が怪訝そうな声を作って問い詰める。

「ちょっと待ってよ、何よそれ。殺されたってどういうこと」

「それも僕たちの中の誰かに、だって？」

藤森が神経質にかすれた笑い声を上げてみせた。これまでの彼の芝居と比較すると、その仕草は真に迫っていた。

「馬鹿馬鹿しい。君、頭がおかしくなったんじゃないのか」

「残念ながら、正気」

藍人が挑むように腕組みし、全員の顔を見回す。その動作が指示された演技なのかどうかは、美咲には判断がつかなかった。

藍人はそこで美咲たちの反応を見るように少し間を置き、口を開いた。

「文壇の若き奇才、エキセントリックなカリスマ。姉に対する世間の評だ。姉は気まぐれで、決して周囲に交わらない変わり者だった。小説が世間に認められて、一方的な称賛や批判を浴びるようになってからは尚のこと自分の世界に閉じ込もっていった。

姉にはさんざん振り回されたし、ガキの頃は、よく悪趣味な悪戯を仕掛けられたもんさ。突然見知らぬ場所に置き去りにされたり、赤い絵の具を衣服に塗りたくって死んだふりをしてみせたり。泣いてパニックに陥るオレを見て、姉は悪びれた様子もなく笑ってた。『あたしが死んだらアンタは悲しむ？』『ほらね、あたしが突然いなくなったらさみしいでしょう？　藍人』って。

　――まさか本当にこんな形でいなくなるとは、夢にも思ってなかったけどな」

　息を吐き出した藍人と、微かに肩が触れる。

「要するに、オレが云いたいのは、身内から見ても姉は強烈な個性の持ち主だったってこと。信奉する人間も、その逆に敵も多かった。だから、この場にいる誰が姉への殺意を隠し持ってたとしても驚かないね。ただ、オレは本当のことが知りたい」

　藍人はいよいよ芝居がかった口調で、物騒なセリフを高らかに口にした。

「ここにいる人間のうち、一体誰が、姉を殺したんだ？」

　しん、と美咲たちのテーブルが静まり返った。高瀬が再び冷静に問いかける。

「……君のお姉さんは事故で亡くなったはずだろう。今さらなぜ、そんなことを云い出すんだ？」

　藍人は、意味深な目つきで嘲笑した。

「わかってるくせに」

　ぞくっとするほど色気のある視線を向ける。

「姉は、あんな不自然な死に方をしたんだぜ？　警察はオレたちの証言をまともに取り合わず、単なる事故死で片付けちまった。だけど夢でも幻でもなく、あの奇妙な出来事が実際にあったことを、あそこに居たオレたちは知ってるんだ。

——明後日の八月五日で、姉が亡くなった日からちょうど一年が経つ。一周忌が来る前にはっきりさせたいんだよ。あのとき、あの場所で、一体何が起こったのかをな。だから今回、ちょっとばかり強引なやり方であの場に居た全員を集めさせてもらったって訳だ」

藍人の演技に気圧されたように、他のメンバーが黙り込む。

「でも……そんなことして、どうなるっていうの？」

美咲はやや怯えたように目を伏せてみせた。まっとうな人間が異常事態に陥ったときに見せるであろう反応。

加えて、自分が犯人役ではないかと疑わせておいた方が、後々犯人当てをする際にきっと有利だ。

「気乗りしないって？　悪いが帰らせないぜ、九条サン」

藍人が凶悪な笑みを浮かべて美咲を見た。整った顔立ちの男性にそんな表情をされると、少し怖い。

「ここで帰るなら、オレはアンタに何か後ろ暗いところがあるものと見なす。後で後悔することになるのは間違いなくアンタの方だと思うけど？」

間近に顔を近付けられ、藍人の迫力に押されそうになりながら、美咲は懸命に言葉を発した。

「わ、私を脅してるの……？」

「まさか。賢明な選択をお勧めしてるだけ」

「――待って。確かに、これはいい機会かもしれないわ」

瑞穂が二人の会話に割り込んできた。全員に向かって、語りかける。

「泉音の死について話し合う、いい機会よ。泉音がなぜあんな死に方をしたのか、ずっと心のどこかに引っ掛かってた。あたしは知りたい。もし本当にあたしたちの中に殺人者がいるのなら、誰がどうやってあの娘を殺したのか。皆も、本心ではそう思ってるんじゃないの？」

上手いな、と思う。場の空気を瞬時に作り出すのは、やはり瑞穂だ。

「退場したら犯人の疑いをかけられるんじゃ、参加しないわけにはいかないな」

心ならずも、といったセリフを吐きながらも、高瀬の目にはやる気がはっきりと見て取れた。草薙も話の展開上、渋々といった感じで頷く。

「……わかった。オレたちの中に殺人犯がいる、なんて考えは決して気分のいいものじゃないけれど、こうなったら、彼女の死について思い当たることを包み隠さず語り合ってみよう」

誰かの描いたシナリオに沿って、ストーリーが展開していく。藍人はそこで初めて、一瞬ためらうような表情を浮かべた。

この場にいない黒木についても言及すべきか否か、迷ったのかもしれない。しかし彼については割愛するしかないと判断したのか、すぐに次のセリフに移った。

「そりゃどうも。その前に、一つだけ云わせて欲しいんだけどな」

藍人は言葉を切ると、おもむろに一同を見回した。

「もしこの中に姉を殺した犯人がいて、ほんの少しでも罪の意識を持っているなら、今すぐこの場で名乗り出ろよ」

軽い緊張が走る。美咲たちは落ち着かない気分で互いに顔を見合わせた。藍人の視線が自分の前を通過したとき、何もしていないのに、なんだか不安な気持ちになった。

名乗り出る者は、いない。

「……素直に告白するつもりはない、ってわけか」

犬歯を見せて、藍人が攻撃的な笑みを浮かべた。

――美咲はそっと他のメンバーの表情を観察した。いずれも多少緊張しているようだが、特に不審な様子は見られない。誰が犯人役なのだろう？

藍人が、あらためて切り出した。

「あの日のことを話そうぜ」

いよいよ女流作家、羽霧泉音の亡くなった詳しい状況について踏み込むようだ。

話に集中すべく、身を引き締める。

「――あの別荘は、画家をやってる父親が仕事場として使ってた場所だ。ガキの頃によく訪れたそこで、姉が久しぶりに過ごしたいと云い出した。姉が亡くなったあの日、別荘に呼ばれたのがここにいるメンバーだ」

「……覚えてるわ」

瑞穂が息を吸い込み、藍人の後を引き取った。

事件の状況については、各自、ジョーカーからのメールに添付されていたコマンドで事前に知らされている。

コマンドの内容を確認するように、瑞穂が他のメンバーを見つめながら喋り出す。

「泉音が、サマーハロウィンをやりたいって云い出したのよ。それで急きょ飾り付けをしたの。カボチャの代わりにスイカをくり抜いたジャックオランタンにロウソクを灯して、レインボーキャンディを飾って。窓を黒い布で覆って、月と星のモビールを吊るしたわ」

なめらかな瑞穂の話し方は、聞き手にその情景を自然に想像させた。

「気分が出ないから参加者は全員仮装をしなきゃ駄目、なんて泉音が云って、魔女の衣装を着させられてうんざりしたのを覚えてる。夏なのに、あの娘が用意した衣装ときたら、フード付きで足首まで長さのある黒いマントなんだもの。人にそんな格好させておいて、自分一人だけ涼しげな白いワンピース姿で泉音がしれっと現れたときは、親友といえさすがに頭に血が上ったわよ。

あなたはヴァンパイアだったかしら？　高瀬さん」

急に瑞穂から話を振られた高瀬は、さほど動揺した素振りも見せずにコマンドの内容を補足した。

「――ああ。君と同じく、季節に不似合いな格好でうろついていたよ。青井と九条が魔女で、黒木氏と藤森氏が司祭。藍人君はそう、確か悪魔だ」

そつなく語った高瀬に、瑞穂が面白くなさそうな顔をする。この二人は本当にウマが合わないようだ。もしくは、そう見せかけているのか。再び藍人が喋り始める。

「夕食の後、オレたちは全員、二階の部屋で談笑してた。確か午後七時頃だったと思う。何がきっかけかは知らないが、姉と黒木氏が突然、口論を始めた。……口論というのは正確じゃないな。黒木氏がいきなり激昂した感じで怒鳴り出したんだ。姉は表情一つ変えずに淡々としたもんだったけど、黒木氏の方は興奮した様子で、隣の部屋で休んで来ると云ってそのまま退室したっけ。

しばらくして、今度は姉が一人になりたいから向かいの部屋に居る、と云ってふいと出て行った。愛用している机と、古いピアノのある部屋だ。姉の気まぐれな性格は皆知ってたし、誰かといるときでも、小説のアイデアが浮かんだりしたら急に黙り込んで何時間も自室に閉じこもるなんてこと珍しくなかったから、そのときもさほど気にせず、残ったメンバーで飲みながら話してたよな。

あの出来事が起こったのは、その一時間後だ」

藍人は軽く唇を舐めた。

「突然、窓の外でドーンと何かが地面にぶち当たる大きな音と振動がした。黒木氏も隣の部屋から飛び出してきたくらいだから、かなりの衝撃だったはずだ。驚いてカーテンを開け、外を見たけど、何も変わったものは見当たらない。念のため姉の様子を見に行ったら、部屋には誰もいなかった。

今の音はなんだったんだろう、と不思議に思いながら皆で元の部屋に戻って来て、もう一度、窓の外を見たら——」

藍人が、そこで思わせぶりに言葉を切る。

「夜の庭に、倒れている姉の姿があったんだ」

思わずぞくっとした。藍人の巧みな語り口には、それくらい、生々しい臨場感があった。

「今でも鮮明に思い出せる。芝生の上で不自然な形に折れ曲がった手足、まるで花みたいに広がった長い髪の毛。白いワンピースを染めていく、柘榴のように真っ赤な血。それを、オレはただバカみたいに突っ立って、呆然と眺めてたっけ」

テーブルに緊張を含んだ沈黙が降りた。目の前の一輪挿しに飾られたバラが赤ではなく黄色でよかった、などと思ってしまう。

「当時見たままを話したけど、警察は、単なる見間違いだろうってまともに取り合っちゃくれなかった。争った痕跡もなく、屋上の縁にまっすぐ向かう姉の靴跡があったことから、結局は事故死だとそう結論づけた。外の空気を吸いにでも屋上に出て、不注意で転落したんだろうってな。だけど、オレは納得出来ないね。確かに薄暗かったけど、だからといって、人間の死体を見落とすわけがない。

オレたちが最初に外を見たとき、間違いなくそこに死体はなかったんだ」

藍人は眉間にしわを寄せ、親指を噛んだ。

「なら、あのとき姉の死体はどこへ消えたんだ？　そして一体、どこからどうやって現れた？」

　答えられる者は、誰もいない。

　藤森が落ち着かない様子で紙ナプキンを何枚か取り、神経質に口元を拭った。ひきつった笑みで、「死体が散歩にでも出たっていうのかい」とブラックジョークを飛ばす。

　藍人はおもむろに高瀬へと視線を向けた。その目が、すうっと鋭く細められる。

「高瀬浅黄。アンタは姉と友人として付き合いながら、その一方で姉に対して恋愛感情を持っていた。だけど、姉がそれを受け入れることはなかった。だからアンタには殺人の動機ってやつがある」

　高瀬は、悠然と微笑み返した。

「『そして誰もいなくなった』の告発シーンみたいだ。もしかしてクリスティーがお好みなのかな？」

　わざとらしく気取った動作で指を組む高瀬に、藍人が追及の刃を向ける。

「姉が死んだ日の、アンタの行動を聞きたい」

「なるほど」

　高瀬は面白そうに目を細めた。

「八月五日のオレの行動については、変ったことは何もないさ。他の人間と同じように彼女に招かれ、別荘へ行った。君も知っての通りだ」

「ああ。確かアンタは一人だけ、後から遅れてきたんだよなあ？」

藍人が無遠慮に尋ねる。あらかじめ質問されることを想定していたのか、動じる様子もなく、高瀬が役の上での言葉を紡ぐ。

「別に特別な用事があったわけじゃない、わざと遅れていったんだ。実のところ、少しばかり癪だったのさ。泉音には自分の気持ちを伝えて玉砕していたからね。彼女にとってオレはあくまでも信頼のおける友人の一人であり、唯一無二のパートナーではなかったということだ。それについては納得したし、仕方がない。だけど、呼べばすぐに尻尾を振ってついてくる都合のいい存在だと思われるのはご免だ。オレにも多少のプライドってものがある。……いや、今にして思えばそんな大したものじゃなく、ただのつまらない意地だったのかも知れないな。なんだかんだ云っても、結局は、彼女の望むままに赴いてしまっているんだから」

高瀬はそこで自嘲めいた苦い笑みを浮かべてみせた。

「遅れて別荘に行ったら、皆が奇怪な飾り付けをしていた。泉音が退屈しのぎに考え出したサマーハロウィンとかいうイベントをやろうと云い出して、その準備をしていたんだ。オレもあちこちに布を貼る作業を手伝わされた。あの日、泉音は珍しく上機嫌で、微笑みながら楽しそうに皆を見てた」

まるでその情景を思い出そうとでもするかのように、高瀬が静かに目を閉じる。

「そう、赤い花だ。テーブルの上のグラスに、赤い花が無造作に挿してあった。鮮やかな花弁が彼女の白いワンピース姿によく似合っていて、あの日の彼女を、なんだかぞっとするほど綺麗だと思ったのを覚えてる。窓の外に血を流した彼女が倒れているのを見たとき、不謹慎だけど一瞬、まるで彼女自身が花になったような錯覚を覚えた。黒っぽい血液が、彼女の身体を覆う影みたいに、地面を濡らしながら広がっていって……」

この人はもしかしたら、そんなふうに血を見たことがあるのかも知れない。

情景を淡々と喋る高瀬の言葉に耳を傾けながら、ふと、そんな思いを抱いた。

嘘をつくときに有効なのは、その中にいくばくかのリアルを混ぜ込むことだ。偽りの部分についてはなるべく論述を避け、実際の出来事と巧妙に絡め合わせることでそれはいっそう真実味を持つ。

高瀬の話し方には、なぜだかそんな匂いがした。

「落下音が聞こえたときも、泉音を部屋に捜しに行ったときも、オレはずっと皆と行動を共にしていたはずだ。オレに、彼女を殺して死体をどこかに隠すなんて芸当は出来ないさ」

「それはどうかな」

口調を緩めず、藍人が云う。

「姉が別室に閉じこもってから転落死するまで一時間くらいの間、全員が手洗いに立ったりして何度も席を外してるよな。姉に何かあったとしたら、オレはあの時間が怪しいんじゃないかと疑ってる。そういえば、他の連中が離席したのはわずかな時間だったのに、アンタだけは一階のキッチンに氷を取りに行くと云って出て行ったきり、長いあいだ戻って来なかったっけ。はたして本当に氷を取りに行っただけだったのやら」

高瀬は何も云わず、肩をすくめた。

藍人は続いて、高瀬の隣の草薙に視線を移した。

「草薙透吾。アンタは姉と交際していたが、姉が死ぬ直前に破局してる。別れ話を持ち出されてカッとなったか、あるいは、姉が邪魔になって殺害に及んだってことも考えられる。反論は？」

困惑げに眉をひそめてしばし考え、草薙は、ぼそりと呟くように答えた。

「自分はやっていないとしか、云いようがない」

藍人が尻上がりの口笛を吹く。

「ずいぶん慎重な答えっすね。それがアンタの首を絞めることにならなけりゃいいけど」

怪訝そうに視線を上げる草薙に、藍人が身を乗り出すようにして囁いた。

「ぶっちゃけると、オレはアンタが一番疑わしいと思ってるんで」

藍人の目の奥で、物騒な光が輝く。

「――知ってるんだぜ。アンタ、警察に嘘をついただろ」

藍人のセリフに、他のメンバーが驚いたように草薙を見た。

何か云いかけた草薙を遮り、藍人が声高に問い詰める。

「ここにいるメンバーの中で、あの日、アンタだけが別荘に姿を見せなかった。アンタはずっと一人で自宅に居たって証言したよな。当時のオレは、特にその言葉を疑いもしなかった。どう考えても、別れた男をあっさり招いてしまえる姉の方がまっとうな神経じゃないんだ。

だけど、後になって、気が付いた。

　姉の亡くなった日、アンタは本当は、こっそりあの別荘に来ていたんじゃないかって」

　緊張しながらやりとりを見守る美咲たちの前で、草薙が居心地悪そうに口を開く。

「……証拠は？」

　藍人は、強気な態度で話し出した。

「あの日、庭のガジュマルの枝を切り落としたんだよ。ガキの頃はブランコを吊るしたり、木陰で昼寝したりしてたんだけど、伸び放題になってて陰気だし、車を停めるときに邪魔になるからって『あの木、もう切っちゃって』って思いついたように姉がオレに命令したんだ。まあ結局いつもの気まぐれで、途中で興味を失くしたみたいに『もういいわ、それよりピアノの調律をしてくれる？』って云われたときはさすがのオレもあっけに取られたけどな。あの日、庭には剪定された枝が転がってた。

　重要なのは、オレがそれをやったのが姉の亡くなった当日だったってことだ。それより前に、切り落とされたガジュマルを見る機会はなかった。なのに姉の亡くなった日、自宅からまっすぐ病院に駆けつけたはずのアンタは、辛そうな表情でこう呟いたんだ。

『あの庭は、木だけじゃなく、主《あるじ》までも失ってしまったんだな』って」

「戸惑ったように草薙を見る他のメンバーの前で、藍人の矛先が尚も鋭利さを増す。

「アンタは姉の亡くなった日、密かに別荘を訪れたんだ。そして、何らかの方法で姉を殺害したんじゃないのか。……認めろよ」

正面からひたと注がれる藍人の視線を受け止めた後、草薙はやむなく、といった体で深いため息をついてみせた。低い声で、呟く。

「確かにあの日、別荘に行ったよ」

とっさに動揺した。草薙が真顔でかぶりを振る。

「招かれはしたものの、正直なところ、行くべきかどうか迷ってたんだ。オレ自身多少の気まずさもあったし、それに泉音は気にしなくても、周りの人間には気を使わせるだろう？ 最初は参加しないつもりだったんだけど、彼女とは今後もいい友人でいたいと思ったし、変にぎくしゃくするのも嫌だったから、思い直して後から一人で別荘に向かったんだ。気が重いせいか、別荘に着くまでの道のりがひどく遠かった。上手く云えないが、胸が騒ぐような、嫌な感じがしたのを覚えてる。

別荘に到着して車を降りたら、まるで助けを求める人間の腕みたいに、不気味にねじれた形の枝が庭に転がってた。切り落とされたガジュマルは、そのときに見たんだ」

緊張からか空調が効いているせいか、草薙が乾いた唇を舐める。

「だけど誓って、オレは彼女には会っていない。もちろん、殺すはずがない。別荘には行ったけれど、誰もいなかったから、結局そのまま引き返したんだ」

草薙の言葉を聞き、瑞穂が不審げな目で睨む。

「嘘、そんなわけない。あたしたちはずっとあの別荘に居たわ」

「……本当に誰もいなかったんだ。建物は、死んだように真っ暗だった。変な云い方だけど、まるで自分が異空間にでも迷い込んでしまったんじゃないかって気がしたよ。もしかしたらこれは泉音の仕掛けたブラックな悪戯で、本人はどこかから困惑したオレの様子を眺めてほくそ笑んでいるんじゃないか、なんてことも考えたが、別荘の前で暗い建物を見上げていたら、なんだか急に気が抜けたんだ。ああ、もう彼女に振り回されるのはオレの役目じゃないんだ、とはっきりと気が付いたんだよ。結局、すぐにその場を立ち去った。本当だ」

「どうして、別荘に行っていないなんて嘘をついたんですか？」

美咲の質問に、草薙がばつの悪そうな表情で応じる。

「妙な誤解をされるのが怖かったんだ。別れたばかりの恋人が別荘を訪れた直後に命を落とすなんて状況、誰だってオレのことを疑わしく思うだろう？　会わずに帰ったと話しても、素直に信じてもらえるかどうかわからない。だから、あの日、別荘には行かなかったと嘘をついたんだ」

草薙は朴訥な口調で告げた。

「だけど、これだけははっきりと云える。オレは彼女を、殺していない」

疑り深い眼差しで草薙を見つめていた藍人が、今度は視線を瑞穂に向ける。だがとっさに台詞が出てこなかったのか、視線を宙にさまよわせ、歯切れの悪い口調で呟いた。

「——青井、みほ」

「瑞穂よ」

キッと藍人を睨み、瑞穂がきつい口調で云い放った。

「真面目にやって」

「……面倒くせーな」

藍人はそっぽを向いて大きくため息をつくと、ポケットから堂々と小さな紙きれを取り出した。なんとカンニングペーパーだ。

瑞穂は何か云おうとして口を開きかけたが、やがて諦めたのか、不機嫌そうな様子で口を閉じた。藍人は素知らぬふりですました表情を取り作り、紙きれを手にしたまま、再び瑞穂に向き直った。

「アンタと姉は、長年の親友だった。アンタはここにいる草薙透吾に恋愛感情を抱いたが、彼が恋人に選んだのは姉だった。だからアンタには、姉を殺す理由がある。違いますかね？」

三角関係？　美咲にメールで送られた登場人物設定には、そこまでのデータはなかった。少し慌てて覚え込む。

瑞穂は、喉の奥で小さく笑った。それから小首を傾げ、おもむろに藍人の顔を覗き込む。

「男を取られたくらいでいちいち人を殺してたら、世の中殺人だらけだよね、大変だよね。そりゃ泉音は親友だったし、複雑な気持ちがあったことは確かよ？　でも、彼のことなんてもうなんとも思ってないもん。あたしは泉音を、殺したりしてないよ」

とどめとばかりに、にっこりと凶悪な笑みを浮かべて応戦する。

「八月五日のあたしの行動を聞きたいんでしょ？　いいわ、教えたげる。あの日、あたしと泉音は最悪の喧嘩をしたの。二階の部屋で飾り付けをしていて二人きりになったときに、どうして草薙さんと別れたのって訊いたのよ。……云っておくけど、別に深い意味はないわよ。ただ好奇心から訊いただけ。あたしがそう尋ねたら、泉音は皮肉っぽく笑って、『彼のことがそんなに気になる？　いいわよ。あたしはもう興味がないから、あなたにあげるわ』って、まるで子供が飽きた玩具を譲るみたいに平然とそう答えたわ。それを聞いて、カッとなったの。

あの娘はいつもそう。他人が欲しがるものをあっさり手に入れてしまえるくせに、すぐに関心を無くして見向きもしなくなる。まるで最初からそれがなかったみたいに、自分の世界から放り出してしまうんだわ。そして、誰かがそれを欲しがって必死になるのを、離れた場所から冷めた表情で眺めてる。才能のある娘だったし、親友だったけど、あの娘のそういうところがすごく嫌いだった。アンタはあたしのことを見下しているんでしょって、思わず泉音を怒鳴ったわ。泉音はどうして急に怒り出したのか理解できないって顔で怪訝そうにあたしを見てたけど、しばらくしてからこう云ったの。『いいのよ。あたしにとって、彼は違ったんだもの。それがわかったの』って。

あのときは頭に血が上ってて、あの娘の云ってる意味がよくわからなかったけど、今にして思うと不思議だわ。

なぜって、彼と別れたばかりなのに、泉音は幸福そうだったのよ。あのとき、とても満ち足りた顔をしてた。もしかしたら泉音には想い人か、新しい恋人がいたのかもしれない。泉音がそう云ったわけじゃないけど、女の勘。同性だからわかるの」

瑞穂はそこで台詞を止めると、自分の言葉が与える効果をしっかり見届けるようにメンバーの顔を見回してから、再び話し始めた。

「だけど、そう思ったのは後になってからね。そのときのあたしは泉音にバカにされたと思って腹を立ててたから、準備の邪魔だから向こうに行ってて、ってつっけんどんに云ったの。こっちはアンタの気まぐれに付き合わされて大変なんだから、って嫌味を云ったっけ。泉音はあたしが不機嫌なのを見て取ると、肩をすくめて、向かいのピアノのある部屋に歩いていったわ。

……さっき高瀬さんも云ったわね。そう、確かにあの日の泉音は忌々しいほど綺麗だった。グラスに挿してあった薄紅色の花に白いワンピース姿が映えて、目立ってた。皆で語り合うつもりの部屋が、まるで彼女のためだけに用意された舞台みたいに思えたの。敗北感、疎外感。どの表現も当たってるみたいでちょっと違う気がするわ。

ただ、世界の中心は常に彼女なんだと、そう感じられて仕方なかったの。

あのときの気持ちはきっと誰にもわからないと思う。

あたしはその場に立ち尽くして、テーブルの上の鮮やかな薄紅色の花弁を見てた。そのとき何を考えてたのか、はっきりと思い出せない。手を伸ばして、飾られた花を感情のままむしるように摑んだ。もしかしたら床に叩きつけようとしたのかも知れない。

そのとき、九条さんが部屋に入ってきたの。目が合うとあたしの険悪な雰囲気に気が付いて、びっくりした顔をしたわ。あたしは反射的に取り繕うように笑って、グラスからそのまま花を引き抜いて、『こんな綺麗なお花をただコップに突っ込むなんてもったいないわ。花瓶に入れ替えてくる。あとをお願い』って、部屋の隅の流しを指差して軽い口調で彼女に云った。誤魔化したつもりだったけど、部屋を出るとき九条さんがもの云いたげな顔をしてたから、あたしと泉音の間に何か諍いがあったんじゃないかって気が付いたんじゃないかな。一輪挿しに花を飾って、一階の玄関の所に移しておいたわ。なんとなく、目の届く所に置いておきたくなかったのよね」

思考を整えるように、瑞穂がゆっくりと息を吐き出す。

「……それから二階の部屋に戻って、ずっと皆とお喋りしてたわ。音楽をかけて、少しアルコールも入ってたわね。泉音以外は皆ハロウィンの黒ずくめの衣装を着ていたから、傍から見たら異形の晩餐てとこかしら。

和やかなムードだったけど、しばらくして、黒木さんと泉音が何か言い争いを始めたの。あたしは偶然二人の近くに居たから、ちょっとだけ内容が聞こえた。何を話してたのかは知らないけど、殺すとか殺されるとか、そんな物騒な単語が耳に入ってきてどきっとしたわ。黒木さんはすごく動揺して、取り乱してた。黒木さんが部屋を出て行って、その後で泉音も一人で向かいの部屋に入っていったわ。しばらくして窓の外で、何かが落ちた音がした。

――正直に云うわ。あの音を聞いたとき、あたしは、逆上した黒木さんが泉音を突き落としたんじゃないかと思った。

慌てて窓を開けて外を覗いてみたけど、変わった様子は見当たらない。あたしたちは不安になって、向かいの部屋に様子を見に行ったの。泉音はいなくて、部屋には机と、あの娘が昔よく弾いてたっていう年季の入ったピアノがあるだけ。『彼女はここにいないのか？』って云いながら藤森さんも入って来て、部屋のドアが閉まるバタンって音がすごく響いた。上手く云えないけど、そのときあたし、なんだか急に変な気分になったの」

瑞穂が言葉を止め、困惑げな表情を作ってみせる。

「どこかで」

緊張したように、微かに掠れた声。遠くを見る目つき。

「何か、ひどい違和感を感じてた。どこかが変だ。何か起きてるって。でも、あたしには今もわからない。あのとき感じた違和感の正体も、何も。庭で絶命している泉音を見つけたとき、すごくショックだったけど、心のどこかで、やっぱり、って思ったの。あたし、もしかしたらいつかこうなるんじゃないかって予感がしてた。良くも悪くも泉音の発するエネルギーは強過ぎて、周りの人間も、本人すらも灼き焦がしてしまうんじゃないかって。だけど、やったのはあたしじゃない。

あたしには最後までなかったの。彼女という光に正面から向き合うだけの強さも、覚悟もね」

幕切れを知らせるように、ふう、と肩の力を抜いて微笑む。

「以上で、あたしの出番は終わり。納得してくれたかしら？」

「口じゃなんとでも云える。残念ながら、アンタの名前はまだ容疑者リストに入ったままだ」

完璧な笑顔に少しも心動かされた様子なく述べる藍人に、瑞穂は下品な仕草で爪を嚙んだ。美咲は胸の内で舌を巻いた。この娘、やっぱり上手い。

「九条茜」

ふいに声をかけられ、瑞穂の演技に素直に感心していた美咲は反射的に身を硬くした。緊張しながら、顔を上げる。美咲の番だ。

瑞穂がこれだけの芝居をしてみせた後では、さすがにプレッシャーを感じてしまう。

「アンタは大学の文芸サークルの後輩で、姉とは仲が良かったっけ。作家志望のアンタは姉を尊敬する一方、激しい嫉妬心をも抱いてた。姉のことが憎かったから、殺したんじゃないのか？」

まさか、自分の人生で誰かを殺したのかと糾弾されることがあるとは思わなかった。なんだかどぎまぎしてしまう。逃げを許さない視線に射貫かれ、美咲はどう云うべきか少し考えた。九条茜なら？　彼女ならどう答えるだろう？

身近にいた、美しくてあやうい才能を持つ、そんな女性に対して。

他のメンバーが興味深げに見守る中、美咲は意を決して口を開いた。

「私は、あなたのお姉さんに憧れてた。綺麗で、繊細で、硝子細工みたいに透明で毒があって、どうしてこんな作品が書けるんだろう、って思ってた。こんな作品、絶対自分には書けないと思ったし、嫉妬を感じたこともある。だけど私は殺してない。そんなことしたって、私が彼女に勝ったってことには、ならないもの」

初めて三島加深の作品に触れた時の自分の気持ちを重ねながら、話す。

そう。まっすぐに夢追う九条茜という女性なら、きっとそんなふうに答えるはずだ。落ち着いて、出だしは悪くない。

間違えないよう、気をつけて話さなければ。

「——八月五日、確かに、私もあの別荘に居ました。彼女が誘ってくれた時は光栄だと思ったし、とても嬉しかった。夕方から皆でサマーハロウィンの準備をしていて、私も買い出しに行ったり、飾り付けをしたりと、あちこち動き回ってました」

そこで、ふいに次の台詞を失念した。どうしよう、と一瞬うろたえたものの、直後に思い出し、ひやりと胸を撫で下ろす。

「あの赤い花は、庭に咲いていたのを、私が持ってきたの。父が大事に育てていて、子供の頃はむやみに触らないようきつく叱られたわ。そのせいか、私にとっては綺麗だけど近寄りがたい、ってイメージがあるんです。なんとなく泉音さんを連想しました」

声が少し上ずっている。自分の口にした台詞はどうしても硬く、不自然に聞こえてしまう。

役者さんて、すごいんだな。

「瑞穂さんが花を持って出ていった後、部屋に入ってきた藍人君に『さっきの夾竹桃は？』って訊かれたので、花瓶に移すところだと答えました。藍人君はふうんと呟いて、私を見てにやっと笑って、『あの花言葉、〝危険〟ていうんだぜ』って意味深に云ったわ。ちょうどそのとき泉音さんに呼ばれたので、藍人君は舌打ちしてすぐに出て行きました」

とにかく内容を間違えないように、頭の中で懸命に与えられたシナリオをなぞる。

「瑞穂さんにあとをお願いと云われたので、二階の部屋で片付けを続けようとしたら、今度は血相を変えた藤森さんが入って来たんです。泉音さんから預かったピルケースを、一階のリビングのテーブルの上に確かに置いたはずなのに、ちょっと目を離した間に見当たらなくなった。そう云ってました。

泉音さんは少し不眠の気があって、睡眠薬を処方してもらってたんです。一緒に捜してほしいと云われて、藤森さんと一階を見て回りました。テーブルの下に落ちていないか、飾り付けをしていてどこかに紛れ込んでしまったんじゃないかとあちこち捜したんですが、見つからない。泉音さんが不機嫌になるんじゃないかと、藤森さんは気落ちしてました。でも薬が見当たらないと云ったら、予想に反して泉音さんは全然気にする様子もなくて、『ああ、あれね。別にいいのよ』ってあっさりしてました。

他の皆さんも話してましたけど、あの日の彼女は特別に綺麗で、どこか満ち足りた表情をしてたように思います。まるで好きな人に会いに行くみたいに」

他のメンバーの反応が気になり、ちら、と様子を窺う。皆、美咲の言葉を一言も聞き漏らすまいというように真剣な表情で耳を傾けている。美咲は再び役に集中した。

「でも、その後、意外な所で薬は見つかったんです。生ごみを捨てようとしたら、ダストボックスの中に白くて丸いものが散らばってたの。誰かが泉音さんの睡眠薬を、キッチンのごみ箱に捨てたんです。それを見つけた時は正直、信じられませんでした。別荘に来ている親しい人たちの中の誰かが、そんなことをするなんて」

意識して、声のトーンを一段落とす。

高らかに声を張り上げるよりも、演出としてはその方が効果的なはず。

「――泉音さんは、敵も味方も多い人でした。だけどたくさんの人から評価されても、彼女はちっとも嬉しそうじゃなかった。むしろピリピリして、作品を発表するたびに自分の内側に深く閉じこもっていくみたいだった。不思議に思って尋ねたら、泉音さんは冷笑してこう云ったわ。

『あたしにとって、書くっていうのは、自分の中の淀んだどぶ川から泥や悪臭のする異物をかき出すような作業なの。いわばごみ溜めね。そんなものに拍手をもらって喜ぶバカがいるかしら』って。ショックでした。少なくとも、私にとって書くことはもっと前向きで、すごく大切なものだから。

でも、それを聞いてから、私は彼女を妬むのを止めたんです。上手く云えないけど、自分と彼女は全く違う生き物で、私が彼女への嫉妬に苦しんでいたように、彼女も私とは形の違う、何か大きなものに押し潰されまいと必死にもがいているのがわかったから」

美咲は、カップの底に残っていた紅茶を飲みほした。あと、一息だ。

「キッチンから二階の部屋に戻ると、窓の外で何かが地面に叩きつけられるような音がして、皆が騒ぎ出しました。最初は何が起きているのか、全然わからなかった。皆で泉音さんの部屋に様子を見に行って、彼女がいないのに気付いたときも、ただぽかんとしていた気がします。窓を開けて、さっきはなかったはずの泉音さんの死体を見つけた時は一気に血の気が引くのがわかりました。足ががくがく震えて、とてもじゃないけど立っていられなかった。気持ち悪いくらい鳥肌が立っていたのを覚えてます。すごく怖かった。頭の中に、さっき見た光景が思い浮かびました。ダストボックスの中の、捨てられた白い錠剤。それから思いました。

彼女が何に苦しんでいたのにせよ、それを知ることはもう永遠に出来ないんだって」

誤りや云い忘れはなかったかとどきどきしながら、美咲は神妙な表情を作って頷いてみせた。

「私の、話は、以上です」

「――なるほどね」

藍人が唇の端を上げる。芝居はたどたどしいことこの上なかったろうが、なんとか自分の出番はこなせたようだ。掌がじっとりと汗をかいていた。

失態を見せずに済んでホッとする美咲に続いて、今度は藤森が追及の標的となる。

「藤森紫苑。アンタは姉の作品の愛読者で、姉を崇拝してた。だけど姉はそんなアンタに対して終始つれなかったし、オレが見る限り、特別な感情を持ってやしなかった。で、逆恨み的な殺意が芽生えた。違いますかね？」

「何を証拠に、そんなことを……失礼じゃないか?」

演技とはいえ藍人の存在感に圧されたのか、幾分どぎまぎした様子で藤森は反論の言葉を探した。

「僕は犯人じゃない。犯人なもんか。大体、そんな理由で人を殺すなんて、陳腐過ぎる。人を殺すなら、現実じゃなくて紙の上で殺すよ。選び抜かれた言葉の羅列によってね。その方がずっと美しいし、知的だ」

誇らしげに断言した直後、藤森は微かに顔を歪めた。役柄ではなく、自分自身の言葉で語り過ぎてしまったことに後悔したらしい。

なるほど、そういう云い方もあったか、と美咲は胸の内で唸った。

私は彼女を殺したりしてません。私ならきっと、小説を書くことで彼女を殺してました。選別された言葉たちによって、誰よりも美しく彼女を埋葬していたでしょう。

……うん、悪くない。小説に対する九条茜のひたむきさが伝わる。加えて、九条茜が犯人なのではないかと、周りのミスディレクションを誘うことも出来るだろう。

そうか、そう考えると、先ほど草薙が追及に対して最初言い訳らしい言い訳をしなかったのも、わざと自分に疑いが向くよう意図したからかもしれない。

或いはそう見せかけて、本当に犯人役なのか。

事前に何度も練習してきたのだろう、藤森が流暢《りゅうちょう》に語り始める。

「警察にも何度も話したけどね。去年の八月五日、確かに僕は君たちと別荘に居たよ。彼女が藍人君と別荘で休暇を過ごす予定なのを知って、自分も行っていいかと訊いたら、彼女はあの皮肉っぽい綺麗な目つきで『好きにしたら』ってＯＫしてくれた。そのときはまさか、彼女があんなことになるとは想像もしなかったけれどね」

演技過剰に喋り続ける藤森を、瑞穂がうんざりした表情で眺めた。瑞穂の達者な演技を見た後というのを差し引いても、藤森の芝居はお世辞にも上手いものとは云えなかった。

自分の出番のときにこのきつい目で見られなくて良かったと、あらためて胸を撫で下ろす。

「あの日、彼女が一人になりたいと云って席を外してから落下音がするまでの間、僕はずっと廊下に居た。当時アルバイトをしてた出版社でちょっとしたトラブルがあってね、編集者と携帯電話で話してたんだ。音楽や話し声が邪魔になるから部屋の外に出て、ずっとそこで喋ってたんだよ。いいかい、僕はずっと廊下に居たんだ。二階の突き当たりにある、屋上への階段を使うには、必然的に廊下にいる僕の前を通らなきゃならない。だけど誓って云うけど、彼女は部屋にこもったきり、一度も姿を見せなかった」

テーブルに戸惑った空気が流れる。どうやら、状況はさらに不可解さを増したようだ。

戸惑いながら、尋ねてみる。

「……気が付かなかった、ってことはないんですか？　たとえば、話に熱が入って、彼女が通ったのを見過ごしたとか」

「そりゃあ僕だってずっと彼女の部屋を見てた訳じゃないし、ドアに背を向けて喋ってたときもあったよ。だけどさっきも云ったように、僕の前を通らなきゃ屋上へは行けないんだ。

彼女が目の前を通り過ぎて、気が付かないなんてことは絶対にないね。高瀬君がキッチンに氷を取りに行ったり、青井や九条が手洗いなんかで何度も側を通り過ぎたのは覚えてるけど、泉音さんの姿は見なかった。それにしても女性っていうのは、どうしてああもすぐに洗面所に立ちたがるんだろうね」

「失礼ね、そんなに行ってないわよ」

余計なひと言を付け加えた藤森に、瑞穂が噛み付く。

「そもそも、あなたはずっと一人で廊下に居たって云うけど、その証拠はあるの？　本当はあなたが泉音を手にかけた犯人で、あたしたちに罪をなすりつけようとして適当な嘘をついてるんじゃないの。部屋に閉じこもってたはずの泉音が突然死体になって庭に現れたなんて突拍子もない話より、その方がよっぽど合理的に説明つくと思うけど」

「どこが合理的なんだ」

美咲は険悪になりそうな空気を察し、慌てて藤森に尋ねた。

「じゃあ、藤森さんは、泉音さんが亡くなった時は廊下に居たんですね？　そのとき、何か気が付いたこととかありました？　たとえば、不審な物を見たとか」

藤森は鼻白んだような表情をしたが、本来の役割を思い出したのか、再び当時の状況を話し始めた。

「そのときは彼女を失ったショックでただ呆然としてた。彼女は僕にとってとても大切な存在だったんだから、当り前だろう？……だけど、そう云われれば一つ、妙なことがあったよ。

二階の廊下の突き当たりに置いてあった飾りの中から、変なものが消えてたんだ」

「変なもの？」

「そう。お化けと、サボテンだ」

予想外の回答に、首を傾げる。

「白いシーツか何かを細長い物に巻きつけて作ったお化けと、干からびた感じのサボテンの鉢植えが無くなってたな。

貧弱なサボテンは別荘に不似合いだったし、お化けは薄暗い廊下に置いてあるのを見て、一瞬、人が立ってるのかと思って驚いたから印象に残ってるんだ。後になってサボテンは踊り場の明かりとりの窓の下で見つかったけど、お化けは結局見つからなかった。まあこんな話、全然関係ないかも知れないけど」

藤森が深々と切なげなため息をついてみせた。

「彼女を失ったことは、僕にとって本当に大きな痛手だったよ。あんなにも強い引力を持った女性はもう二度と現れない。今になって思うんだけどね、もしかしたら彼女は密かに僕のことを想っていてくれたのかも知れない。さっき皆の話を聞いていて、尚更そんな気がしてきたんだ。だからこそ彼女は草薙氏と別れ、別荘にいたとき、いつもより満たされた表情をしていたんじゃないのかな。彼女のピルケースが無くなったと伝えたとき、彼女は少しも気分を害した様子もなく、むしろ優しい口調で『別にいいのよ』って云ってくれた。そのとき僕を見つめる眼差しに、何か特別なものを感じたような気がするんだ。もし彼女が誰かに殺されたんだとしたら、それはきっと彼女を愛する人間が嫉妬からやったことなのかも知れない。

そうであるなら、僕がその真相を突き止めることは、彼女への弔い合戦だ」

どんどん自らの演技に陶酔していく藤森に、瑞穂が冷ややかな眼差しを向ける。

藍人が棘のある笑みを浮かべて皆に云った。

「どうもありがとう。なかなか興味深い話だったよ」

すかさず瑞穂が藍人に向かって挑戦的に口を開く。

「あら、あたしたちにばかり喋らせておいて自分の順番はパスする気？　云っておくけど、あの日あなたも別荘に居たまぎれもない容疑者の一人なのよ。忘れないで」

「そりゃ失礼」と藍人が苦笑した。

わざとらしく姿勢を正し、揶揄するような口調で語り出す。

「さて、どこから話しましょうか。そうそう、さっき藤森氏が云ってたお化けとサボテン。あれは、オレが用意したんだ。

姉が『藍人、お化けが欲しいわ。ハロウィンにはお化けがつきものでしょ』って云い出してね。いつもの気まぐれで、云われるままにオレが適当に用意したシロモノ。『大体、サマーハロウィンてなんだよ。そもそもハロウィンてのは、確かケルト人の一年の終わりが十月三十一日で、その夜は死者や精霊が出るってんで身を守るために仮面かぶったりすんのが発祥とかって話じゃなかったっけ？　意味わかんねえ』って文句を云ったら、姉は『そうよ、ハロウィンにはお化けが来るの。アンタもきっとお化けに食べられちゃうわ。ねえ、怖いでしょ』って冗談めかして笑ってた。サボテンは、オレが買ってきたやつだよ。飾りがたくさん突き刺さってて、見るからに色が悪くて長持ちしなさそうだったから。悪い癖なんだよなあ、こんなん欲しがるヤツいねえだろ、って物を見るとつい手ェ出しちまう。天邪鬼なんでね。

適当に廊下の隅に並べといたそいつが、どっちもいつのまにか消えてた。サボテンは別の場所で見つかったけど、オレが移動させたんじゃないぜ。根腐れを起こしたみたいで、姉が死んだ後すぐに枯れちまった。お化けの方は消えたままだ。姉の死でバタバタしてたから当時はそんなもん気にも留めなかったけど、今にしてみると確かに妙だ。ひょっとしたらあれは本物の幽霊で、どこかに飛んでいっちまったのかも、なんてな」

藍人がにやりと露悪的に笑う。

「それはさておき、姉が亡くなる前後のオレの行動だよな。常に皆さんと行動してたんで、特に不明な部分はないと思いますけどね。さっき話した通り、二階の部屋で雑談してたら、姉が急に『ちょっと一人になりたいから、向かいの部屋に居るわ』って云い出したんだ。部屋を出ていこうとして、ふと思い出したように振り返って『ねえ、お水ちょうだい』ってオレに云った。当時の姉は睡眠薬を常用してて、よく寝る前に薬を飲むための水を持って行ってた。テーブルから水の入ったコップを取っていつものように姉に渡すと、そっけなく『ありがと』って云った。それから少し気怠そうにオレを見て、何が面白くないのか『アンタって、結構ものぐさよね』ってぶつくさ云いながら出ていったんだ。——それが最後だ。それからあの出来事が起こるまでの一時間、オレは一歩も部屋から出てない。窓の外で大きな音がして驚いて、姉の様子を見に行くために初めて部屋から出たんだ。

全員で向かいの部屋に入ったけど、姉の姿は見当たらなかった。どうしたんだろうと心配しながら元の部屋に戻ってすぐ、窓の外を見て、庭に倒れている姉の姿を発見した。

……補足するならこんなところかな。どう思います、皆さん」

藍人は行儀悪く頬杖をついてみせた。不穏な口調でメンバーに話しかける。

「姉は、お化けに食われちゃったんですかねえ？」

美咲は困惑した表情を作りながら藍人を見返した。とはいえ、その表情に本心が入っていないとは云い切れない。

このゲーム、なかなか役者が揃っているようだ。今のところ誰が犯人役なのか、見当がつかない。

そのとき、ふいに近くで受信機の電子音が鳴った。

どきりとしてポケットを確認すると、美咲のものではない。

全員が同じように確認する中、藤森が、慌てて胸ポケットからランプの点滅する受信機を取り出した。鳴ったのは彼のもののようだ。どうやら、草薙の次にゲームの指示が来たのは藤森らしい。

他のメンバーも、興味深げに藤森の動きを見守った。そこに何が書いてあるのだろう？

藤森は送られてきたコマンドに熱心に目を走らせていたが、皆が自分の行動に注目しているのに気が付くと、偶然にも重要な役回りが回ってきたことを誇るように、満足げに頬をひくつかせた。

もったいぶった様子で全員の顔を見回し、おもむろにセリフを口にする。

「……実を云うと僕は、羽霧泉音を殺した犯人に心当たりがあるんだ」

「え!?」と驚いたような声が上がった。草薙が訝しげな顔をする。

「犯人に心当たりがある、だって……？」

返ってきた反応に満足そうに、藤森は「ああ、そうさ」と頷いた。

瑞穂が身を乗り出して尋ねる。

「誰？　この中にいる人？」

「いるけど、いない」

藤森はもう一度素早くコマンドに視線を落とすと、誰にも見せまいとするようにすぐに受信機をポケットにしまった。得意そうに口を開く。

「黒木高志さ」

肩に力がこもった。この場に黒木が現れないのは、やはりシナリオによるものだったらしい。藤森は興奮気味に語った。

「奴は彼女の亡くなる直前、別荘で彼女と激しい口論をしてる。理由は、盗作だ。黒木高志は、羽霧泉音が商業デビューする前にサークルの機関誌に書いた短編小説に手を加えて、自分の名義で発表したらしいんだ」

「盗作？　本当に？」

「ああ。彼女は『あたしは別にどうだっていいけど、これが世間に知られたらあなたは大変ね。きっと殺されちゃうわ』というような言葉を嘲るように黒木に云った。殺される、というのはおそらく社会的に抹殺されるという意味だろうな。その台詞に黒木は動揺して、逆上したんだ。殺される前に自分が殺してやる、というような物騒な捨て台詞を彼女に向かって吐いたのを、僕は聞いたんだ」

「やれやれ、とんだ逆恨みだな」

間延びした口調で高瀬が云ったので、早口にまくしたてていた藤森はリズムを崩されてムッとした表情になった。気を取り直したように、続ける。

「僕が思うに、黒木は内心ひどく怯えてたと思うね。だってそうだろ？　盗作だと彼女が訴えるかもしれない。たとえ訴えなくても、そんな噂が広まったら物書きとしてやっていけなくなるかもしれない。それで追い詰められて、事故に見せかけて彼女を殺害するに至ったのさ。思えば彼女が亡くなる直前、姿を見ていないのはヤツだけだ。黒木だけが僕らと離れて一人で別室に居たんだ。状況的に、これ以上疑わしい人物はいないじゃないか」

たたみかけるような藤森の言葉に、藍人は眉をひそめて尋ねた。

「……で、話題の本人は、今どこに？」

「きっと怖くなったのさ。懸賞に当たっていざ来てみたら、集まったのは羽霧泉音の関係者ばかり。誰かが自分のやった犯罪に気付いて、罪を暴こうとしているんじゃないかと思い当たって、部屋にこもって震えてるに違いない。絶対に奴は彼女の死に関わりがあるよ。仮に奴が犯人じゃなくても、何か知ってるはずだ」

藤森は椅子から立ち上がった。自分のみに与えられたコマンドの存在が、彼に大胆な言動を取らせているらしかった。

「どこに行くんだ？」

「決まってるだろう、黒木高志の所さ。今云った事実を突き付けて、知ってることを洗いざらい吐かせてやる」

自信に満ちた口調で云い放ち、藤森は車内を歩いていく。今やすっかり彼がこの場の探偵役をさらっていた。高瀬が嘆息して云う。

「仕方ない、オレたちも後を追おう」

席を立ちながら、心臓がどきどきするのを感じた。どうやら、次のゲームイベントが発生するらしい。

瑞穂がやれやれといった表情で、独白した。

「また悪趣味な趣向でも見せてもらえるってわけ？　ナイフの突き刺さったマネキンの次は、一体何？」

◇

美咲たちが行くと、個室の前で藤森が中に向かって熱心に話しかけていた。

「容疑者の尋問はうまくいきそうかい」

高瀬が冗談めかして声をかけると、藤森は不機嫌な面持ちでこちらを振り返った。

「鍵がかかってる、呼んでも出てこないんだ。放っといてくれだってさ」

頭に血を上らせた様子の藤森を見やり、美咲は小さく嘆息した。

この剣幕で突然ドアを叩かれたら、自分でも開けるのをためらうだろう。小柄な黒木の、どこかおどおどした態度を思い出す。

橋にでも差し掛かったのか、ゴトンゴトンという音と振動が車内にひときわ大きく響いた。黒木の個室のドアの左脇に飾られた壁飾りが、さざめくように揺れる。

焦れたように、藤森がさっきより強くドアを叩いた。

「出てこないと、余計疑いをかけられて損をするのはアンタなんだぞ。それとも、出てこられない理由でもあるのか」

瑞穂はと見れば、通路の壁に寄りかかり、少し後ろからこちらの様子を窺っている。どう行動したものかと美咲が迷った、そのとき。

室内から、くぐもった男の叫び声がした。

藤森がぎょっとしたようにドアから一歩離れる。反射的に肩が跳ねた。今のは、何だ？

藍人がまじまじと個室のドアを見つめる。

「黒木さん！　どうしたんです？」

草薙が呼びかけるが、部屋の中から応答は無い。「おい、どうした⁉」と高瀬も横からドアを叩いた。

「すみません！」

ふいに瑞穂がよく通る声を発したので、皆が驚いたように背後を振り返った。

近くを通りかかった乗務員の女性を、瑞穂が呼び止めている。

「すみません、中の友人の様子がおかしいんですが、ここを開けて頂けませんか？」

「えっ？」

女性が驚いた表情で美咲たちを見返す。瑞穂は自分の個室のカードキーを提示し、尚も主張した。

「あたしたち皆、友人で、並びでこの車両の部屋を取ってます。中から叫び声みたいなのが聞こえて――もしかしたら具合が悪くなって、身動きが取れずにいるのかも。お願いします」

瑞穂の言葉に、美咲たちも急いでカードキーを乗務員に見せる。乗務員は突然の出来事に困惑したような顔をしていたが、連番のカードキーを見せられ、瑞穂に凛とした口調で云われると、慌てた様子で返事をした。

「少々お待ち下さい」

美咲たちにそう告げて一旦その場を離れると、すぐに別の男性乗務員を伴って戻ってきた。

男性がドアに顔を近付け、冷静な声を保ちながら室内へ呼びかける。

「お客様、大丈夫ですか？　ドアを開けさせて頂いても宜しいでしょうか？」

耳をそばだてるも、返事はない。

「早くしてくれよ」

藤森に急かされ、乗務員たちは顔を見合わせた。

「お開けしますよ」

緊張した表情で声をかけながら、乗務員が手にしていたカードキーを差し込む。

小さな電子音と共に、あっけなくドアロックが解除された。

「黒木さん！」

扉が開けられると同時に、藤森と草薙が中を覗き込んだ。

美咲の背後から瑞穂もぐいと顔を突き出す。次の瞬間、言葉を失った。

――個室の中には、誰もいない。

真っ先に視界に入ったのは、他の部屋と同じ作りのベッド兼用のソファ。

はめ込み式の小さなテーブルが、引き出されたままの状態になっていた。テーブルの上に、美咲たちに渡されたものと同じと思われる受信機が置いてある。

その狭いスペースのどこにも、人一人隠れる場所などありそうになかった。

混乱し、立ち尽くす。たった今ここにいたはずの黒木は、どこに消えたのだろう？

「お客様……？」

戸惑った様子で問いかける乗務員に、呆然としていた瑞穂がハッと我に返り、慌てて云い繕った。

「やだ、ごめんなさい、あたしの早とちりだったみたい。きっとお手洗いにでも行ってるんだわ。本当にすみません。友人には、あたしたちからちゃんと説明しておきますから」

乗務員たちはしばしためらっていたが、殊勝に詫びられ、かつ並びで個室を取っている乗客をそれ以上疑うのも憚られたのか、形式上といった感じでやんわりと「次からはお気を付け下さい」と美咲たちをたしなめて慌ただしく業務に戻っていった。もしかしたら、友達同士で悪ふざけをしているとでも思ったのかもしれない。乗務員が立ち去ってしまうと、高瀬はためらいなく室内に踏み込んだ。つられるように、美咲たちも個室の中を観察する。

複数の人間が入口付近に集まると、ただでさえ狭い部屋がいっそう窮屈に感じられた。

「……どういうことだよ。さっきまで居たその黒木ってヤツは、一体どこに行ったんだ？」

戸口の所に立ったまま、藍人が訳がわからないというふうに呟く。

「これを見ろよ」

高瀬が屈み込み、床の上から何か薄っぺらいものを摘まみ上げた。

まるでこの状況を楽しむように唇の端を上げ、厳かな口調で宣言する。

「この部屋のカードキーだ。床に落ちてた。——つまりこの部屋は、密室だったたってわけだ」

その場の全員が、ぎょっとしたような顔になる。

「バカな。一瞬にして、密室から人間が消えたっていうのか」

乱暴に髪を掻き乱した藤森が、ハッとしたように、わずかに開いている窓を指差した。

「――おい！　窓が開いてる」

「まさか、ここから飛び降りたの？」

「あり得ないね」

瑞穂の疑問に、ほんの少しだけ開いた窓を観察していた高瀬は即答した。

「安全面を考慮して、これ以上は開かない作りになってる。最大でせいぜい十センチってところだな。大の男が通り抜けるのは不可能だ」

「じゃあ、彼はどこに消えたっていうの？」

藍人がテーブルの上から、黒木が与えられた物と思われる受信機を手に取った。

受信機の側には、外れたイヤフォンマイクが無造作に置いてある。

「――なあ、これどう思うよ？」

抑揚のない口調で云い、藍人が受信機の画面を皆に向けてみせた。それを目にした瞬間、ぎくりとする。

液晶画面いっぱいに、赤い色で不気味な文字が記されている。

『GAME　OVER』

戸惑ったような沈黙が流れた。

「またその悪趣味なイタズラ？　勘弁してよね、もう！」とたまりかねた様子で瑞穂がわめく。

草薙が解せないと云いたげな表情で呟いた。

「それにしても、妙だな。どうしてカードキーが室内の床に落ちていたんだろう？」

「そんなことより、問題は黒木さんよ！　きっと列車のどこかに隠れてるのよ。手分けして、黒木さんを捜しましょう」

瑞穂の言葉に、美咲は大きく頷いた。確かに、この状況で彼の不在を気にかけるなという方が無理だ。

「ちょっと、いいかな」

動揺している素振りを見せながらも、すかさず藤森が口を挟んでくる。

「……黒木氏を捜すことについては彼女と同意見だけど、それぞれ別々に行動するのは避けた方がいいと思う」

また始まった、とでも云いたげな瑞穂の視線を無視して、藤森は主張した。

「だって、そうだろ。もし僕らの中に黒木氏に危害を加えた犯人がいたとしたら？　そいつはさも調べたようなふりをして、黒木氏はいなかったとかしゃあしゃあと嘘をつくに決まってるじゃないか」

「黒木さんに危害を加えた犯人て、彼が消えたとき、あたしたちは全員一緒にドアの外にいたじゃないの」

「いや。彼の云う通り、その可能性は否定できないね」

そう云い、高瀬は続けた。

「何らかのトリックを使えば、不可能なことじゃないさ。オレたちの中に、この人間消失事件の犯人がいる可能性は十分考えられる」

「人間消失事件て、あなたね……」

この状況をとことん楽しんでいるとしか思えない高瀬に、瑞穂があきれたような声を発する。それを気にする様子もなく、高瀬は薄い微笑を浮かべた。

「とにかく、一人で行動するのは避けよう。二人一組で各車両を調べるんだ。少なくとも一人でうろついてる所をぐさっとやられて、早くも次の被害者になって危険はなくなる」

「自分と組んだ相手が犯人だったら、どうするのよ?」

「二人で行動してる最中に相手を殺すなんて、そんな短絡的なことをするものか。それこそ、自分に疑いの目を向けるだけだ」

「あの、組む相手をどうやって選びましょう?」

美咲が尋ねると、一同は顔を見合わせた。

結局、グー・チョキ・パーで同じものを出した人同士が共に行動するという方法を取り、藍人と瑞穂、高瀬と藤森、草薙と美咲が組になって黒木を捜すこととなった。

なんだか列車の中で鬼ごっこをしている子供のような、いけない気分だ。

草薙と連れ立って車両を移動すると、一番奥の個室から順に調べてみることにした。

確認するように美咲の顔を見た後、草薙が最初のドアを礼儀正しくノックする。軽い緊張を覚えながら、美咲たちはドアが開けられるのを待った。

出てきたのは、全体的に丸みを帯びた中年女性だ。

女性が美咲たちの姿を見て、「何かしら？」とやや不思議そうに尋ねる。

「あの、すみません」

警戒されないよう、ぎこちなく微笑を作りながら口を開いた。

「この辺りの通路で、部屋のキーを落としちゃったみたいなんですけど、見かけませんでしたでしょうか……？」

我ながらわざとらしい演技に冷や汗をかく。つくづく自分は、こういうことに向いていないみたいだ。あらかじめ考えておいた云い訳を口にしながら、美咲はさりげなく室内の様子を窺った。奥にもう一人いるようだが、戸口に立つ女性の身体が邪魔してよく見えない。

「キーを？　あら、困ったわねえ。残念だけど、知らないわ」

人の良さそうな中年女性は、頬に軽く手を当てると後ろを振り向いた。

「ねえ、あなた見た？」

その問いに、派手なワンピースを着た、負けじとばかりにふくよかな体格をした女性が「いいえ」と顔を覗かせる。

「そうですか、どうもすみませんでした」

美咲たちが一礼すると、ドアが閉まった。二人は同時に息を吐き出した。

「……違ったみたいですね」

一つ一つ部屋を確認してみたものの、黒木の姿は見つからない。草薙が考え込むような表情で呟いた。

「あとオレたちが探していないのは、先頭のラウンジカーと続きのS車両だけだな」

「でも、あそこの二両はイベントの最中で、予約したお客さん以外は一切立ち入り禁止なんですよね？　どうやって調べるつもりですか？」

「この場合、正攻法で行くしかないだろうな」

正攻法？　怪訝に思う美咲の前で、草薙が動いた。ためらう様子もなく、イベントが行われているS車両へ向かって通路を歩いていく。

「く、草薙さん？」

唐突な動きにふいをつかれながら、慌てて美咲は後を追った。

S車両の入口には、イベントのスタッフらしき制服姿の若い男性が立っている。

現れた草薙と美咲に向かって、男性は「チケットを拝見致します」と業務用の微笑みを浮かべた。

「すみません、イベントの参加者じゃないんですが。ここから先は一般客は入れないんでしょうか？」

草薙がストレートに尋ねると、男性はやや訝しげな顔になった。が、すぐに元のにこやかな表情に戻り、丁寧な口調で答える。

「はい、大変申し訳ございませんが、こちらのS寝台と先頭のラウンジカーは本日、イベントの参加をご予約のお客様のみのご利用となっております。ご不便をおかけ致しますが、反対側に食堂車もございますので、お食事などはそちらでお楽しみ頂けます」

「他の車両の人間がここに入り込むことは、絶対にない？」

「ええ。乗車の際は、必ず係の者がチケットの提示をお願いしておりますから、他の車両のお客様が無断で立ち入るようなことは決してございません。……あの、それが何か？」

不審げに問い返す男性に、美咲は慌てて屈託なく見える表情を作った。

「いえ、友達の姿がさっきから見当たらなくて。誰か、ここを通りませんでしたか？」

「他の車両のお客様はどなたもお通りになられませんでしたよ。入口には常にスタッフがおりますから、こっそり忍び込むなんてことは絶対に出来ませんしね。仮に無断で入り込んでも、すぐに誰かが気が付くはずです」

男性の言葉に、首を傾げる。

「どうしてですか？」

「列車が発車したとき、S寝台のお客様は皆さんお部屋にいらっしゃいました。第三者が身を隠せるような空き部屋などは、一つもないんですよ。オープニングセレモニーのとき、S寝台のお客様全員の個室を伺って、イベント限定の流星群のラベルが貼ってあるアニバーサリーワインとパンフレットをお渡ししておりますから、間違いございません」

おわかり頂けましたか？　というように男性が完璧な笑顔を浮かべる。

どうやら、黒木はここにもいないらしい。美咲たちは顔を見合わせ、それから揃って頭を下げた。

「どうも、お騒がせしました」

◇

他のメンバーは、既に黒木の個室の前に戻ってきていた。

通路を歩いてきた美咲たちを見つけて、「どお、見つけた？」と瑞穂が声をかけてくる。

「……いえ。残念ながら。じゃあ、皆さんも見つからなかったんですね」

美咲の言葉に、瑞穂はかぶりを振った。

「一応お手洗いなんかも全部探してみたけど、どこにもいなかった。あの人、一体全体どこに消えたわけ？」

「本当に隅々までよく探したのかい？」

藤森の疑うような言葉に、瑞穂が眉を吊り上げる。

「さ、が、し、た、わ、よ。そっちこそホントに見つからなかったの」

草薙は、無言のまま会話に耳を傾けている。

美咲は混乱して立ち尽くした。何がどうなっているのだろう？

「なかなか愉快な展開だ」

高瀬が、余裕たっぷりに微笑した。

「走行中の列車内から人が消える。しかも密室状態の個室から、煙のように忽然と。はたして彼はいかにして、どこへ消えたのか？」

「外に通じるのは、十センチしか開かない窓だけか……どう考えても人は通り抜けられそうもないな」

眉を寄せる藤森に対して、「ねえ、こう考えてみたら？」と瑞穂が明るい声を発した。

「人間は通り抜けられなくても、違うものを窓の隙間から投げ捨てることは出来たかもしれない」

「違うもの……？」

瑞穂は力強い口調で云った。

「そうよ、例えば衣類なんかは可能よね。黒木さんは着ていた服を脱いで、それを窓の隙間から車外に投げ捨てたのよ」

「ええ？」

予想外の台詞に、あっけに取られる。

「黒木さんは全身に、壁と同じ色のペンキか何かを塗ってたわけ。それで裸になって、皆が入ってくると同時に壁にぴったりと張り付いて逃げたとか――」

藤森はぽかんと口を開いた。高瀬が頭を抱えて嘆息し、やがて静かに口を開く。

「……身体中にペンキを塗りたくった全裸の男が車内に現れたら、まず大騒ぎになると思わないか。そもそも、人目を忍んでこっそり隠れようって人間が、敢えてそんな不審としか表現のしようのない目立つ格好をすると思うか。そんなものが通用するのは、せいぜい乱歩の少年探偵団シリーズくらいだ」

「何よ、その云い方」

「百歩譲ってそんな奇抜な変装が可能だったとして、一体個室のどこにそんなスペースがあったっていうんだ？　出入口はオレたちが塞いでいたし、あの狭い中で誰にもぶつからず逃げ出すなんて不可能だ。……ああ、頼むから、これ以上くだらない説明をさせないでくれないか」

「どこへ消えたのかって訊くから、ちょっと思いついた可能性を云ってみただけでしょ!?　ほんと、嫌な云い方するったら」

藍人が勢いよく吹き出した。そのまま身を折ってひいひいと苦しげに笑っている。

瑞穂は拗ねた顔をし、きっ、と藍人を見た。

「アンタはどうなのよ。人を笑うからには、さぞかしご立派な考えの一つや二つあるんでしょうね？」

喧嘩腰に云い、爆笑する藍人に向かって、びし、と指を突き付ける。

「――そうっすね」

口元に含んだ笑いをゆっくりと消し、藍人は凶悪な目つきで藤森を流し見た。

「簡単だぜ。黒木氏を消した犯人、アンタじゃねえの？」

藤森が絶句してまじまじと藍人を見る。藍人に向かって何か云おうと口を開きかけ、また閉じる。動揺のあまり言葉が出てこないといった様子だ。興奮のためか、目元が赤い。

「バカなこと、何、云って――」

「なあ。このドアってさ、作りは基本的に全部同じだよな。違うのはプレートの部屋番号だけ」

それを完全に無視し、藍人が無機的に並んだ個室のドアを目で示す。

「オレ思ったんだけど。あのとき黒木氏は、本当に自分の部屋から消えたんですかね？」

藤森が頬をひきつらせて睨む。

「何が云いたい」

怯む様子も見せず、藍人は堂々とした態度で話し続けた。

「姉の事件について黒木氏を問いつめるんだって、アンタは一人だけ先にA寝台の車両に向かったよな。アンタがドアの前に立って話しかけてたそこを、当然オレたちは黒木氏の個室と認識した。――だけど、本当はそうじゃなかったとしたら？」

美咲は戸惑ってやりとりを見つめた。藍人は、何が云いたいのだろう？

「あのとき慌てて後を追ってきたオレたちは、たぶん誰もじっくりプレートの番号なんか確認していない。黒木氏の個室だと思ったのは、単純に、ドアの前にアンタが立っていたからだ。それと、１０５と１０６の個室の間にある、流星群をモチーフにしたその壁飾りだな。同じドアが並ぶ通路で、ぱっと目につくそいつが左隣にあったから、そこが１０６だと認識したんだ。けど、こうしちまったらどうよ？」

藍人は取り付けられていた壁飾りを元の場所から難なく外すと、ひょいと横に移動し、あっけに取られている美咲たちの前で104と105の間に備え付けられたフックに掛け替えてしまった。

壁飾りの位置が、一つ隣の部屋の間に移る。

藍人はわざとらしい仕草で首を横に傾けた。

「な？」

「部屋番号なんて、ドアのプレートを見ればわかるだろ」

反駁する藤森に、藍人がにやりと笑った。銀色のアルファベットからぶら下がる、小さな星がちりばめられた飾りの裾を、見せつけるように指で弄ぶ。

「覚えてねえの？　確かあのときも飾りがプレートに掛かって、見えにくかった。例えば数字が一部隠れちまってたら、105と106を見間違えるなんてことはあるかも知れないぜ」

「だから、一体何なんだ！」

声を荒げた藤森に、藍人が残酷に唇を緩める。

「こういうことっすよ。黒木氏はあのとき106じゃなく、105にいたんだ。おそらく、犯人に呼び出されてね」

藍人の言葉に、瑞穂が訝しげに尋ねる。

「105って、あたしの部屋じゃない」

藍人が獲物を見つけた肉食動物みたいな目つきで振り返った。瑞穂の胸の真ん中に、無遠慮に指を突き付ける。

「そ、犯人には共犯者がいたんだ。——アンタだよ」

瑞穂が尖った声で云い返した。

「ふざけないで」

「ふざけてるつもりはないぜ？　思うに、悲鳴が聞こえたあのとき、黒木氏は106じゃなくて、隣りの105で殺されたんだ。毒殺か、あらかじめ何かの凶器を仕掛けておいたか。藤森氏は105にいる黒木氏を、さも106にいるかのように装ってみせた。

ここで共犯者の出番だ。共犯者はタイミングを見計らって、他の人間の注意を自分に向ける。その隙に藤森氏は今オレがやった要領で壁飾りを移し、一つ隣のドアの前に立てばいい。簡単だ。

106のカードキーを使って皆が隣の個室に入ったときには当然部屋は空っぽ、人間消失事件の出来上がりというわけだ。奇しくも、全員にアリバイが出来る」

さっと瑞穂の顔色が変わった。

「冗談やめて。確かに隣の部屋はあたしだけど、そんなことでなんで犯人扱いされなきゃいけないのよ」

「アンタ、黒木氏が消えたとき、皆の後ろに立ってたっけ。なんであのとき一人だけ離れてたんだろうな？」

瑞穂は戸惑ったように、歯切れの悪い口調で呟いた。

「駐車場で、刃物の突き刺さったマネキンなんて悪趣味な物見せられて、今度もまた何か気味の悪い物でも見せられるのかもと思ったから、離れて見てただけよ。それだけ」

「確か、アンタが乗務員を呼び止めたんだよなあ？　急に大きな声を出したから、他のヤツらは驚いて皆そっちを向いた」

瑞穂の目が、きつい光を帯びる。

「いい加減にして。勝手に犯人扱いしないでよ」

「じゃあ、確かめてみようぜ」

「え？」と瑞穂が形の良い眉をひそめた。藍人は、強気に続けた。

「105の個室を開けてみせろよ。今オレが云ったことが当たってたとしたら、アンタの部屋には、まだ黒木氏の『死体』があるはずだよな？」

瑞穂が、ぎゅっと唇を引き結ぶ。

「嫌よ、お断り。なんであなたに部屋を見せなきゃいけないの」

瑞穂は鼻白んだ表情で藍人を睨みつけている。けれど藍人の方も、全く退く気はなさそうだ。

通路を、中年男性がのそりと歩いてきた。

食堂車から自分の個室に戻るところなのか、通路で立ち止まっている美咲たちを怪訝そうに眺めていく。ややあって、瑞穂がため息をついた。

「わかった、見せるわよ。――でもあたしだけってのはフェアじゃないわ。全員、ちゃんと部屋を見せてよね」

瑞穂は尚も腹立たしそうに藍人を見やると、ポケットからカードキーを取り出し、105のドアの前に立った。電子音がして、ロックが解除される。

瑞穂はドアを大きく開け放ち、皮肉たっぷりの眼差しで小首を傾げた。

「どう？　お探しの物は見つかりそう？」

さっそく藍人が無遠慮に中を覗き込んだ。個室の中は当然ながら美咲たちの部屋と同じ手狭な作りで、変わった様子は見受けられない。違うところと言えば、折り畳み式のテーブルの上に、持参したらしいお菓子の箱があることや、ソファにヘアブラシが無造作に置かれていることくらいだろうか。

いずれにせよ、人が隠れている気配は微塵もなかった。

「マジかよ」と藍人が拍子抜けしたような表情で呟いた。

「……あの、失礼ですけど、藍人さんが今云った共犯説はないと思います」

ためらいながら、美咲は云った。皆から視線を向けられ、たじろぎつつも口にする。

「藤森さんが話しかけていたのは、確かに106の個室でした。私、自分の部屋の前を通り過ぎたときになんとなく番号を見たから覚えてるんです。藤森さんが立っていたドアは私の部屋の103から三つ隣りで、間違いなく、黒木さんがいた個室でした。瑞穂さんの部屋じゃありません」

「当たり前だ！　僕がドア越しに黒木氏と話したのは本当に１０６だ」

「そうだろうな」

高瀬も飄々とした口ぶりで頷く。藍人が舌打ちして訊き返した。

「どーゆう意味だよ」

「今の共犯説は悪くない。ただ、わざわざ怪しまれるリスクを冒してまで、彼女が自分の部屋を使って黒木氏を消す理由が見当たらない。アリバイを確保するだけなら、単に口裏を合わせればいいだろう？」

高瀬は続けてふっと微笑した。

「それに誤認トリックが乱暴過ぎる。悪いが部屋の位置くらい、オレだって確認していたさ」

「気付いてて、黙って見てたわけ。信じらんない」

しれっと答えた高瀬を、瑞穂が睨んだ。それからメンバー全員を見据える。

「約束よ。あたしも見せたんだから、全員、ちゃんと部屋を開けて」

「……仕方ないな」

誰も異論はなかった。瑞穂にならって、美咲たちも順に部屋を公開していく。

それぞれの個室を覗いてみたものの、基本的に造りはいずれも同じで、何ら変わった部分は見当たらないようだ。

藍人の部屋は美咲たちと同じ車両の一番右端で、１０７だった。

カードキーを取り出し、もったいぶってドアを開けてみせたときは少し緊張したが、室内にも特別なものはなかった。

部屋を見る限り、彼もまた、美咲たちと全く同じ扱いということなのだろう。

101−107まで一列に並んだ個室のドアを眺め、まるでレース前のパドックみたいだな、という感想がよぎった。或いはスタートラインに並べられた、ゲームの駒か。

瑞穂は余裕を取り戻した目で、挑むように藍人を見た。

「残念ながら、黒木さんは誰の部屋からも見つからなかったわね」

藍人が「ま、ただの思いつきだしな」と肩をすくめる。

「それって負け惜しみ？」

「意見を求めたのはアンタだろ？　まあ、全裸にペンキを塗った男ほど奇抜な発想が出来なくて悪ぃけど」

瑞穂が頬をふくらませて黙った。藍人は、からかうように芝居がかった台詞を吐いた。

「ミステリツアーに招待した中からさっそく一人が消えるとはな。一年前の真相を知られちゃまずいヤツがいるらしい。けど、オレは必ず姉を殺した犯人を突き止めてやるぜ。覚悟しておくんだな」

藍人の目が、三日月のような形に細められた。摑みどころのない微笑。

「皆さん、せいぜい襲われないよう気を付けて。じゃ」

そう云うと美咲たちに背を向け、肩越しにひらりと手を振ってから自分の個室のドアを閉める。その後ろ姿を見送り、瑞穂がぼやいた。

「もう部屋に戻ってもいいでしょ？　なんか疲れちゃった」

「ご自由に。部屋のドアをロックするのを忘れない方がいい」と高瀬が応じる。

「それって親切心で忠告してくれてるの？　それとも実はあなたが犯人役で、今晩あたしの部屋に忍び込んでくるってオチ？」

「さてね」

つまらなそうに尋ねた瑞穂に、高瀬は苦笑を返して続けた。

「オレはもう少し黒木氏の部屋を調べてみるよ。何か手がかりが見つかるかもしれない」

「あ、僕もそうしよう。見落としてることがあるかもしれないし」

対抗心からか、慌てて高瀬を追おうとした藤森の胸ポケットから、ふいに何かが落下した。固い音を立てて通路に落ちたそれを反射的に目で追い、思わずあっと声を上げる。

「それ――」

草薙も驚いた様子で落下物を見つめている。

携帯電話だ。しかしそれは、ジョーカーから与えられた受信専用のものではなかった。どうやら藤森は、ルールを破って、自分の携帯電話を持参していたらしい。

確かにネット上で情報を得たり、協力者と連絡を取り合ったり出来れば、ゲームに関してかなり有利になるだろう。

藤森はこわばった表情で携帯電話を拾い上げると、何か云おうと口を開きかけた。が、瑞穂の冷ややかな視線にあって口をつぐんでしまう。

藤森はふてくされたように唇を突き出し、虚勢を張ったような歩き方で自分の個室に引っ込んだ。瑞穂が呆れた顔で黒木の消えたドアを眺める。それから無言でかぶりを振り、自らもぴしゃりと個室のドアを閉めた。

やれやれ、と高瀬が嘆息した。

「フェアプレー精神という言葉の意味を知らない人は、他にもいるかい？」

興ざめしたというふうに呟き、宣言した通り、黒木の個室を調べに行く。

美咲も部屋に戻ろうとして、立ち尽くしたままの草薙に気が付いた。

考えごとをするときの無意識の癖なのか、親指でしきりに顎の先を撫でている。

神妙な面持ちで空《くう》を見つめる草薙の唇から、ふと聞き慣れない言葉がこぼれ出た。

「ジンバルド……」

怪訝に思い、「あの、どうかしたんですか？」と声をかけると、草薙はようやくそこに美咲が居ることを思い出したようにハッとした顔になった。

美咲に向かって、取り繕うように口にする。

「――いや。何でもないよ」

◇

窓の外を、切り絵みたいな夜の風景が流れていく。

個室に戻り、ペットボトルのお茶を飲み干したところで、家族のことが頭に浮かんだ。架空遊戯に参加する三日間は誰とも連絡を取ってはいけない、というルールをあらためて思い出す。

もしかしたら、先日のことが原因で家を留守にしたと誤解されているかもしれない。だとしたら未和子が自分のせいだと気に病んでいるだろうか。父は怒っているかもしれない。守は。

……構わない、別にどうでもいい。

ひどく面倒な気分になって、ソファに深くもたれかかった。

――愉快ではない記憶がよみがえる。

学校から帰宅する途中、近所の主婦らが道端で立ち話をしていた。見知った顔ぶれに、すれ違いざま何気なく挨拶しようとしたそのとき、非難がましく交わされる会話の内容が美咲の耳にはっきりと届いた。

「……ばかりなのに、もう再婚なんて……非常識にもほどが……」「美咲ちゃんは……」

反射的に立ちすくんだ。鼓膜がキィンと鳴って、喉の奥で言葉が凍りつく。頭の奥が白くかすんだようになった。――しかし、それは一瞬のことだった。

美咲は拳を握り締めると、「こんにちは」と精一杯明るい声を作って話しかけた。

ぎょっとした顔で彼女たちが振り返る。美咲を見て明らかに動揺した表情になりながら、一人がぎこちなく笑いかけた。

「あら、まあ、美咲ちゃん。いま帰り？」

「はい。今日は父がお休みなので、夕飯は久しぶりに腕をふるうから早く帰ってこいなんてえらくはりきっちゃって。こっちも色々予定があるのに、付き合わされる方は大変ですよ」

にっこりと笑顔を浮かべ、冗談めかした口調で云ってみせると、つられたように彼女たちが愛想笑いを返した。まあまあ仲がいいのねえ、羨ましい、などと取ってつけたように口にする。

「失礼しまーす」とにこやかに会釈し、美咲は家に向かって歩き出した。

歩き去る自分の背中を彼女たちが注視しているのを感じた。角を曲がり、玄関に入ったところで、ようやく息を吐き出す。拳を開くと、握り締めていた掌に爪が食い込み、うっすら血が滲んでいた。

云いようのない憤りに、微かに指先が震えた。強い嘘つきになりたかった。

気持ちが落ち着くのを待ってから、玄関からただいま、と声をかけた。返事はなかった。キッチンの方から音楽が聞こえるので、そちらにいるのだろう。音で美咲の声が聞こえなかったのかもしれない。

何気なくキッチンに向かうと、中から楽しげな話し声がした。とっさに足が止まる。並んでキッチンに立ち、作業をしている父と未和子の後ろ姿が見えた。

くすくす笑いながら見交わす視線に、一瞬、息を詰める。

再婚して一緒に暮らすようになってからも、二人は美咲の前であからさまに男女の空気を漂わせるような素振りは見せなかったが、そのときは家の中に自分たちしかいないと思っていたのだろう。

ふざけた調子で父が未和子の肩を抱き寄せると、抗うことなく、未和子もじゃれるように声を上げた。

「やあね、やめてったら」

それ以上、耐えられなかった。美咲はキッチンに背を向け、そのまま階段を駆け上がった。二人が足音に気付いても構わなかった。

自分の部屋に入って鍵をかけると、本棚から三島加深の本を取り出した。何度も読み返したそれらをベッドの上に広げ、一番最初からページをめくる。

大好きなものや魅力的なもので、心を上書きして欲しかった。このひどい気持ちを更新したかった。描かれた世界に没入しながら、祈るように思う。どうか揺るがない想いはここにあると囁いて。きらきらと光るもので、不完全な隙間を埋めて。

――その日以降、家の中を歩き回るとき、美咲は常に気配を窺うことにした。

街の灯りが次々と後方に消え去っていくのを眺める。

夜に走る列車は、なんだか特別な気がする。遥か遠く、どこまでも走り行く気がする。

けれど終着駅は必ずあるし、ずっと一緒だよ、と約束したカムパネルラはジョバンニを置いて行ってしまうのだ。

……我ながら変なことを考えているな、と思った。

旅先の空気に、少し感傷的になっているのだろうか。

自分の携帯電話があれば気晴らしに友人とやりとりが出来るのだが、あいにく期間中は知人とは一切の連絡を取れない。普段の自分を知る人たちと完全に離れ、全く知らない名前で呼ばれるのは、少し不思議な気分だ。まるで、自分が本当に九条茜という女性であるかのような錯覚を起こしてしまう。

……いや、実際ここに集まっている人たちにとっては、自分は天野美咲ではなく九条茜なのだ。自分が他のメンバーたちの素顔を知らないのと同じように。

ぼんやりと物思いに耽っていると、突然、ドアがノックされた。

反射的に身を硬くする。——誰だろう？

まさかドアの向こうに「犯人」が立っていて、いきなり襲いかかってきたりするのでは……

……？　立ち上がり、用心しながら細くドアを開ける。

見ると、不機嫌そうな表情をした瑞穂が通路に立っていた。

「ねえ、酔い止めの薬ない？　あたし乗り物酔いする性質なの。寝台列車って、結構揺れるのね」

室内に入ってきてソファに遠慮無く腰を下ろす瑞穂にそう尋ねられ、そこで初めて、彼女の顔色が少し青ざめていることに気がついた。どうやら不機嫌なのではなくて、体調が良くないらしい。

困ったな、と考える。

「私、乗り物酔いってしない人だから、持ってなくて。あ、冷たいお茶があるけど飲みますか？」

夜中に喉が渇くだろうと、車内の自動販売機で買っておいた緑茶の缶を取り出す。

「貰う、ありがと」

瑞穂は水滴のついたそれを受け取り、頬に軽く押し当てた。

「……冷たくて気持ちいい」

プシュ、と缶を開けて一口飲み、息を吐くと、瑞穂は不本意そうに呟いた。

「夕食後から、なんか気分が悪かったの。ちょっと緊張して疲れちゃったせいもあるかも」

「緊張してるようには、全然見えませんでしたけど」

「あたし、演劇部なのよ。一応、舞台女優目指してんの」

瑞穂のそんなセリフに、どきっとした。おそらくそれは本当のことなのだろう。戸惑いながら、尋ねる。

「そんなこと云って、いいんですか」

すると瑞穂は大胆に笑った。

「平気よ、あたしは三つのルールのどれにも違反しちゃいないもの。大体、こんなところまで見られちゃいないでしょ」

ルールを思い返し、確かにそうだ、と納得した。

瑞穂は自分のハンドルネームを名乗ってもいなければ、本名や連絡先について明かしてもいない。今のは青井瑞穂という役柄の台詞だ、と主張することも出来るだろう。

「あたしが犯人を当てて謎を解決したらね、三島加深の未発表作を脚本に書き直して、舞台で上演したいと思ってるの」

内緒よ、というふうに口元で人差し指を立て、いたずらを思いついた子供のように微笑んでみせる。

「話題性ばっちりでしょ。面白い企画になると思わない？」

そんなことを美咲に喋って聞かせるのは女同士の気安さか、さっきの瑞穂犯人説に異議を唱えてみせたからかもしれない。はあ、と曖昧に頷いた。瑞穂が怠そうに髪を掻き上げる。

「さすがに気疲れしちゃった。エチュード、あんまり得意じゃないのよね」

エチュードとは、確か台本のない即興劇のことだったろうか。

瑞穂が、上目遣いにじっと美咲を見つめた。

「ねえ、身長いくつ？」

「……百六十、ですけど」

質問の意図が摑めず、戸惑いながら答えると、瑞穂はふぅんとそっけなく呟いた。

「顔小さくて手足が長い。あなたみたいな体型って、舞台映えするのよね。演劇部に、あなたとちょっと似てる子がいるわ」

「はあ」

「嫌な女なんだけどね」

「──そうですか」

取りとめのない会話に困惑しつつ、相槌を返す。ふと思い立ち、美咲は腰を上げた。

「誰か酔い止めの薬持ってないか、訊いてきましょうか?」

「あ、すごく助かる。どうもありがとう」

ぐったりとする瑞穂を残して通路に出ると、美咲は右隣の個室のドアをノックした。

ややあってドアが開き、草薙がのそりと姿を現す。一度着替えたらしく、昼間と違うロゴ入りの黒いTシャツを着ていた。

「どうしたの」

「酔い止めの薬、持ってませんか。瑞穂さんが乗り物酔いしたみたいで」

「ああ、彼女ね。ちょっと待ってて」

草薙はあっさりそう答えると、棚に載せた円筒形のスポーツバッグをどさりと床に下ろした。中を探り、薬のパッケージを取り出す。

「どうぞ。このまま持ってっていいよ」

意外に思い、「もしかして、乗り物に弱いんですか?」と尋ねると、草薙は小さく苦笑した。

「違うよ。オレは平気な方だけど周りの連中がね、乗り物酔いするヤツ多いんだ。ついこの前サークルの合宿があって、そのとき使ったバッグそのまま持ってきたから」

何のサークルだろう。役柄上そう云っているのか、それとも本当のことなのか。

「オレは必要ないから、気にしないで使っていいよ。一応、三角関係の相手だったわけだし？」

後半は冗談めかして云われ、草薙と瑞穂が、設定の上では羽霧泉音を交えて三角関係だったことを思い出した。……その辺り、今回のシナリオには何か関係はあるのだろうか？

「ありがとうございます」と礼を云った後、さっき真顔で考え込んでいた草薙の様子が気にかかり、思いきって質問してみた。

「――あの、さっき、何を考えてたんですか？」

「え？」

草薙がぎくりとしたように美咲を見る。予想外の強い反応にやや戸惑いながら、美咲は尋ねた。

「黒木さんが消えた後、何か独り言を云ってませんでしたか。確か、ジン、なんとかって」

「ああ、あれか」

草薙はなぜか安堵した様子で苦笑いすると、続けた。

「大したことじゃないんだ。ちょっと、奇妙だと思って」

「奇妙？」

問い返すと、草薙は美咲の横からちらりと通路を窺い見て、人影がないのを確認した。おそらく、姿を見せないジョーカーの存在を意識しているのだろう。

「実はオレ、以前にも何度か、ミステリツアーに参加したことがあるんだ」

なんとなく、目の前の彼はあまりその手の遊びにはりきって参加するようには見えないが。意外だ、という思いが表情に出たのだろう。

草薙は少し困ったような顔で苦笑いしてみせた。

「身近にそういうのが大好きなヤツがいるもんだから。半ば強引に引っ張り回されるんだけど」

なるほど、と納得する。もしかして恋人だろうか。

「そういったミステリツアーっていうのは、基本的にミステリが好きな人が、探偵気分を味わってみたくて参加するわけだよね。そういう人たちを満足させるために主催者側が力を入れる見せ場というのが、予想がつくだろうけどドラマチックな殺人シーンなんだ」

「はい」と美咲は頷いた。

「役者が、パーティーの最中に舞台の上でワイングラスを口に運ぶ。参加者たちはツアー中に事件が起こるのがわかっているわけだから、固唾を呑んでそれを見守る。やがて毒を飲んだ役者が——もちろんお芝居だけどね、うっと呻いて身をよじる。まばゆい照明の中、派手に舞台から転がり落ちる。周りからけたたましい悲鳴が起こり、ここに殺人事件が発生、いざ犯人を探さん、という定番の流れになるんだ。ああ、以前参加したツアーでは、突然炎に包まれるというシチュエーションもあったな。被害者役はスタントマンで、発生現場はプールサイドだったから、安全面は十分考慮してたんだろうけど」

「す、すごいですね」

　美咲は半ば感心し、半ば呆れて呟いた。

「派手で魅力的な謎を提示するほど、参加者は非現実の世界にどっぷり浸かり、はりきって探偵役を演じられるというわけだ。ところが、今回のこれは違う。血のりを塗りたくった被害者役がこれ見よがしに死体の振りをしてみせることもなければ、皆の目の前で毒を飲んで派手に倒れることもない。企業が主催するそれと比較するのは見当違いだと云われればそうなんだけど、なんというか、不思議だなと思って」

「不思議って？」

　草薙はもどかしげに云った。

「うまく云えないんだけど、違和感みたいなものを感じるというか。走行中の列車から人間が消える——これは本当に、表面通りの事件なんだろうか。もしかしたら何か、重大な意味があるんじゃないかって。ただの考え過ぎかもしれないけどね」

　そんな見方もあるのか、と美咲はあらためて草薙を眺めた。どうやら皆、自分なりに色々と考えを巡らせているらしい。

　草薙は、半ば自分の考えに耽るように呟いた。

「……それに、どうも引っかかる。ジョーカーはずっとコマンドを文字で提示してきたのに、どうしてさっきのメッセージだけは音声だったんだろう。黒木さんの部屋の床にカードキーが落ちていたのは、なぜなんだ？」

美咲は気になっていた質問をぶつけてみた。

「じゃあ、ジンなんとかっていうのは、何ですか?」

目の前の美咲の存在を思い出したように、草薙がばつ悪げに答える。

「――ああ、ジンバルドだね。別にこのイベントに関係があるってわけじゃないよ。オレが勝手に連想しただけで」

「人の名前? それとも、お酒の銘柄とか?」

好奇心を隠さず尋ねると、草薙は弱ったなあというふうに首の辺りを掻きながら、それでも生真面目な口調で答えた。

「ほんとに大したことじゃない。さっき皆と行動しながら、なんとなく、ある心理学の実験を思い出したんだ。ジンバルドは、その実験を行った心理学者の名前だ」

「心理学の実験? それって、どんなものなんですか?」

興味を惹かれて尚も問うと、草薙は思考をまとめるように一旦間を置き、話し出した。

「一九七一年、自発的に参加した二十四名の学生を被験者として、彼らをランダムに囚人役と看守役に分けたんだ。大学の中に完全な留置場を作り、外部との接触を断たせて、それぞれの役を演じさせた」

「大学に、留置場!?」

「そう。今ならそんな実験をやるなんて、考えられないだろう。囚人役の者は突然逮捕されて連行される。手錠をかけられて目隠しをされ、取り調べられて留置所に入れられるんだ。

囚人服を着せられて囚人番号を与えられ、徹底的に自由を奪われて管理される。一方、看守役は鍵と手錠と警棒を与えられ、法と秩序を守る責任を負う。その結果、どうなったと思う？」

「どうなったんですか？」

「日が経つにつれて、囚人役は卑屈になり服従的になった。自己喪失感情を訴え、自分を囚人番号以外では同一視できなくなった者まで出た。一方、看守役の大部分は高圧的な態度を取るようになり、囚人を虐待したり怒鳴ったりして、自分を統制者であり命令者であると思い込むようになったんだ。——この実験は、当初二週間行われる予定だったらしいんだけど、被験者への影響があまりに深刻であると見なされ、わずか六日間という日数で中止されることになった」

草薙の話に、小さく息を呑んだ。

「……なんか、怖いですね」

「この実験は、要するに与えられた役割、そしてその役割に対する他者の期待が行動の規範として作用し、ひいては自己把握にまで影響を及ぼすということを示すものだといえるだろうね。自己とは何か？　それについては心理学に限らず、文学やら何やらで数えきれないほどの説が語られているだろうが……」

そこまで語って、草薙は美咲の深刻な表情に気が付き、慌てて微笑してみせた。

「知人との接触を断って架空の設定を演じるという状況が、なんとなくそんな連想をさせたのかもしれない。まあでも、オレたちの場合とは全く事情が違う。変な心配する必要はないよ」

口を開きかけ、そこで自分がここに来た理由を思い出した。

「薬、持っていってあげなくちゃ」

慌てて戻ろうとすると、草薙が美咲を見つめてぼそりと云った。

「じゃあ、おやすみ」

おやすみなさい、と会釈し、美咲は足早に自分の個室に引き返した。

瑞穂は、先程と同じような姿勢でソファに浅く腰掛けていた。夜の窓に、彼女の冴えた横顔が映る。「酔い止めの薬、草薙さんが持ってたって」と告げる。

「ほんと？　ありがとう。でももうだいぶ良くなったみたい」

瑞穂は薬を受け取ると、笑みを浮かべてみせた。確かに、さっきより顔色が良くなっているようだ。

「邪魔してごめんね。もう、戻って寝るわ」

立ち上がり、瑞穂は戸口に向かって歩き出した。ドアに手をかけ、肩越しに振り返る。

「まさかと思うけど、また夜中に騒々しいことが起きないことを祈るわ。安眠妨害はごめんよ」

美咲も苦笑し、同意する。

「それは、云えてるかも」

瑞穂はにやっと唇で笑うと、芝居がかった口ぶりで云った。

「朝になったら、また一人、消えてるかもね。お互い気をつけた方がいいわ。オヤスミ」

蝶の羽ばたきみたいにひらりと白い手が振られ、ドアが閉まる。

再びソファに身を沈めようとして、美咲はふと一枚の紙切れに気が付いた。

ソファの端に無造作に置かれたそれは、列車に乗ったとき、美咲がメンバーのハンドルネームを推測するために書いてみたものだった。瑞穂は、おそらくこれを見ただろう。

してみると、さっさと自室に引き上げていったのは美咲がこのイベントにやる気を見せていることを知り、自分も遅れをとるまいと策を練るつもりだろうか。

或いは単に、疲れていたのか。

複数の人の、様々な台詞が頭の中で回る。姉は殺されたんだ。人間消失事件。また、一人消えてるかもね——。

考えるのが億劫になり、紙切れをテーブルに放った。いささか行儀の悪い姿勢でソファにもたれ、目を閉じる。

謎を解くリミットまで、あと二日。

◇

足元の地面に、色濃い影。強い日差しが全身を焼く。首の後ろを大粒の汗がゆっくりと伝う感覚。

それでもしゃがみこんで動かないのは、幼い美咲だ。

視線を落としたまま、お母さん、と公園のベンチに座る母を呼ぶ。

『何か動いてるよ』

褐色の小さな生き物が、ひび割れた土の上を蠢いている。よちよちとおぼつかない動きで進んでいく。

『ほら、あそこにも』

指差す。よく見ると、敷地内のあちこちで、茶色い生物が拙い歩みを見せていた。

母が穏やかに答える。

『蟬の幼虫よ』

不思議に思って、首を傾げた。これが、蟬？

『そう。近くの木に登って、これから羽化するのね』

蟬の羽化。間近で見たいと云うと、母は残念そうに諭した。

『もう少し遅い時間じゃないと無理ね。蟬は暗くなってから脱皮して、羽を伸ばすのよ』

羽化の瞬間を見に来たい、とねだる。困ったように母が笑う。

『いいわよ、でも一人じゃ駄目。危ないから、一緒に見に来ましょうね』

と、茂みに向かって歩いていく蟬の中で、一匹だけおかしな動きをする幼虫を目にした。

極端に歩みが遅い。周囲に黒っぽく、アリが群がっている。

美咲が見守る前で、その幼虫は次第に動きが鈍くなった。重い身体を引きずるようにして這い進んでいたが、やがて乾いた腹を見せ、もがくように足を動かした。

もうそのまま動かない。

『お母さん』

問いかけるように呼ぶと、母がきゅっと美咲の手を握った。

『可哀想に。あれはもう、駄目なの』

怪訝に思って見上げると、母はさみしげに目を細めた。

何かに云い聞かせるように、もう一度囁く。

『もう駄目なのよ』

再び地面に視線を向けたとき、蝉の死骸は消えていた。

代わりに、暗い穴がそこにぽっかり口を開けている。その隙間から、土にまみれた白い手首が覗く。地上に這い出ようとするかのように突き出され、硬直した細い指。

**あそこに埋まっているのはお母さんの死体なのだ。**

――だとしたら、いま自分が摑んでいるこの手の持ち主は誰なのだろう。

美咲は、顔を上げた。

#【SECOND STAGE】

player ×5

◇

車内アナウンスで目が覚めた。

泥がつまっているように重い頭で天井を眺め、規則的な音と震動に、ようやく自分がいる場所を思い出す。

時計を見ると、午前五時三十分を示していた。少し寝汗をかいていた。

はっきりとは覚えていないが、あまり夢見が良くなかったようだ。

起き上がると、窓の外が眩しい。平和的な日常の風景が動き出している。

取り出したヘアブラシで髪を梳かし、ノースリーブのシャツワンピースに着替える。

忘れずに個室のドアをロックして、車両に設置されている洗面所へ向かった。

歯を磨きながら洗面台の鏡をのぞくと、まだ眠そうな瞳の自分が見つめ返してくる。

……いけない、しゃんとしなくちゃ。ぐしゅ、と歯ブラシを噛む。

洗面所から戻ってくると、折り畳みテーブルに置いた受信機のランプが小さく点滅しているのに気が付いた。——コマンドだ！

　美咲は慌てて画面を覗き込み、受信したメールの文字に目を走らせた。

　そこには、これから起こるゲームの展開が記されていた。


　八月四日、午前六時。

　一同はもの言わぬ藤森紫苑の亡骸を見つけた。

「どうして？」

　既に事切れた藤森を見つめ、九条茜は動揺しながら呟いた。

「誰がこんなことをしたの？」

　藤森の身体を調べていた藍人は、沈痛な表情で首を横に振った。

「——多分、毒殺だ。ひどいことを」

　草薙透吾が緊張した様子で鋭く言った。

「まずいことになった。早くここを離れないと、面倒なことになる」

「離れるですって？」

　青井瑞穂は信じられないというように草薙を振り返った。

「一体何言ってるの？　彼は殺されたのよ。警察に連絡しなくちゃ」

「分からないのか？　この状況で真っ先に疑われるのはオレたちだ。殺人犯にされてもいいのか？」

戸口に立っていた高瀬浅黄は無言のまま顔を背けた。

草薙が、畳み掛けるように口にした。

「さあ、人目につく前に早く行くんだ」

瑞穂はためらっていたが、顔を歪め、頷いた。

「……分かったわ」

一同は藤森の個室を出ると、急いで荷物をまとめ、午前六時二十分に紙戸駅に降り立った。


美咲は興奮しながら、文面から顔を上げた。

どうやらまたしても事件が起きるらしい。次の被害者は、藤森紫苑。

探偵役にこだわっていた藤森の心境を思うと、さぞ不本意な役回りであるに違いない。

腕時計に視線を走らせると、六時をまわったところだった。

嘘、あと二十分で降りなきゃいけないの？

慌てて荷物をまとめようとし、そこで初めて、メールにファイルが添付されていることに気が付いた。……なんだろう？

コマンドの内容に半ば気を取られたまま、深く考えずにファイルを開いた。

そこに記された文字を目にした途端、思考がフリーズする。

『天野美咲』

口の中が瞬時に干上がった。

——自分の本名を知っている人間など、ここには誰もいないはずだ。どうして、自分の名が書かれている？

動揺しながら、データを目で追う。

「何、これ……？」

信じられない思いで呟いた。次第に指がこわばり、受信機を取り落としそうになる。

そこには、美咲自身に関する詳細な情報が記載されていた。

住所、年齢、家族構成、学校名、電話の通話記録までが事細かく書かれている。自らのプライバシーを暴き出す文字の羅列を凝視した。あまりの出来事に、思考がついていかない。

震える指先で画面をスクロールし、現れた画像に今度こそ言葉を失った。

そこには、美咲と家族が映っていた。一ヵ月ほど前、守の誕生日に父の提案でレストランへ食事に出かけたときのものだ。

画面の下に、たった一行、文章が記されている。

**ゲームに脱落した者は、全てを失う。**

まるで背後から突然、見知らぬ誰かに肌をまさぐられたようなおぞましさを覚えた。冷たいものが背筋を滑り落ちる。これは、これは一体……。

そのとき、個室のドアが乱暴にノックされた。鼓動が跳ね上がる。

混乱しながらドアを開けると、頬を上気させた瑞穂が立っていた。その手に受信機が壊れんばかりにきつく握り締められているのを見て、美咲はようやく我に返った。

美咲が口を開くより早く、瑞穂が興奮気味に尋ねる。

「あなたもなの？」

言葉の意味を理解し、顔がひきつるのを感じながら頷くと、瑞穂はよく通る声でまくしたてた。

「何なのこれ？　悪ふざけにしちゃ趣味が悪すぎよ！　これはゲームじゃなかったの？　誰がこんな真似したの」

「……これ、まさか、全員に送られたんでしょうか」

美咲はこわばった声で呟いた。

その問いに答えるかのように、隣で勢いよくドアが開閉する音がした。草薙だ。

美咲たちを見つけ、珍しく慌てた様子で何か云いかけた草薙は、二人が手にしている受信機を目にして状況を察したように口をつぐんだ。

「思わぬ事態発生だな」とどこか他人事《ひとごと》のような口ぶりで云い、高瀬が通路を歩いてくる。

美咲たちのように取り乱した態度こそ見せないものの、その目には、隠しきれない困惑の色が浮かんでいるように思えた。

「……こいつは少しばかり予想外だ」

通路の壁にもたれかかり、眉間にしわを寄せて受信機を振ってみせる。

「気持ち悪い、何なのよ！　何が目的でこんなことするわけ？」

瑞穂が、目の前の高瀬をメールを送った張本人だとでもいうかのようにきっと睨みつけた。

ふいに、荒々しく壁を殴る音がした。乱れた前髪を苛立たしげに掻き上げ、みるからに不機嫌そうな空気を全身に漂わせた藍人が姿を現す。

「楽しませてくれるぜ」と低く呟いた藍人の不穏な気配に、美咲はたじろいだ。

「やられたのは全員か？　――どこのどいつか知らないが、上等」

唸るように云い、落ち着かなげに視線を動かす。彼もまた、自分の身にもたらされた出来事に対してどう振る舞っていいかわからないようだった。

「藤森さんは？　まだ寝てるの？」

「チッ、しゃーねーな。叩き起こしてくる」

藍人が足早に藤森の個室に向かう。

瑞穂は乱れた息を吐き出した。興奮のためか、目の縁が赤くなっている。

「誰が、なんでこんなことしたのよ⁉」

「……一つ、はっきりしているのは」

高瀬がすっと目を眇めて云った。

「ネット上でしか交流のなかったオレたち全員の素性を知っている人物がいる。それも何らかの意図を持って調べ上げた人物が、ね」

半ば無意識に、首筋に手をやった。首の後ろがひやりとした気がしたのは、冷房の吐き出す空気のせいだけではないだろう。

ここにいる自分は、あくまでも「九条茜」のはずだった。なのに、この状況はなんだろう？

と、親指で顎をさすっていた草薙が何かに気が付いたように視線を上げた。

つられて見ると、藍人が呆然とした様子で通路に立ち尽くしている。

ただならぬその雰囲気に、思わずどきりとした。高瀬が首を傾げる。

「どうしたんだ？　藤森さんは？」

「藤森さんが」

藍人はひび割れた声を発し、一度言葉を呑み込むと、再び口を開いた。

「──藤森さんが、死んでる」

「え!?」

藍人の言葉に、ぎょっとして目を瞠った。草薙が驚いたように立ちすくむ。彼は今、何と云った？

「……どういうことだ」と眉をひそめた高瀬に、藍人はもどかしそうにかぶりを振った。

「だから、死んでるんだよ。藤森さんが、自分の個室で！」

見開いたままの眼の表面が乾いて、少し痛かった。あまりにも非日常すぎる展開に、頭がうまく働かない。これは、現実なのだろうか？

「……藍人君」高瀬が唇を歪めるようにして笑った。

「ゲームは終わりだ、探偵君。ちょっとばかり状況が変わったようだ。このまま優雅に殺人劇を楽しむわけにはいかなくなったんでね」

「ちげぇよ」

藍人は、かすれた声で云った。

「アンタ勘違いしてる。これはゲームのイベントなんかじゃない。本当に、藤森さんは死んでるんだ」

瑞穂が怯えたように藍人を見た。

立ち尽くす美咲の前で、藍人はつっかえながら説明した。

「部屋のドアが、ロックされてなかった。床に、藤森さんが倒れてる。それで」

そこでためらうように間を置き、口にする。

「息、してないみたいだ」

「嘘でしょ⁉」

信じられないというように瑞穂が口元を覆った。

全員の視線が、自然と藤森の個室のドアに集中する。これがゲームなのか現実なのかわからず、ひどく混乱していた。

藍人は唇を引き結ぶと、第一発見者としての義務を果そうとでもするかのように、ドアに向かって歩き出した。藤森の個室の前に立ち、ドアに手をかけて振り返る。

「見ろよ」

息を詰めて見守る美咲たちの前で、ドアは拍子抜けするくらいあっさりと開いた。互いに顔を見合わせ、ぎこちない動きで近付いていく。

ドアの隙間から室内を覗き込んだ瞬間、鼓動が大きく跳ね上がった。

「――!!」

誰かが、うつぶせに倒れている。

美咲の立っている位置からは顔は見えないが、着ている服や、手の形に見覚えがあった。

――藤森だ。

一瞬、ぐらりと視界が揺れた。美咲が通路の壁に手をつくよりも早く、瑞穂が呻く。

「気持ち悪い……吐きそう」

一番近くにいた高瀬が、介抱するように肩を抱いた。瑞穂の身体を個室から遠ざけながらも、視線だけは鋭く藤森に向けている。

倒れている藤森の足元に、くしゃくしゃに丸まった薄茶色の毛布が落ちていた。カーテンが閉まったままの薄暗い室内で、それは彼に寄り添う小動物の死骸みたいに見えた。テーブルの上に、カードキーが載っている。

藍人は緊張した顔つきで藤森の傍らに屈み込み、ぎこちなくその手首に触れた。

「見よう見まねだけど、脈がない。――確認してくれ」

真剣に云う藍人と視線がぶつかり、ぎくっとして身がすくんだ。

嫌、こうして立っているだけでも足が震え出しそうなのに、触るなんて出来ない。

青ざめる美咲を見かねたのか、草薙が一歩前に出た。

倒れている藤森に近付き、まるで危険物でも扱うかのように慎重な動作で手首に触れる。

直後、草薙の表情が変わった。

こわばった面持ちで振り向き、何か云いかける。

しかし適切な言葉が見つからなかったらしく、無言で首を横に振った。

それで十分だった。

瑞穂が、ひっ、と息を呑んだ。

まるで悪い夢だ。耳の奥がきいんと鳴った。さっきの瑞穂の台詞が、頭の中で響く。

これはゲームじゃなかったの？

「なんでよ、どうして？　その人病気だったの？　心臓発作か何かで、それで急に？」と瑞穂が取り乱す。

「なあ」

藍人が口を開いた。自信なさげに口ごもった後、思いきったように云う。

「さっき肩を揺すったときにさ、一瞬だけど、藤森さんの口からつんと甘酸っぱい香りがしたんだ」

「甘酸っぱい香り？」

「……シアン化カリウム……」

反射的に思い浮かんだ単語を呟くと、一同がぎょっとした表情になった。

シアン化カリウム――いわゆる、青酸カリだ。

被害者の口から甘酸っぱい香りが。なるほど、諸君、これはおそらく青酸カリによる毒殺でしょう。何度も推理小説で目にした一シーン。

しかし嵐で閉じ込められた山荘や孤島の屋敷ではなく、朝の光が降り注ぐ、眠たくなるほど規則的な振動を繰り返す列車内で口にしたその台詞は、ひどく場違いなものに聞こえた。現実味というものが、およそなさすぎた。

と、美咲の言葉に注意を奪われたらしい草薙の手から、藤森の手首がずり落ちた。

ほぼ同時に、卵の殻を割るような軽い音が響く。藤森の身体のどこかから、小さな丸い物が転がり落ちたのだ。ビクッと思わず後退った。

ころころと戸口まで回転し、静止した。それを目にした途端、今度こそ心臓が凍りつく。

ピンポン玉だ。しかし、視線を奪われたのはピンポン玉そのものではなかった。鳥類の卵を連想させる白い玉の表面には、赤いインクでこう記されていた。

『GAME　OVER』

ほとばしりそうになる悲鳴を抑える。先程のメールに書かれた、不吉な言葉が頭に浮かんだ。

――**ゲームに脱落した者は、全てを失う。**

まさか――そんな。これまでと全く種類の異なる、緊迫した空気に動けない。

美咲は目を見開いたまま立ち尽くした。

「——ジョーカーよ」

昴りを懸命に押し殺そうとするようなかすれた声で、瑞穂が呟く。

「覚えてる？　三つのルールに従わなかった参加者は、罰を受けてゲームオーバーになるって。昨日、藤森さんは携帯電話を隠して持参してた。ルールを破った。これがそうよ、ゲームオーバーっていうのは死ぬってことだったんだわ。ううん、殺されるってことよ」

云いながら、瑞穂は持っていた受信機を興奮気味に握りしめた。

「これは脅しよ。お前たちの素性を知ってるぞ、逃げても無駄だって。ゲームから降りることは許されない。ルールに従ってゲームを続けないと、あたしたちの身も危険なのよ……！」

美咲は呆然としながら瑞穂の言葉を聞いていた。

GAME　OVER、という不吉な文字から視線を外すことが出来ない。

ルールを破ったから、殺された？　嘘、そんなバカなことありっこない。だってこれはゲームなのに。ゲームで人が殺されるなんて、そんなこと、あるわけが——。

まじまじと、動かない藤森の身体を眺める。

しかし、それはいくら見つめても、消えてなくなる気配はなかった。

「……コマンドでは、オレらは二十分に紙戸駅で降りることになってる」

藍人が腕時計に視線を走らせ、張り詰めた声で告げた。

「あと五分しかないぜ」

「そんなこと云ったたって……！」

動揺が走った。

苦しくなり、胸元を押さえる。心臓がぎゅうっと掴まれているような、ひどい気分だ。まさか、本気なのだろうか？　ジョーカーは本気で、ゲームのルールに違反した人間を殺すと……？

「こんなの、普通じゃない」と草薙が呻いた。高瀬が舌打ちし、口を開く。

「――ここは指示に従うしかないみたいだな。今すぐ準備して、次の駅で降りよう。急げ！」

数秒遅れて言葉の意味を理解し、美咲たちは慌てて動き出した。けれどまだ、思考の一部が凍っている。このとんでもない事態が信じられない。いや、信じたくない。

急いで個室に戻ろうとし、やはり気になって美咲は足を止めた。

「藤森さんをどうするんですか？　まさか、あのままに？」

「時間がない」

「せめて、上に何かかけてあげませんか」

美咲の提案に、藍人が仕方ないというように短く頷いた。彼も、藤森をこのままの状態にしておくのは忍びないと思ったのかもしれない。

藍人は立ち上がって折り畳みベッドのシーツを剝ぎ取ると、それで藤森の身体を覆った。人の形に盛り上った真っ白な布は、そうするといっそう死体めいて見えた。

直視するのがいたたまれなくなり、美咲はとっさに顔を背けた。藍人が乱暴に背中を押す。

「行くぜ。急がないと、マジで間に合わなくなる」

はい、と頷きかけ、ふと立ち止まったままの草薙に気が付いた。

草薙は、シーツからはみ出した藤森の足をじっと見下ろしている。

まるで死体をもっと見ていたいとでもいうようなその眼差しに、藍人が不審げに声をかけた。

「何してんだよ、急ぐぜ」

「……ああ、悪い」

云われてようやく草薙は動き出した。

「テーブルの上のキーはどうする？　ロックしておくか？」

藍人の問いに、高瀬が首を横に振る。

「いずれにせよ、発見されるのは時間の問題だ。このままにしていこう。下手に周りの物に触らない方がいい」

「わかった」

そんな会話を耳にしながら、こめかみにじっとりと汗が滲んでくる。

一体なぜ、こんな状況に陥ってしまったのだろう？　自分はただゲームに参加しただけ。それだけなのに。いや、これはもうただの推理劇なんかじゃない。

恐れにぎゅっと目を閉じる。

ゲームが、現実に侵食してきた。

◇

もうこころは動かない。愛し過ぎて、憎み過ぎて、私は久遠の眠りについた。問いかける。

かわらないこころは存在しますか？　――答えは、私のみが知る。

白い骸に耳はない。小夜啼鳥《ナイチンゲール》の鳴き声が、夏の夜に、こだまする。

――三島加深『かくも美しき白昼夢』

◇

間延びしたアナウンスと共に、列車が駅を発車する。

ホームに降りた美咲たちは、藤森の死体を乗せたまま走り行く車体を見送った。

誰も何も云わなかった。

列車から降りると、むっとするほど濃密な夏の匂いと日差しが纏わりついてくる。周囲の平穏な風景に、さっきの出来事は悪い夢か冗談だったのではないか、という気がした。

しかし、陽光の下で粟立つ肌は、今しがたの出来事が現実に起こったのだと雄弁に物語っていた。

「これから、どうすればいいんでしょう……?」

困惑して尋ねると、草薙が硬い声で云った。

「とにかく、早くこの場所から離れよう」

「――そうだな。ここで降りろというからには、次の指示が来るはずだ」

次の指示、という高瀬の言葉に顔がこわばるのを感じた。ポケットに入れた受信機が、今は自分たちに害を為す不吉な代物に思えて仕方なかった。

改札口に向かって移動し始める全員が、おそらく同じような表情を顔に貼りつけているはず筈だった。

混乱と、次に何が起こるのだろう、という恐れに泣きそうになる。

懸命に自身をなだめながら改札口を通ろうとした、そのとき。

「お客さん」

急に声をかけられ、ぎくりとして足を止めた。振り返ると、駅員の男性がこちらを見ている。

「そちらのお嬢さん、ずいぶん顔色悪いみたいだけど、どうかしたの？」

訝しげに視線を向けられ、鼓動が跳ね上がった。美咲は慌てて口を開いた。

「いえ、あの……」

どぎまぎして上手く言葉が出てこない。いけない、これじゃ、余計変に思われる。

「大丈夫です」

瑞穂が云い、いたわるように美咲の背中に触れる。

「ちょっと、乗り物酔いしちゃったみたい。少し休めば治りますから」

「具合が悪いなら、事務室で休んでいくかい？」と尋ねてくる人のよさそうな駅員に、瑞穂はにっこりと笑みを返した。

「平気です。お気遣い、ありがとうございます」

計算された笑顔に気を取られた様子の駅員にそれ以上口を出す隙を与えず、さりげなく美咲を促して足早に歩き出す。安堵する美咲の横で、藍人が吐き捨てるように云った。

「これからどこに行けっていうんだよ」

……美咲にも、わからなかった。

駅を出ると、大通りに商店街が広がっていた。通りに面した店のほとんどはまだシャッターを下ろしている。

こぢんまりとした個人商店が身を寄せ合って軒を連ねる光景は、なんだか迷路みたいだ。若い男性たちが、がらがらと音を立てて台車を押しながら道を横切っていった。

半分だけシャッターが上がったドラッグストアの前で、同じTシャツを着た数人の男性が熱心な様子で話している。

休日の早朝にしては、町全体が妙にざわついているようだ。

頭上のアーケードに飾られている、巨大なマリオネットを見上げた。ぎょろりとこちらを見下ろす目玉は一見ユーモラスだが、見ようによっては首吊り死体を連想させる。どうしてこんなものがぶら下げられているんだろう？

「何かお祭りでもあるんでしょうか？」

「たぶん、あれだな」

高瀬が壁に貼られたポスターを示した。

黒い紙に、大胆なレイアウトで七色の線が走っている。虹をイメージしているのだろうか、さっき見かけた人たちが着ていたTシャツと同じデザインだ。ポスターは、交差した色彩の中心に力強く筆字体で文字が描かれていた。

『比良町　第三回アートフェスティバル』

日付は、今日だ。

同じポスターが、細胞分裂して増殖した生物のごとく至る所に貼り出され、通りを侵食している。看板や電柱にも七色の飾りが施されており、あちこちに商店街の名前が描かれた白い提灯が吊り下げられていた。

ふいに、皮肉な思いに駆られた。

賑やかなイベントと、自分たちの置かれている状況はあまりにもかけ離れている。

「……なんだか、不思議ですね」

美咲が独り言のように呟くと、草薙が怪訝な表情で振り返った。意図せず、口から苦い笑みが漏れる。

「こんなに人がいるのに、誰にも助けを求められないなんて」

自分たちは、傍目にはどう見えているのだろう。旅行中の友人同士？

こんな異常なゲームが行われていることなど、ここにいる誰も知らない。

足取りが自然と重くなるのを感じながら歩くと、奇怪なものが視界に入ってぎょっとした。

商店街の入口付近の壁いっぱいに、色とりどりの手形や足形、あるいは人の顔と思われる形がちりばめられている。絵の具を塗って白い布に押し当てたのであろう。製作者は前衛アートを気取ったのだろうが、美咲の目にはただけばけばしく、悪趣味なだけの代物に思えた。

そのまま通り過ぎようとした瞬間、間近で電子音が鳴った。コマンドの受信音だ。

全員がほぼ同時に足を止める。

おのおの緊張した様子で受信機を確認する姿を見つめ、ごくっと唾を呑んだ。

怯えながら自分のそれを取り出し、受信を知らせるランプが点滅しているのを目にする。

背筋を冷たい汗が伝った。

これは、藤森を殺害した人間からの、メッセージ。

「——楽しませてくれるぜ」

藍人が険しい声で云い、画面を睨む。

皆、どんな些細な情報も見逃すまいとするように、真剣に文字を追っているように見えた。

当然だ。

もはやこれはリセットの許されない、命がけのゲームなのだから。


午前十一時。

非日常に賑わう町並みを見つめる草薙に向かって、藍人は冷ややかに言った。

「懐かしいだろう? 姉が亡くなる少し前、あんたと二人で訪れた場所だ。姉とどんな気持でこの町を歩いたんだ? どんな言葉を交わした?」

「君はいつまでこんな茶番を続ける気なんだ」

草薙は苦しげに頭を振って藍人を睨んだ。

「関係者が死んだんだぞ、分かってるのか? こんなこと、どう考えたって普通じゃない」

「やっぱり、警察に行くべきだ」と高瀬が言う。

藍人は静かに、しかし有無を云わせぬ口調で宣言した。

「駄目だ。藤森さんには気の毒だけど、これでやっぱり姉の死が自殺じゃなかったと証明された。犯人は自らの犯行が露見するのを恐れて、彼を殺害したんだ。一年前、事故に見せかけて姉を殺した犯人はまんまと警察の手を逃れた。——でも今度は逃がさない。ここまで来た以上、必ず追い詰めてみせる」

藍人の目が、興奮を帯びて一同を見据えた。

「どうかしてる」

「何とでも」

吐き捨てた高瀬と、藍人の視線が真正面から絡み合う。

賑やかな音楽が鳴り響いた。パレードが始まったのだ。

茜は全員の顔をゆっくりと見回し、緊張を含んだ声で呟いた。

「この中に、仮面をかぶった殺人者がいるのね」

◇

頭の中身が麻痺したように、美咲はぼんやりとグラスの中で揺れる紅茶の色を眺めた。

指定された時間には、まだ早い。ひとまず朝食をとろうと近くの「人魚亭」という喫茶店へ入ってから、誰も口を開こうとしなかった。

藤森の死によって、姿を見せないジョーカーの存在が一同に色濃く影を落としたのは云うまでもなかった。

おそらく今後の展開について、全員が各々の思考に耽っている面持ちだ。

狭い店内に《マネー・チェンジズ・エブリシング》の賑やかなメロディ流れている。

美咲はストローを口元から離した。好きな味なのに、今はやたら苦く感じられる。

皿の上の、色鮮やかなトマトとチーズがのぞくオープンサンドを眺める。それはさながら、舞台で使われる作り物の小道具みたいに見えた。こんなぴかぴかしたものを口に入れて咀嚼《そしやく》することを思うだけで、なんだかげんなりしてしまう。

ふいに沈黙を破って、ぼそりと高瀬が呟いた。

「……面白くなってきた」

その台詞に、瑞穂が目をむく。

「アンタ、バカじゃないの⁉」

勢いよくエッグマフィンに突き立てられたフォークに、美咲は思わず身をすくめた。

「一体この状況のどこがどう面白いってのよ、云ってみなさいよ。あたしたち、どうなるかわかんないんだよ？　アンタだって、藤森さんのあの姿、見たでしょう？　そりゃイヤな奴だと思ったわよ、ケータイなんか隠し持ってきてるの見たときはムカついたわよ。だからって、あんなことになっていいわけないじゃない。あんな……ひどすぎるわよ。おまけに勝手に素性まで調べるなんて、なんのつもり!?」

瑞穂の目が、興奮のためにいっそう小動物めいた輝きを放った。

「あたしたちどうなるの？　ゲームで失敗したら、次は自分があなるわけ？　ビルの屋上からバンジージャンプしろとかいうコマンドが来たら、どうすんのよおっ」

「……シナリオの展開に何の関連性もなく、そんな突拍子もない指示が来るはずないだろう」

呆れた口調で呟く高瀬をぎっと睨みつけ、瑞穂はわめいた。

「そんなのわかんないじゃない！　イカレた人間の考えることなんて予測できないわ」

そこまで云って、ハッと何かを思いついたように言葉を切る。

「――そうよ。きっとジョーカーっていうのは、三島加深の熱狂的なファンなのよ。自分が一番の愛読者だ。自分ほどその作品を理解している読者はいない。自分以外の、三島加深の愛読者を名乗っている人間が許せない。だからこんな形でおびき出して、三島加深のカルトな読者であるあたしたちを、まとめて始末しようとしてるのよ。きっとそうだわ」

高瀬が大袈裟に嘆息した。

「巷にあふれるサイコ・スリラーか……。えげつない殺人描写が延々と続いた挙句、こんな狂った人がいました、なんて話を読まされるのはいい加減うんざりなんだけどな？」

「何よ、文句あるの!?」

「仮に、狂人がそんな理由でオレたちを呼び集めたのなら、一思いにさっさと全員殺せばいいだろう。どうしてこんな手の込んだことをする必要がある？」

「常人には理解出来ないことをするから、イカレてるんでしょうがっ」

「列車の密室から黒木氏が消えた事件も、何の意味も持たないと？」

「ああもう、いい加減にして。そんな話はもうたくさん。大体ミステリーなんて一体何が面白いのよ!? 鍵の掛かった部屋で人が殺されただの、ダイイングメッセージだの時刻表のアリバイトリックだの、そんなのが何だっていうの。そもそも、あたしは名探偵なんてうさんくさいもんが大嫌いなの。めいっぱい人が殺されまくってから、さも自分だけは初めから全てわかってましたって顔でしれっと現れて、もっともらしく語ったりするじゃない。そんなになんでもわかってんなら、最初から犯人捕まえろっつうのよ」

結構よく知ってるんですね、と云う言葉を呑み込み、美咲は上目遣いにストローを噛んだ。

高瀬が呆れ顔で云う。

「君だって、三島加深の小説を読むだろう」

「あたしは三島加深の作品のファンなの。ミステリーが好きなんじゃないわ」

瑞穂は、不機嫌な様子でそっぽを向いた。そんなやりとりを眺め、美咲は頭に浮かんだことをぽつりと呟いた。

「……なんか、舞台の楽屋裏みたい」

「え？」と不思議そうな声で草薙が問い返す。

訊き返されるとは思っていなかったため、美咲は戸惑いながら言葉を発した。

「ええと、ほら、私たちは『架空遊戯』という推理劇を演じる役者で、コマンドの指示に従って演技をしている間って、いわば舞台に上がっているわけでしょう？　だとしたら、今こうやって話しているのって、なんだか舞台に上がっていない間の楽屋裏みたいだなって……ただ、それだけなんですけど」

「楽屋裏ね、面白い譬えだ」

「……そういえば、三島加深の小説には作中作とか、わりと使われてますよね」

ジョーカーの話題から離れたことにややホッとしながら、美咲は続けた。わずかな間でも恐ろしい現実から目を逸らそうとするように、会話を紡ぐ。

「例えば『終末時計』とか。同じ登場人物が出てくる二つのストーリーが、交互に展開していく構成で。片方は、実は主人公の少女が書いた小説だったっていうことが最後の方で判明して」

「そうそう、二つのストーリーが、ラストで上手い具合にリンクするんだよね。あれは読み終わったあと、やられたって感じだったな。少女の屈折した心理描写も良かった」

「あたしは『かくも美しき白昼夢』が一番好きだわ。あのヒロイン、プライド高いし自己中だし、どうしようもなく性格悪いのに、なぜかすごく惹かれたの。あんなふうに全てを失っても構わないほど、怖いくらいの一途さで誰かを想うってどういう気持ちなんだろうってそう思って、最後のシーンは」

瑞穂の声が、ふっとかすれる。

「……泣きそうになった」

皆の視線に気付き、瑞穂は慌てたように表情を引き締めた。美咲は云った。

「あと、最後に発表された『ピリッシュノイズ』でも、主人公の妄想の中でサド姫と犬山っていうキャラが独特の会話をするシーンが出てきますよね。三島加深の作品て、なんとなく印象に残る台詞が多いですね。『後生大事に髪の毛を伸ばす女の子って、死んだ卵を抱き続ける親鳥みたいじゃない？』」

瑞穂が、後を引き取って続けた。

「『愚かしくって、綺麗だわ』。……あの作品てこれまでと違って、幻想小説としての色が濃かったわね。色んな読み方が出来るっていうか。頻繁に登場する風船の描写がまた印象的だったなあ。『この風船は卵のよう。生まれなかった、無数の子供たちが眠っている』って一文、わりと好き」

藍人が嫌そうに顔をしかめた。

「マジ？　オレあの作品嫌い。赤い風船が繰り返し出てきたりとか、なんか読んでて気持ち悪いし、意味わかんねー」

高瀬はおや、という顔で藍人を見た。

「嫌いなら、どうして愛読してるんだ？」

高瀬の問いに、藍人が意味深に笑う。

「アンタ、わかってねーな。好きと嫌いは本質的には同じもんなんだよ。無視できない存在で、何かしら自分に影響を及ぼすって意味でな」

ふいに藍人が笑顔を消し、独白のようにぼそりと呟いた。

「……まともじゃねーな」

唐突に発せられた言葉に、皆の視線が集まる。

藍人はうつむいて、テーブルを睨むように見つめると、口を開いた。

「こんなことになって冗談じゃねえし。関係ねーって全部放りだして、今すぐンなとこから逃げちまいたい。けど」

そこで言葉を切り、きゅっと拳を握り込む。

「――けど、同時にこうも思ってる。三島加深の作品を、誰にも渡したくない」

正面切って告げられ、驚いて藍人を見た。

「もし本当に未発表の作品があるのなら、それを読んでみたい、自分のものにしたい、そう思っちまう。人が死んで、こんな状況で我ながらまともじゃねーと思うけど。これが本心」

自嘲的に唇を歪めながらもそう云い切られ、美咲は言葉を失った。

瑞穂は反駁しようと口を開きかけたものの、奇妙な熱を帯びた藍人の視線にぶつかって、結局渋々といった感じで黙り込んだ。

「……それはある意味、非常に前向きな選択と云えるだろうな」

高瀬がアイスティーの入ったグラスを軽く揺らし、皮肉っぽい微笑を浮かべた。氷が、風鈴に似た涼しげな音を立てる。

そのとき高瀬の放った台詞は、おそらく誰の耳にも少しも芝居じみて聞こえなかった。

「いずれにしろ、ゲームは続く。この推理劇が幕を降ろすまで、ね」

◇

午前十時。

美咲は駅前の大時計と自分の腕時計の文字盤を見比べ、誤差がないのを確認した。ほんの少しの狂いが、悪い事態をもたらすような気がして不安だった。

コマンドに記された時間が近づくにつれ、いやがおうにも緊張が高まっていく。

「……変だと思わないか？」

高瀬が形のよい眉をひそめて呟いた。

「変って、何が？」

「コマンドの内容だよ」

コマンドが表示された画面を見せられ、瑞穂が露骨に嫌そうな顔をする。構わずに、高瀬は続けた。

「今まで与えられたコマンドでは、時間や場所が指示されていただろう。だけど今回のコマンドには、詳しい記述がないんだ。午前十一時に、オレたちはどこでこのシナリオを演じればいいんだ？　パレードが行われる場所を調べて、そこで待機しろってことか？」

「あたしに訊かないでよ」

駅の観光案内所で入手したガイドマップを取り出す高瀬を見て、瑞穂がため息をついた。

「ケータイが手元にあればよかったのに。そしたら役にた——」

そこで藤森のことが思い浮かんだのか、ハッと言葉を切る。そのまま気まずそうな表情で、瑞穂は口をつぐんだ。周りを見回し、高瀬が不審げに呟く。

「——それにしても、やけに人が多いな」

大通りは、わずかな時間に早朝とはだいぶ景色が変わっていた。

駅前の広場に人が集まり始め、まるで何かが始まるのを待っているかのように階段の縁に座り込んだり、あちこちで会話したりしている。

広場の片隅に簡易ステージが組まれているところを見ると、ここでイベントが始まるのかも知れない。

立ち並ぶ出店からは賑やかな呼び込みの声が飛び、町はにわかに活気づいていた。楽しげに喋りながら歩く親子連れが目に映る。

ふいに、父の険しい横顔が脳裏に浮かんだ。苦い後悔がせりあがる。

……どうして何も告げずに黙って出てきてしまったのだろう。

せめて、家族に伝えてくれればよかった。今頃、身勝手な行動に腹を立てているだろうか。心配しているだろうか。いずれにしろ、美咲がこんな状況に陥っているとは夢にも思わないだろう。

子供のように頼りない感情が湧き起こり、視界が揺らいだ。……守が好きだった。未和子のことも大好きだった。彼らは昔から良き隣人であり、いつだって美咲に優しくしてくれた。なのに、いつから形を変え、こんなにも遠く離れてしまったのだろう。なぜ自分は今、一人でここに立っているのだろう。

滲んだ涙を見られないよう、美咲は慌てて下を向いた。

余計なことを考えちゃダメだ。今は、この状況を乗り切らなくては。

と、瑞穂が道路の方を指差し、鋭く叫んだ。

「見て！」

瑞穂が指し示したのは、バス停留所の側に立っている、変わった木のオブジェだった。美咲と同じくらいの背丈で人の形をしたそれは、身体の部分が骨を思わせるような乾いた白木で出来ており、顔だけが花で作られていた。

生花で飾られた顔面の中心で、トランプのジョーカーが不吉な笑いを浮かべている。

それを目にした途端、ぞくっと悪寒が走った。知らない人間が見たら、こういう作品だとしか思わないであろう一体のオブジェ。けれどそのカードの意味を、自分たちだけは知っていた。

大胆すぎる、殺人者からのメッセージ。

「……っざけやがって」

藍人が舌打ちし、オブジェに近付いていく。

慌てて後を追おうとして、美咲の足が止まった。胸の谷間を、汗がゆっくりと伝い落ちていく。

――また、ゲ、ー、ム、が、始、ま、る。

街路樹の葉陰が、むき出しの腕の表面でちらちらと揺れた。得体の知れない虫が不気味に身をよじるようなその動きに、美咲は無意識に二の腕をさすった。

ためらいを振り払うように深呼吸し、地面に縫い止められた足を動かす。

オブジェの顔面に貼り付けてあるジョーカーを、藍人は乱暴にむしり取った。

何かを企てているかのように見えるいやらしい笑みが、カードの中から美咲たちを見返してくる。顔を寄せ、緊張しながら藍人の手元を覗き込んだ。

一見、ごく普通のありふれたカードだ。

裏返すと、カードの裏側に一枚の写真が貼り付けられていた。

「見せて」と瑞穂がぐいと顔を近付ける。

写真に写っているのは、提灯だ。朱文字で「比良町アートフェスティバル」と描かれた白い提灯が、赤い柱から吊り下げられている。提灯は、商店街の至る所にぶら下げられているものと同じもののようだ。

「どういうこと……？」

「おそらく、この写真に写っている場所で、次のゲームが行われるんだろう」

高瀬の言葉に、美咲はハッと顔を上げた。

「ここでシナリオを演じろってことですね？」

「そういうことだ。コマンドで指示された時間は、十一時。それまでにここに辿り着いて、推理劇の続きをやらなけりゃならない」

瑞穂が焦れたように前髪をかき乱した。

「ヒントはこれだけ？　提灯なんて町のあちこちにいっぱいあるじゃない！」

無言で熱心に写真を見つめていた草薙が、思いついたように呟いた。

「この柱……もしかして鳥居じゃないか？」

「え？」

云われてもう一度、写真に視線を落とした。提灯のぶら下がっている、印象的な赤い柱をあらためて眺める。

「そう云われれば……そうですね。これ、お寺の鳥居みたい」

「ちょっと待て」と高瀬が手早くガイドマップをめくった。

「二つ目の通りを曲がった所に、神社がある。そう遠くないぞ」

「まだ時間は十分間に合いますね。行ってみましょう」

無理やりに気持ちを切り替えて歩き出そうとしたとき、ふいに、マイクを通した女性の甲高い声が響いた。

「比良町アートフェスティバルにようこそ！」

きぃんというマイクの残響に、瑞穂が顔をしかめて耳を押さえる。周囲の視線を集めながら、簡易ステージの上にイベント用の黒いTシャツとショートパンツ姿の若い女性が現れた。

「お集まりの皆さん、お待ちかねの時間がやってきました！　さて、準備はいいですかあー？」

オーバーリアクションで呼びかける進行役の女性に応えるように、周囲から拍手が起こる。大きな仕草で頷く素振りをしながら、女性が満足げな笑みを浮かべて口を開いた。

「この比良町アートフェスティバルは、多くの芸術家の卵たちにこの地から羽ばたいていって欲しいという願いを込めて、町おこしの一環としてスタートしました。ご好評につき、お陰様で、今年で三回目を迎えることが出来ました！」

女性は、軽やかな口調で語り続けた。

「プロ、アマチュア問わず、期間中はクリエイターの皆さんの手による二百点の作品が町の中に展示されます。いわば比良町全体が屋外ミュージアムと化すという、大規模な試みなわけですね！　なんだかわくわくしますねー。ではいよいよ、メインイベントのご案内に入ります」

もったいぶるように、女性が人混みをゆっくりと見回す。

「ルールは簡単。町のあちこちに飾られたアート作品の近くに、カードが隠されてます。参加者の皆さんは町の中を散策して作品を鑑賞しながら、隠されたカードを探して下さい。三枚集めると、当イベント限定の素敵な景品が手に入ります！」

再び拍手と、歓声。なるほど、人が集まっていたのはこのためだったのか、と納得する。

「カードを三枚見つけた人は、事務局のテントまでお持ち下さいね。皆さん頑張って下さい。それでは、イベントを開始します」

ホイッスルの音と共に、観光客がちらばっていく。楽しげな彼らの背中を見送りながら、取り残されたような不安を覚えた。自分たちだけはまるで別の恐ろしいゲームに参加させられているのだという事実に、あらためて怯える。

「……まずいな」

低い呟きに視線を上げると、いつになく焦った様子の高瀬の横顔が見えた。

「イベント参加者がこれだけ町中をうろついてたんじゃ、やりにくい。意図せずとも、彼らはオレたちのゲームを妨害する、いわば敵キャラになりうるわけだ」

美咲たちの間に緊張が走った。いわれてみれば、確かにそうだ。

オブジェの一部として残されていたさっきのトランプにしても、運が悪ければ、カード探しを目的としたプレイヤーに持ち去られてしまったかも知れない。

受信機を使えば容易にメッセージを伝えられるのに、わざとこういったやり方を選ぶジョーカーに、ネズミをいたぶる猫のような残酷さを感じた。

「急ごう」

追い立てられるように荷物を持ち直し、駅を離れて歩き出す。

通りには、出店があふれていた。風景に溶け込むように、あるいは目を引く形で、町のあちこちにアート作品が配されている。電信柱や店のショーウインドゥに描かれた無数の目。

逆回転し続ける時計。

たくさんのイスを積み上げて絶妙なバランスで固定したものや、精巧なハチの巣を連想させるオブジェ。黄色くペイントされたプロペラが唐突にパン屋の店先に設置されていたりと、バラエティに富んだ創作物が次々と視界に飛び込んできて、こんな状況でなければなかなか面白い光景といえるだろう。

通行人を呑み込むようにトンネルの上下に描かれたけばけばしい唇の中を通っていく。奇妙に現実味のない浮遊感を感じた。

大通りを外れて路地を進むと、神社に続く石段が現れた。

「ここか」と高瀬が確認するように足を止める。

「またジョーカーが現れると思う？」

「……さあな」

緊張を含んだ瑞穂の問いかけに答える藍人の視線は、既に石段の先に向けられている。

生温い風が吹いて、藍人の前髪をざわりと揺らしていった。その横顔を見つめ、なんだか自分たちが本当に芝居の人物になってしまったような錯覚を覚えた。

ある人物の死の真相に、懸命に辿り着こうとする登場人物たち。それはまさに、今の自分たちが置かれている状況に他ならない。

一体、誰が藤森を殺したのだろう。そもそもジョーカーとは何者なのか？

夏の日差しに攪拌されたように、頭の中で思考の断片が渦巻いている。

「……行こうか」

遠慮がちな草薙の声に、ハッと我に返った。いつのまにか彼のシャツの裾を握り締めていたことに気が付き、慌てて手を離す。

「ごめんなさい」

ばつの悪い気分で詫びると、草薙は小さく首を横に振った。

緊張しながら、階段を登る。石段の両脇には提灯が連なり、頭上で微かに揺れていた。誰も口を開く者はいない。

近くで誰かが盗み聞いているのではないか、というような気がして、なんとなく大きな声で話すのが憚られた。

見えてきたぜ、と緊張を帯びた声で高瀬が呟いた。

神社の境内の入り口に、朱色に塗られた鳥居が見える。

前を歩いていた瑞穂が、深呼吸をした。高瀬が揶揄するような視線を向ける。

「怖いのか？」

「当たり前でしょ」と瑞穂が冷ややかな声で返す。

「今すぐ逃げ出したい気分？」

「逃げないわ」

藍人の挑発に短く云い切り、瑞穂は前方を見据えた。

「ここが舞台だろうと、どこだろうと、演じるまでよ」

一歩登るごとに、鼓動が速くなっていくのがわかった。口の中が渇く。

石段に落書きされたいびつな女の子を、スニーカーの靴底がぐしゃりと踏みつけた。喧騒が、遠くで聞こえる。

もうすぐだ。もうすぐ、リテイクのきかない芝居が始まる。ジョーカーは近くにいるのだろうか。今もどこかで、美咲たちの様子を窺っているのか？

石段を登り終えた美咲たちは、注意深く周囲を見回した。

夫婦と思われる中年の男女が参拝している他は、境内に人の姿は見当たらないようだ。

「――十時三十五分。間に合ったな」

高瀬が腕時計に視線を落としながら云った。

心配になって「本当にここでいいんでしょうか？」と尋ねると、藍人が「間違いねーよ」と手にした写真と目の前の鳥居を見比べた。

「ほら、柱のあそこについてる、ひっかいたみたいな傷跡。写真に写ってるのと同じだろ」

美咲はおずおずと全員の顔を見た。一体何が本当で、何が本当のことじゃないんだろう。

木々の間から漏れてくる強い日差しが惑わすように揺れ、視界を遮る。

そのとき、高瀬が遠くを見るように目をすがめた。

陽光に目が眩んだのかと思った直後、高瀬の口から思いがけない台詞が発せられる。

「――カードだ」

「え？」

不意をつかれて、彼の視線の先に目を向ける。

鳥居の柱に吊るされた提灯の一つに、トランプのジョーカーが貼りついていた。見下ろしてくるにやにや笑いは、さっき見つけたのと同じものだ。

藍人が手を伸ばすより早く、高瀬がトランプを剝がし取った。慌ててトランプの裏側を覗き込む。

そこに貼られた写真を見て、戸惑った声が出た。

「これ……何？」

写っているのは、胸の前で両手を組む少女の姿を象った石像のようなものだ。

瑞穂が動揺したように声を荒らげる。

「どういうこと？　芝居はここで行われるんじゃないの？」

「どうやら、そう簡単には先へ進ませてもらえないようだな」

高瀬がゆっくりと嘆息した。美咲は困惑して写真を眺めた。

「次はここへ行け、ってことでしょうか？」

「ちょっと、次って何よ!?」

「言葉通りさ」

高瀬が冷ややかに呟いた。

「もしくは、次の次、かもな」

高瀬の言葉に、瑞穂は一瞬怯んだように口を閉じる。美咲も思わずどきりとした。

——そうだ。この次が本当にゴールかどうかなんてわからない。もしかしたら、次の次、そのまた次があるかもしれないのだ。

焦燥に駆られ、再び腕時計に視線を落とす。十時四十分。余裕なんて、もうない。

「自力で舞台を探し出してシナリオを演じろ、って？　くそっ、急にシビアになったな」

忌々しげに吐き捨てた藍人が眉をひそめた。

「ひょっとするとジョーカーが、参加者をふるい落とすためにオレらがミスを犯すよう仕向けてきたのかもな。プレイヤーの中から脱落者が出たら、次の被害者はそいつになる……」

「やめて」

喋っていた藍人を、瑞穂がきっと睨みつけた。

「いい加減な憶測で、気持ち悪いこと云わないで」

「ああ？　いい加減な憶測なんかじゃねーよ」

美咲は慌てて声を発した。

「とにかく、今は次の場所がどこなのかを探さないと。時間内にここに辿り着けなかったら、ゲームは失格になっちゃうんですよね？」

パンフレットを手早くめくっていた高瀬が怪訝そうに呟いた。

「妙だな。展示されてるアート作品の一覧に、石像らしきものは見当たらないぞ」

「そんなはずは……」

困惑しながらパンフレットを覗き込む。と、草薙がページの端を指差した。

「もしかして、これじゃないか？」

見ると、『祈りの乙女』という作品タイトルが書かれている。云われて写真を見返せば、空を見上げて両手を組み合わせている少女の姿は、何かを祈っているようにも見える。

「確かに写真を見た感じ、近いタイトルではあるが……地図では、この作品が置いてあるのは駅前のメインストリートだぞ。イベントとはいえ、そんな人通りの多い場所に無造作に石像を置くか？」

釈然としない様子の高瀬に、藍人が噛みつく。

「あーもう、ごちゃごちゃ云ってる場合かよ。とりあえず行ってみるっきゃねえじゃん。次の推理劇が始まるまで、あと二十分もないんだぜ!?」

「じきにパレードが始まる。通りが混雑してくるはずだ。ここに向かうなら、すぐに移動しないと」

草薙の提案に、やがて高瀬も覚悟を決めたように頷いた。

美咲は急いで自分の荷物を肩にかけ直した。石畳に落ちた自分の影が、ばね仕掛けの人形みたいに動く。

「まったく、冗談じゃないわよ」

瑞穂はぼやきながら地面に置いていた自分の重たげなバッグに手をかけ、挑戦的に藍人を見た。

「あなたの理屈で云うと、間に合わなかったらあたしたち全員殺される羽目になるわけね。

それとも、あたしたちを置いて自分だけ先に行く？」

「アンタは殺されても死ななそうだ」

藍人が瑞穂の横から手を伸ばし、その大きなバッグを自分の肩に担ぎ上げる。

瑞穂は一瞬、ふいをつかれた表情でその動きを見つめていたが、慌てて藍人からバッグを奪い返した。

「いい、やめて」

「遠慮してんのかよ？　それとも、見られたらヤバい殺人の小道具でも入ってるとか？」

「バカ云わないで」

瑞穂はぎゅっとバッグを握り直した。指の関節のところが白くなる。

「今も、どこで誰が観てるかわからない芝居が続いてるのよ。あたしはあなたのお姉さんを殺したかもしれない容疑者なんでしょ。だったらその役を演じるだけ。ズルはしたくないだけよ」

鳥居をくぐって境内を出たとき、ふと背中に視線を感じて振り返った。次の瞬間、どきりとする。

赤い鳥居を背に、草薙が何か思案するような眼差しで美咲たちを見つめている。その厳しい表情に、美咲はなぜか立ちすくんだ。

と、前方から高瀬の鋭い声が飛んでくる。

「急げ、タイムアウトになる」

ハッと我に返り、腕時計に視線を走らせた。

文字盤が、無情な正確さで、十時四十三分を刻んだ。

◇

夏の気温に比例するかのごとく、イベントの高揚は緩やかに加速していく。

それを肌で感じながら、ひたすら足を動かし続けた。

パレードの開始時刻まで、あとわずかだ。

賑わう人混みをかきわけ、駅の方へ向かう。流れる汗が視界を邪魔した。旅行バッグが、肩に食い込むようだ。

視界の端を様々なアート作品が過ぎていった。針金にカラフルな装飾用モールを巻きつけて作られた巨大なクモ。天井から交互に吊り下げられた丸い鏡と万華鏡。町の風景を被写体にしたポラロイド写真やスケッチ画が、壁面に無数に貼られている。

熱気が足にまとわりついてくるようで、膝から下が何度ももつれそうになった。息があるのがいつもより早い気がするのは、気温のせいか、或いはこのただならぬ状況のせいか。そう感じているのは、おそらく美咲だけではないに違いなかった。

懸命に前を走っている瑞穂のTシャツの背中には、汗に濡れた部分が羽みたいな形で浮き出ていた。壊れそうに不規則な、荒い息遣いが聞こえる。

いるようだ。

藍人も苦しげに顔をしかめて走り続ける。草薙や高瀬も、既に言葉を発する余裕を失って

駅から、観光客と思しき人々が吐き出されていく。駅ビルとは名ばかりの、こぢんまりとした建物が見える。二階部分は駅構内とつながっている連絡通路とレストラン街、一階は土産物屋が立ち並ぶ銘品館になっているようだ。しかしそんなことは、今の美咲にはどうでも良かった。

荒い呼吸をしながら、かすれた声で高瀬が叫ぶ。

「見ろ、あれだ!」

美咲は重たい頭を上げた。それを目にした瞬間、鼓動が跳ねる。

あった、写真に写っていたのと同じ格好の像だ。時計を見る。――十時五十分。

近付くと、作品の前に制作者による説明パネルが置かれていた。発泡スチロール削り出し、上パテ仕上げ、水性アクリルペイント。説明文の文字を拾い読み、高瀬が唸る。

「発泡石像じゃなかったのか」

ふいに、草薙が爪先立って少女の像に手を伸ばした。

一見したところ石で出来ているようにしか見えない像の、空を仰ぐように上を向いた口の中に指を滑り込ませ、折り畳まれた一枚のカードを探り出す。

草薙の手の中から出てきたのは、不吉に笑うジョーカーだ。

「嘘でしょ……?」

美咲はその場にへたりこみそうになりながら、切れ切れの息の下から呟いた。瑞穂が取り乱した様子で目を瞠る。

「まだ次があるの⁉」

「おい、どうしてトランプの場所がすぐわかった？」

高瀬に問われ、草薙が息をはずませながら答える。

「こんな人通りの多い場所にカードを残すなら、第三者に持ち去られないよう、人目に触れないところに隠すはずだ。この像は見ての通り、顔が上を向いているから、こうやって上から覗き込まないと、普通に歩いている分には、気付かない」

「そんなことより、カードを見せろよ」

藍人が勢いよくカードを奪い取った。乱暴に裏返すと、晴れた空を背景に、金属で出来た鶏の写真が現れた。風見鶏だ。

「風見鶏……？」

「こんなの、どこにあるのよ⁉」

高瀬が再びガイドマップを開いた。走りながら握りしめていたため、やや しわが寄ったそれをもどかしげに目で追う。早く、早く見つけなければ間に合わない。

「あったぞ！」と高瀬が叫んだ。指差された箇所を見やる。

人工的に整えられ、季節の花が咲き誇るプランターに囲まれた、商店街の中心にある広場。アスファルトで舗装されたその真ん中に、大きな風見鶏が設置されている。

「ふれあい広場。市民の憩いと交流の場として設けられた区画で」

読み上げた高瀬は、そこで短く息を吸った。

「――パレードの出発地点だそうだ」

思わず息を呑んだ。間違いない。おそらくそこが、次の推理劇の舞台なのだ。

「ここからどれくらいかかるんですか？」

「徒歩十分、てとこだな。もっとも今みたいな混雑状態じゃなく、普通の状況の場合だ」

「今、何分⁉」

焦りながら「五十一分です」と答える。

「早く！　走って！」

瑞穂が、いつもの喋り方とは違う凛とした声を発した。賑やかな祭りの流れの中、一斉に走り出す。

真昼に近付きつつある強い陽射しに加え、激しい動きにたちまち息が上がる。額から流れ落ちる汗が目にしみてまばたきをした。

様々なものが視界の端に映っては、フェイドアウトしていく。揺れる青い風船。無機的に並ぶお面。ふわふわの綿菓子。ラムネのビー玉。ビニールプールの中で泳ぐ、果実みたいな水風船たち。

出店に、空に向かって伸び上がるように咲く朝顔の鉢植えが並んでいる。

朝顔って、結構グロテスクだな。麻痺したような頭の片隅で、紫の花弁を見つめ、ちらりとそんなことを思った。

てらいもなく咲く生殖器。どうして子供の頃、どこの学校でも決まったように朝顔を育てるんだろう。何かの呪文のように、儀式のように。

ざわめきの中、自分の鼓動と呼吸の音だけがひどく大きく聞こえた。無我夢中で地面を蹴る。衣服が張り付いて気持ち悪い。皮膚の表面はこんなに濡れているのに、口の中はからからに渇いているなんて絶対変だ。

汗と一緒に、ゲームでいうライフポイントのようなものが体から流れ出ていってしまうような錯覚を覚えた。

時計に視線を走らせる。十時五十七分。恐怖にも似た感情が背筋を駆け抜けた。

そのとき、草薙が声を上げた。

「あそこだ！」

ハッとして前を見る。

道路の向こうに、広場があった。賑わうその中央に、凝った造りの風見鶏が付いたポールが見える。パレードに参加する人たちが列を作り、広場前の通りに待機していた。思い思いに仮装をし、はやる気持ちを抑え切れない表情で開始時間を待っている。

パレードの見物客で、道はいっそう混み合っていた。

人並みをかきわけるようにして前に進む。あと、少しだ。

「あっ！」

急ぐあまり足がもつれて、前のめりに転倒しそうになった。

直後、強く腕を摑まれる。慌てて顔を上げると、草薙の鋭い眼差しと視線がぶつかった。

「す、すみません」

「気を付けて」

短く声を発し、草薙が再び前を向く。懸命に広場へ向かって走った。息が苦しい。心臓がものすごい速さで脈打っている。早く、早く行かなきゃ。

倒れている藤森の姿が脳裏に浮かんだ。それからトランプのジョーカーのにやにや笑いと、いやらしく絡みつく朝顔のツタ。頭の中で、様々なイメージが回る。鳥居の赤。柘榴《ざくろ》の赤。非常時に点滅するランプみたいな、赤。

喉の奥で血の味がした。道路を渡り、よろめくように広場に駆け込む。

祈るような思いで、腕時計を見た。十時五十九分。……間に合った！

膝が微かに震えている。その場に座り込みたい衝動を抑え、美咲は確かめるように頭上の風見鶏を見た。乱れる呼吸を整えながら、ようやく安堵が込み上げてくる。

直後、瑞穂が悲鳴のような声を発した。

「どうした⁉」

驚いて振り向き、とっさに凍りつく。

道路の向こう側で、藍人がうずくまっていた。

藍人は片膝を地面についた状態で、彼の鞄は少し離れた歩道に転がっている。

急ぐあまり、広場に辿り着く直前で転倒したのだ。一気に血の気が引いていくのを感じた。

「大変……！」

動揺が走った。藍人は、自分の身に起こったアクシデントが信じられないというような表情でこちらを見ている。

草薙が叫んだ。

「立って、走れ！　早く！」

その言葉にハッと我に返ったように、藍人は慌てて立ち上がろうとした。

勢いよく転んだのか、顔をしかめてふらつきながらも身を起こし、側に落ちていた荷物を拾い上げる。美咲は固唾を呑んで時計を見つめた。お願いだから、早く走って！

広場までの距離はほんのわずかだ。藍人が今まさに道路を渡ろうとした、そのとき。

ファンファーレが鳴った。

けたたましい音楽と共にパレードの列が動き出し、道路に人波が吐き出される。行進する参加者たちの流れに遮断され、道路の向こうにいる藍人の姿が見えなくなった。

「藍人君！」

混乱して立ち尽くす。パレードの行進に阻まれて、これでは藍人が渡れない。

どっと湧き起こる拍手。歓声。色の洪水に呑み込まれ、藍人の姿を完全に見失う。

額に汗が滲んだ。走ったときのものとは明らかに違う、じっとりと冷たい汗。時計に目をやり、思わず目を瞠った。

推理劇の、開始時刻だ。

——十一時。

美咲は振り返り、草薙を見た。彼の目にも、切羽詰った緊張が滲んでいるように見えた。

繰り返し読んで覚えたコマンドは、藍人の台詞からシーンが始まったはずだ。藍人がいなければ、推理劇の続きを演じることが出来ない。

時間通りに推理劇が行われないこと、それはすなわち、全員のゲームオーバーを意味する。

どうしよう、どうすればいい？

混乱した頭で必死に考えようとするも、焦るばかりで一向に思考がまとまらない。表情をこわばらせたまま、誰も動けなかった。絶望が胸に広がっていく。もう、駄目……！

そのときだった。

瑞穂がぎゅっと唇を引き結び、意を決したように顔を上げた。

「……懐かしいでしょ？」

驚いて瑞穂を見る。その台詞は、推理劇で藍人が云うはずの台詞だった。

何？　どうするつもりなの？

動転して見守る中、瑞穂は全員の注意が自分に集中したのを確認すると、ふいをつかれた表情の草薙に向かって、ゆっくりと言葉を発した。

「泉音が亡くなる直前に、あなたと二人で訪れた場所ですものね」

美咲は息を呑んだ。——瑞穂は、推理劇を演じようとしている。

しかも藍人のパートを自分の役柄に置き換えて、なんとかこのシーンを演じきるつもりなのだ。

無意識に拳を握り締めた。もはや、瑞穂の行動に賭けるしかない。

瑞穂は冷ややかな微笑を浮かべながら、草薙へと近付いた。

「ねえ、泉音とどんな気持ちでこの町を歩いたの？」

睨むようにじっと草薙を見つめる。

たじろぐ草薙に向けた挑発的なその眼差しに、唐突に影がよぎった。

伏せられた瑞穂の瞳が、次の瞬間、切なげな色を宿して正面から草薙を捕らえる。

「どんな言葉を、交わしたの」

乱れて首筋にまとわりつく髪の毛も、走って上気した頬すらも、全てが完璧に計算されているかのごとく、彼女に不思議な彩りを与えていた。

突如、別の人間に変貌したかのようなその空気に、緊迫した状況にもかかわらず引き込まれてしまう。

実際の彼女がどういう人間であれ、そこにいるのは確かに「架空遊戯」の青井瑞穂そのものだった。

大切な親友を亡くした女。その親友を選んだ、恋した男を見つめる女。

草薙は戸惑ったように瑞穂の視線を受け止めていたが、やがて、ぎこちなく首を横に振った。

「いつまで……こんな茶番を続けるんだ」

芝居を続けるべく、慎重に言葉を発する。

「関係者が、死んだんだぞ。わかってるのか？　こんなこと、どう考えたって、普通じゃない」

拙い云い回しながらも、草薙はなんとか自分の台詞を云い終えた。交代を告げるように、高瀬の方を見る。

瑞穂の演技をやや気圧された様子で眺めていた高瀬が、その視線に表情を繕い、口を開いた。

「やっぱり、警察に行くべきだ」

「ダメよ」

瑞穂が否定し、眉を上げる。

「藤森さんには気の毒だけど、これで泉音の死が自殺じゃなかったってことがわかったのよ。泉音を殺した犯人は、自分の犯行が露見するのを恐れて彼を殺害したんだわ。一年前、自殺に見せかけて泉音を殺した犯人は、まんまと警察の手を逃れた。……でも、もうこんな状態は嫌。あたしは事実が知りたいの。泉音を殺したのが誰なのか知りたい。ここまで来た以上、もう後戻りは出来ないわ」

そう云いながら、苦しげな眼差しで一瞬草薙を見る。

親友の死の真相を明らかにしたいという気持ちと、愛した人が犯人ではないかという不安に揺れ動く心情が、その視線で巧みに表現されている。

美咲は圧倒される思いで瑞穂の熱演を見守った。

さほど長いシーンではないとはいえ、彼女は藍人の台詞を暗記した上で、自分の役柄に変換して少しの不自然さもなく芝居を続けているのだ。

この状況下で、即興でそんな真似が出来る瑞穂に対し、驚きを禁じえなかった。

高瀬が、幾分大袈裟な演技で吐き捨てる。

「どうかしてる」

「なんとでも云えばいいわ」

シーンは、ほぼ終わりに近づいた。残るは美咲の台詞だけだ。

全員の視線が、自然と美咲に向けられる。

美咲は緊張しながら全員の顔を見回すと、意を決して口を開いた。

「……この中に」

声が、微かに震えた。ゆっくりと呼吸を整える。

「この中に、仮面を被った殺人者がいるのね」

——終わった！

指示された通り、推理劇のシーンは演じられた。自然と肩に力がこもる。

さあ、どうなる？

賑わう人混みの中、美咲たちだけが微動だにせず、互いの顔を見つめて立ち尽くしていた。

次は、何が起こるのだろう。ジョーカーはどこで見ている？

注意深く周囲に視線を走らせる。

背後であっという声がして、美咲は反射的にそちらを見た。人波の隙間から、赤い風船が頼りなく空に吸い込まれていく。子供がうっかり手を離してしまったらしい。

痛いくらいに鼓動が鳴る。汗ばんだ掌を握り締めた。

ふいに、近くで何かが反射したように光った。ぎくりとして目を向けると、刃物のようなものを持った手が、こちらに向かって突進してくる。

「きゃ……！」

小さく悲鳴を上げ、とっさに身をよじる。仮装した子供たちのけたたましい歓声が、美咲の傍らを通り過ぎていった。驚いて振り返ると、子供が手にしているそれは段ボールに銀紙を巻いただけの、作り物の剣だ。

微かに手が震え、懸命に自分を叱咤する。何してるの、しっかりしてよ……！

と、誰かが勢いよく美咲の腕を摑んだ。ぎょっとし、思わず飛び上がりそうになった。

「藍人君！」

息を切らせたその人物を見て、動揺する。

藍人は苦しそうに呼吸しながら、詰め寄ってきた。

「なあ、ゲームは!?」

「それは……」

美咲が質問に答えようとしたとき、パン、と銃声のような音が続けざまに頭上で鳴り響いた。驚いて見上げると、晴れ渡った空に、パレードの開始を告げる花火が打ち上げられている。

それが合図だったように、道路の向かい側にあるビルの壁面に取り付けられた大型スクリーンの映像が、変わった。

ビルの宣伝映像を繰り返し流していた画面に、メッセージ、という単語が現れる。

画面から流れてきたメロディに、ぎくりと身を硬くした。聞き覚えのあるフレーズ。

《Ｏｖｅｒ Ｔｈｅ Ｒａｉｎｂｏｗ》だ。

間違いない。今ここで、何かが始まろうとしている。

画面を凝視していると、楽器を持った人々が映し出された。その下に、文字が表示される。

「総馬大学吹奏楽部　夏の定期演奏会　市民ホールにて八月五日より開催」。画面を見つめ、戸惑った。これは、何……？

次に映し出されたのは、笑顔で花束を持つ子供だった。「おじいちゃん、お誕生日おめでとう。いつまでも元気でいてね」という、拙い手書きの文字が現れる。

どうやら、個人宛のメッセージやサークルの宣伝などを映し出しているらしい。事前に申し込みをすれば、大型スクリーンで映像を流してもらえるのだろう。

誰かの記念日を祝うものや、ライブハウスのイベント告知などといった映像が続く。画面が切り替わった。

あっ、と思わず声を発する。

そこに現れたのは、それまでの微笑ましいメッセージとは種類の異なるものだった。宛名も差出人も書かれていない、おそらく美咲たち以外の人間には全く不可解であろう、文章。


**午後二時。彼らは宿泊予定のホテルに到着した。チェックアウトするまで建物からは一歩も外に出ず、これまで起きた出来事について、話し合いを行った。**


画面いっぱいに、一見ユーモラスにも見えるトランプのジョーカーの笑みが映し出される。美咲は画面を見つめたまま立ちすくんだ。

周囲で、一段と甲高い歓声が沸き起こった。頭上からパレードを祝う紙吹雪が舞い落ちてきて、色とりどりの紙片が辺りを包む。

肩にまとわりついた紙テープを摘まみあげ、高瀬は呟いた。

「……なかなか凝った趣向だ」

「ホテルって、どこよ!? あれだけじゃ何もわからないじゃない!」

我に返って噛みつく瑞穂に、高瀬が短く答える。

「いいや、わかるさ」

怪訝そうな視線を向けられながら、高瀬は芝居がかった動作で、今しがた全員の受信機に届いたばかりと思われる地図を開いてみせた。

美咲は画面を見つめ、それから、ポールのてっぺんで風向きを示す銀色の雄鶏を見上げた。

送られてきた地図の中には、こんな名称の建物があった。

『ホテル　風見鶏』。

祭りの喧騒の中、姿の見えない誰かの不気味な高笑いが聞こえたような気がした。

◇

空調の効いた建物の中にいるのに、息苦しさを感じるのはなぜだろう。

美咲は、そっと周りを盗み見た。

ホテルのロビーで、コの字形のソファに腰掛けているメンバーたちの表情には、いずれも不安や疲労が浮かんでいるようだ。

町の中心部から離れたこのホテルは、観光シーズンだというのに宿泊客の姿もまばらで、まるで商売っ気がないように感じられた。

ホテルのコンセプトとして、十歳未満のお子様宿泊お断り、という注意書きを掲示していることや、テレビやラジオの類を一切置いていないことなどから、静かに休暇を過ごしたい人向きなのだろう。

……或いは、命がけのゲームを生き延びるために策を巡らせる人とか。

寝台列車で食事をしたとき同様、馬場という名で予約が入っていることがフロントで告げられ、洒落た風見鶏のマークが入ったルームキーを手渡される。高瀬がふっと笑って呟いた。

「ババ……つまりは、ジョーカーってことか」

特に変わった様子のないシンプルな部屋に荷物を置いた後、指示に沿って話し合うべく、各自ロビーに集まった。

既に四人が揃い、残るは草薙だけだ。

「……何か、冷たいものでも持ってくる」

気まずそうな表情で瑞穂が立ち上がり、ドリンクバーの方へ歩き出した。

高瀬が背もたれに寄りかかり、半ば独り言のように云う。

「近くの公園に、観覧車があるみたいだな。部屋の窓から小さくゴンドラが見えた」

気詰まりな沈黙を避けるため、深く考えないまま尋ねた。

「観覧車、好きなんですか？」

「いや。以前友人に頼まれて、短い間だけ観覧車の運営スタッフのアルバイトをしたことがあるんだ。清掃のためにゴンドラに乗って何周もしたっけ」

「ずっと観覧車に乗ってるのって、どんな感じですか」

美咲の問いに、目をすがめて高瀬がぼそりと呟く。

「別にどうってことはない。地面から足が離れても、そこから見える景色は同じままさ」

藍人は先程から一言も発しないまま、険しい表情で足元に視線を落としている。

心なしか青ざめて見えるその顔つきに、美咲はいたたまれない思いで視線をそらした。

このゲームにおいて、ミスやルール違反をしたプレイヤーから脱落していく——そう主張していた藍人本人が、推理劇に参加できないという、致命的ともいえるミスを犯してしまったのだ。

さすがの瑞穂も、ひどくばつが悪そうだ。何せ、藍人抜きでの推理劇を真っ先に決断し、ゲームを進行させた張本人なのだから。

とはいえ、あの状況ではああするしかなかったはずだ。そうしなければおそらく全員がゲームオーバーになっていた。いわば、瑞穂の行動が美咲たちを命拾いさせたのだ。

命拾い？

美咲は自分の考えにどきりとした。何てことを考えるんだろう。

その表現では、まるで、藍人が——。

「……それにしても遅いな」

高瀬の呟きに、美咲はハッと顔を上げた。草薙はまだ姿を現さない。

「荷物を置きに行っただけにしては、随分と時間がかかってるな」

瑞穂がトレイに人数分のグラスを載せ、戻ってきた。

「つかみどころがないっていうか、結構、彼も得体が知れないわよね」

眉間にしわを寄せてそんな言葉を発する瑞穂は、ついさっき草薙に切なげな表情を向けた女性と同一人物とはとても思えない。

呆れたような視線を向ける高瀬に、瑞穂が眉を上げる。

「何よ」

「いや、別に」

瑞穂は、藍人の前にトンとグラスを置いた。いささかぶっきらぼうにも聞こえる口調で、「飲めば？」と声をかける。

そのままトレイごとテーブルの上に置いた。グラスの中で、アイスコーヒーの氷が澄んだ音を立てる。

「ガムシロップとミルクは適当に持ってきたから、使う人は勝手に使って」

云いながら、瑞穂は自分の分のグラスを手元に引き寄せた。果実の皮を剝くみたいにストローの袋をはがす仕草に、美咲と高瀬もグラスを取る。

藍人は無言のまま、じっとうつむいていた。

瑞穂は一瞬気遣わしげに藍人を盗み見たものの、感情を押し隠すようにそっけなく横を向いた。

落ち着かない気分で、周囲を見回す。

ジョーカーは、どこで自分たちを見ているのだろう？

もしかして、この建物に隠しカメラでもあるのだろうか。まさか。

「とにかく」

重苦しい沈黙を破り、高瀬が口を開いた。

「ゲーム終了は、明日の午後三時だ。それまでに推理劇の犯人を当て、事件の真相を推理しなきゃならない。とりあえず各自が思ったことを自由に発言してみたらどうだろう。何か、犯人を特定する手がかりが得られるかもしれない」

「そんなこと云って、ほんとはあなたが犯人役なんじゃないの」

瑞穂が疑わしそうに高瀬を見た。

「バカ云わないでくれ」

「そうよね、自分が犯人ですなんて云うはずないわよね。真相を見抜かれたら、ゲームは犯人役の負けなんだもの」

「どうしてオレが犯人だと思うんだ？　証拠でもあるのか？」

「ないわ」

瑞穂は即答した。

「でもね、あたし考えたの。もし自分が犯人役だったらどうするだろう、って。どう演じるか、どうやって皆の目を欺くか。あたしだったら、あなたみたいに熱心にゲームに参加するふりをして、率先してゲームを進行させながら、自分の都合のいいようにさりげなく皆を誘導すると思う。熱心なプレイヤーのふりをして、他の人間を油断させ、隙をつくわ。それに」

瑞穂はさらに追い詰めるように、強い口調でたたみかけた。

「あなた、冷静過ぎるのよ。こんな事態に巻き込まれて、次は自分が犠牲者になる番かもしれないっていうのに、まともな人間なら平静じゃいられないわ。なのにあなたは、あまりに落ち着きすぎてる。いいえ、むしろ、楽しんでいるんじゃないかと思うくらい。それは、あなたが犯人だから。決して自分が殺されることはないと、わかっているからじゃないの？」

「冷静すぎる、ね。一応、褒め言葉として受け取っておこう」

高瀬はクッと薄く笑った。

「楽しんでいるように見えるって？　ああ、確かにそうかもしれない。誰かが全力で仕掛けた謎を解き、隠された真相に辿り着く。これ以上に精神が高揚する知的快楽があるか？　……それから、君たちはわかってない」

秘めごとを囁くように、高瀬はそっと目を細めた。

「正しい答えを導き出すだけが、ゲームに勝つ方法じゃないんだぜ。ゲームのルールを覚えてるだろう？　本名を名乗ってはいけない、ハンドルネームを名乗ることは禁止。ゲーム中は知人との連絡を一切断ち、ゲームの進行を妨げる行為を取らないこと」

高瀬は指を伸ばし、ふいに美咲の首筋に触れた。その冷たい指先に、鼓動が跳ね上がる。

「もし、自分以外のプレイヤーがミスやルールを犯すよう、意図的に仕向けたら？　例えば会話中にうまく誘導して、相手の名前を聞き出したとしたら？」

その言葉に、身がこわばった。瑞穂が冷ややかな眼差しで睨みつける。

「最低」

次の瞬間、高瀬は愉快そうに笑い出した。あっけなく指が離れる。

「冗談だ。そんな無粋な真似はしない。第一、そんな企みがあったとしても、こうやって口にした時点で警戒されて、もうさほど効果は期待できないさ」

高瀬は腕組みすると、にやりと笑ってみせた。

「そこまで反応があるってことは、オレの演技も捨てたものじゃないってことかな」

「あなたねえ……っ」

瑞穂ががなりたてようとするのを遮り、高瀬は真顔で云った。

「さて、悪ふざけはここまでにして、事件について話すとしようか」

瑞穂が渋々といった様子で口を閉じる。沈黙したままの藍人を一瞥し、高瀬は話し出した。

「別荘で起きた羽霧泉音の死について、大きく二つの謎がある。――なぜ、自室に閉じこもっていたはずの彼女が屋上から転落死したのか？」

云いながら、高瀬はゆっくりと全員の顔を見回した。

「屋上へ行くには、必ず二階の廊下を通らなければならない。しかし彼女が部屋に入ってからずっと廊下にいた藤森氏は、彼女は通らなかったと証言している」

美咲は不可解な思いで眉をひそめた。そんなにも目立つ格好をした女性が目の前を通って、気付かないとは考えにくい。やはり奇妙な話だ。

「そして、もう一つ。死体が消えたのはなぜか？　落下音がして窓の外を見たとき、そこに彼女の死体はなかった。全員で彼女の部屋に様子を見に行き、戻ってきて再び外を覗いたときに倒れている彼女を見つけたんだ。あのとき、確かに死体は消えた」

高瀬の言葉に、戸惑ったような沈黙が落ちる。ややあって、瑞穂が考え込む表情で呟いた。

「……たとえば、あのとき誰かが外にいたとしたら？」

「誰かって？」

「もちろん、別荘にいなかった唯一の人物——草薙透吾よ」

瑞穂は低い声音で云った。

「実は彼は、人目を避けてこっそり泉音に会いに来ていたの。懐中電灯の光を窓に当てるとか、そんな方法で、一人で部屋にいる泉音に外から合図を送った。合図に気が付いた彼女は窓の外に顔を出す。でもそのとき、運悪く向けられたライトの光をまともに顔に浴びて目がくらみ、彼女は窓から落ちてしまったの。突然の出来事に草薙さんは驚き、目の前の死体に呆然とする。どう考えても事故の原因は自分にある。もしかしたら、あらぬ疑いをかけられるかもしれない。動転した彼は、とっさに泉音の死体を隠そうとした。だけど、彼女が落下した音を聞いて別荘にいた皆が騒ぎ出した。それで泉音の死体を隠すのを断念して、元の場所に戻したのよ。

——どう、これで死体が消えた説明がつくじゃない？」

「……青井」

自信ありげな口調に、高瀬が深々と嘆息する。

「君は、泉音が倒れているのを発見したとき、彼女の身体から血液が地面を濡らすように広がっていったというオレの証言を聞いていなかったのか？　誰かが死体を引きずったり、動かしたなら不自然な痕跡が残ったはずだ。それにオレたちは、落下音を聞いた直後に窓の外を覗いている。一瞬で人間を隠すなんて芸当が、物理的に出来ただろうか？」

あからさまな皮肉を含んだ眼差しが、瑞穂に向けられる。

「何より、君の推測は根本的な部分で誤っている。――泉音は屋上から落下したんだ。自分の部屋からじゃない」

瑞穂がムッとしたように唇を噛んだ。愛らしい面立ちながら、迫力のある目つきで高瀬を睨む。

「……そうだけど、でも！ それでも、一番怪しいのは絶対に草薙透吾よ。だって泉音が落ちる音がしたとき、他の人は一緒に居たじゃないの。黒木さんだってすぐに隣の部屋から姿を見せた。あの場にいなかったのは、草薙さんだけ。別荘に来たことを隠すとか、誰もいなかったから帰ったとか、そんな見え透いた嘘つくなんて、あの人絶対怪しい――」

「悪い、遅れた！」

その声に、全員がぎょっとしてそちらを見た。草薙が軽く息をはずませ、慌てた様子でロビーに入ってくる。瑞穂は草薙を警戒するように見やり、ふいと視線を外した。

場に気まずい空気が漂う。と、今まで黙りこくっていた藍人が草薙に向かって声を発した。

「――どこに行ってたんだ？」

その剣呑な口調に、美咲は驚いて藍人を見た。それは他のメンバーも同じだった。

草薙が表情を変えないまま、釈明する。

「すまない。荷物を片付けていたら、うたた寝してしまったみたいだ。寝るつもりはなかったんだけど、列車が揺れて、昨晩はなかなか寝つけなかったものだから」

「適当なこと云うんじゃねーよ」

藍人は露骨に眉をひそめると、立ち上がり、草薙との距離を詰めた。

「オレには、アンタがこそこそ裏で動いてるようにしか見えねーんだけど。大体アンタ、最初からどっか不審だったよな」

ぐい、と藍人が草薙の胸倉を摑んだ。草薙を睨みつけ、詰問する。

「なあ。三島加深の作品を読んだヤツなら、作品のある共通点に気付くはずだろ」

「共通点……？」

藍人の剣幕に気圧されながら、美咲は怪訝に思って呟いた。藍人が頷く。

「そ。三島加深の作品では、形は違えど、主人公が愛する人物が犯人であることが多いんだよ。『ピリッシュノイズ』も、『終末時計』も。『かくも美しき白昼夢』だって、主人公は好きな男への恋心を抱いて自ら死を選ぶんだから、ある意味では愛する人間が主人公を殺した、とも解釈できるだろ。三島加深の愛読者たちが参加するこの推理劇で、アンタ以上に犯人役にふさわしいポジションの人物はいないんだよ」

美咲は言葉を失った。そんな観点から考えてみたことはなかった。こじつけといえば、こじつけだが。

きゅっと唇を嚙む。……それでも、一理はある。

草薙は対応に迷うように一瞬目を伏せたが、あくまでも落ち着いた態度で、藍人の手を胸元から外した。

「誤解だ」

「何が誤解だって？」

藍人の執拗な追及に、やがて草薙は諦めたように嘆息した。

「……そもそも、君は根本的な部分で誤解してる」

「だから、何がだよ」

　藍人が苛立たしげに繰り返す。

　そのとき初めて、藍人が草薙に対して攻撃的な態度をとった理由に気が付いた。

　彼は、怯えているのだ。だから些細なことにも疑心暗鬼になり、おそらく犯人役を追い詰めることで、失われたゲームのアドバンテージを必死で取り返そうとしている。

「さっさと答えろよ。オレが何を誤解してるって？」

　草薙は高瀬の方をちらりと見て、意味深な問いを口にした。

「あなたは、もう気が付いているんでしょう？」

　尋ねられ、高瀬はすました表情でアイスコーヒーを一口飲んだ。ゆっくりと口を開く。

「ブラウン神父の言葉を借りるなら、木の葉を隠すなら森の中ってことか？　それとも、この手のミステリのお約束とでも云おうか」

「何よ、なんのこと？」

　瑞穂が混乱した様子で訊き返す。美咲も、高瀬の言葉の意味が理解できなかった。

草薙は軽く唇を舐めると、心を決めるように息を吐き出した。

顔を上げ、きっぱりと云う。

「ジョーカーは、この中にいるんだ」

場の空気が凍った。

突然投げられた台詞に、美咲は大きく瞬きをした。草薙の言葉が、頭の中にうまく浸透してこない。

「何、云ってるの……？」

半分笑った形で口を開きかけたまま、瑞穂が信じられないという面持ちで呟いた。

「この中って、何よ。まさか、あたしたちの中にってこと？　何それ。なんの冗談？」

「冗談なんかじゃない」

草薙はさっきよりもしっかりした声で、もう一度宣言した。

「ジョーカーは、ここにいるオレたちの中の誰かなんだ」

より現実的な重みを伴って、言葉が頭の中に落ちてきた。

藍人が目を瞠り、まじまじと草薙の顔を見つめる。

「考えてもみろよ」

高瀬は足を組み替えながら、声を発した。

「ルール違反を見つけ、罰を下すのは誰だ？　ゲームマスターであるジョーカーだ。そのためには当然、オレたちの行動を逐一見張っていなきゃならない。常に近くで、しかも不自然ではなく行動を観察できる最良の方法……それは、オレたちプレイヤーと共に行動することだ。プレイヤーの一人なら、怪しまれず、いつも側にいることが可能なんだ」

瑞穂があっと小さく声を上げた。

「よくよく考えれば、最初から解りきっていたことだったな」

高瀬は背もたれに寄りかかり、指を組んだ。

「問題の出題者と解答者。どちらの立場が上だと思う？　もちろん出題者だ。解答者は出題者の思考を追わねばならない点で不利な状況に置かれるからな。出題者は解答者に常に優越している。しかし、これがゲームとなると事情は異なる。両者がより対等に近づかなくては、ゲームとして意味をなさない。だから出題者は解答者にあらかじめヒントを与えてゲームの均衡を図ろうとする。これがフェアプレーの仕組みだ」

高瀬は話を続けた。

「ミステリにおいては、出題者は〈作者＝犯人〉側であり、解答者は〈読者＝探偵〉という構図になる。〈作者＝犯人〉は自らの構造的優位性を崩して、〈読者＝探偵〉にどれだけアドバンテージを与えられるかが、ゲームのフェアプレー性に直結する。エラリイ・クイーンの国名シリーズはこれを徹底した作品ばかりだ。云い換えれば、〈作者＝犯人〉側は、初めから有利な立場に置かれている。ところが、オレたちが参加しているゲームの設定はどうだ。一見すると、犯人側がとても不利な状況にある。犯人役は探偵役を敵にまわし、全員の目を欺いて、イベントの度に誰にも気付かれないように犯行を行わなければならない。もちろんジョーカーから犯行に関する綿密な指示があるとしても、探偵役に比べて極めてリスクの高い行動を強いられる。

なぜ犯人役は、自らアンフェアな設定を甘受してまでこのゲームに参加し、なおかつ自由に行動が出来たのか。こう考えれば納得がいく。犯人はそもそも不利なんかじゃない。むしろ大きなアドバンテージを持ってこのゲームに参加している。なぜならば〈犯人＝作者〉、つまり、〈ジョーカー＝犯人〉なのさ。これで合点がいっただろう？」

「そう……そうなんですね」

美咲は思わず声を発した。隣で瑞穂が訝しげな顔をしている。

「何なの？」

「つまり、こういうことです」

美咲は混乱しつつも、言葉を選びながら口を開いた。

「一番最初にジョーカーから来たメールを覚えてますか？　『架空遊戯』への招待メール」

「え？　ええ、もちろん」

「あの中に、ゲームの説明がありましたよね。七人のうち、たった一人、犯人がいる。事件の真相を見抜き、犯人役を見事推理した人の勝ち。出来なければ犯人役の勝ちだって。あの説明には、プレイヤーの誰かが犯人だとは、一言も書いていません」

瑞穂が目を見開いた。美咲は懸命に考えをまとめながら、話した。

「そもそも、七人のうち、という言葉自体に既に心理的な暗示があったんです。七人と聞けば、私たちは当然、いつもネット上で交流しているメンバーのことだと思ってしまう。だけど、全員が架空遊戯に参加しているかどうかなんてわかりませんよね。

例えば——これは掲示板の書き込みを読んだ上でのただの推測ですけど、採光ピエロさんは対人恐怖症で、人と話すのがとても苦手だ、と書いていました。そういう人が、いきなり初対面の人間と三日間も一緒に過ごす、しかもこんな特殊な形のイベントに参加しようと思うでしょうか？　それからＡＹＡＳＥさんは、大学の受験勉強に打ち込むために必死で、掲示板への書き込みすら控え目にしてらっしゃいましたよね」

美咲の言葉に、全員が一瞬ぎょっとしたような顔になった。

現実世界で聞くハンドルネームが、ひどく奇妙な響きをもって彼らの耳に届いたのかもしれない。もし自分のハンドルネームがここで突然口に出されたら、美咲もきっと少なからず戸惑いを覚えたことだろう。いささか後ろめたいような気分になりながら、美咲は続けた。

「そうした要素を考えてみると、必ず全員が参加していると確かめることは出来ないと思うんです。だって私たちは今まで会ったこともなければ、お互いに顔も名前も知らないんですから。ジョーカーが知らん顔して誰かになりすましたところで、誰にもわかりません」

「或いは最初からそれが狙いだったのかも、な」

高瀬が面白そうな口調で呟いた。

「架空遊戯のことは、サイトの掲示板で話題にすることを一切禁止されてた。事前の打ち合わせや不正行為を防ぐためだという名目だったが、ユーザー全員が閲覧できる場所で、わざわざそんな小細工をするだろうか？　掲示板でゲームに関する書き込みを禁じたのは、実は別の理由があったからだとは考えられないか？」

「別の理由？」

藍人が不審げに問い返す。高瀬は、口元だけで薄く笑った。

「メンバーの全員が架空遊戯に招待されたわけじゃないとしたら？　ジョーカーは掲示板のオレたちの書き込みを、じっと観察してたんだ。そうして選別した人間だけをゲームに招待し、それ以外の人間には知らせなかった。だから架空遊戯のことが他のメンバーに漏れないよう、自分がなりすますつもりのメンバーが架空遊戯のことを知らされていないとオレたちに悟られないように、掲示板で話題にするのを禁じたってわけさ。……辻褄は合うだろう？」

そこまでは、思いつかなかった。こめかみを冷たい汗が伝う。なりゆきを見つめていた草薙が、藍人に再び向き直った。

「メンバーの中の誰かがジョーカーじゃないかって、実を云えば、初めからそう考えてた。警戒しながら皆の様子を観察してたオレの態度が、不審に思えたんだろう。誤解させたなら、悪かった。でも俺はジョーカーじゃない。もしそうなら、この中にジョーカーがいるなんて自分からわざわざ云い出したりしない」

「どうかしら」

幾分青ざめたような表情で、瑞穂が草薙を上目遣いに睨んだ。

「もうそろそろバレる頃だと思って、わざと自分から口にしたのかもしれないじゃない。自分がジョーカーなら敢えて云い出すはずがないって、周りにそう思わせて疑惑をそらすために。実際、そのことに気付いてた人は他にもいたわけだし」

瑞穂はそう云い、胡散臭そうに高瀬を見た。

高瀬はそ知らぬ顔で微笑むと、シャツのポケットからトランプのジョーカーを取り出した。先程、駅前のオブジェに残されていたものらしい。

「つまりこのゲームは、伏せられたカードの中からジョーカーを引き当てた者の勝ちってわけだ。そして、カードの枚数は、現在のところ五枚」

幾つもの視線が宙で交差する。疑惑。緊張。警戒。不安。恐怖。

美咲は、動悸が激しくなるのを感じた。背中がひきつるような感覚に襲われる。

本当にこの中にジョーカーがいるのだろうか？　仮面を被った殺人者が、今この瞬間も自分たちの中に。——それは、誰？

しばし誰も言葉を発しなかった。

「なんだよ、それ……」

藍人は顔をこわばらせて呻き、グラスに手を伸ばした。溶けて小さくなった、透明なガラス細工みたいな氷の欠片が、アイスコーヒーの表面に浮いている。

藍人は自分を落ち着かせようとするかのようにグラスを握り、それを口へ運んだ。次の瞬間、目を見開く。

藍人の手からグラスが落ちた。床の上でけたたましい音が響く。

口元を押さえた藍人が、激しく咳き込んだ。小さく悲鳴を上げて瑞穂が立ち上がる。

「——飲み込むな、吐くんだ！」

真っ先に状況を理解したらしい草薙が、鋭く叫んだ。口に含んだ液体を吐き出した藍人が、震える手で何度も口元をぬぐう。

「おい！どうした」と高瀬が慌てて顔を覗き込んだ。

藍人はまだ混乱している様子で、落ち着きなく視線を彷徨わせると、掠れた声で呟いた。

「ロン中入れたら、舌がぴりっとして——変な刺激臭、みたいなのが」

「なんだって？」

美咲は、足元にぶちまけられた黒い液体を呆然として見下ろした。瑞穂が怯えた表情で後ずさる。

「お客様、大丈夫ですか？」

スタッフの女性がすぐさま近付いてきた。割れたグラスの破片と、床にこぼれたコーヒーを手際よく片付け始める。

美咲は呪縛にかかったように立ち尽くし、後始末をする女性の荒れた肌をまじまじと眺めた。硬直したままの美咲たちに向かって、女性が「お怪我はございませんか？」と丁寧な口調で尋ねてくる。

ハッと我に返り、慌てて答えた。

「大丈夫です、すみません」

大丈夫？　自分のものじゃないようなヒステリックな声がした。

頭の片隅で、いや、いや、いや、一体どこが大丈夫なの？

この状況の、どこが大丈夫なの？

スタッフがその場を離れるのを確認してから、高瀬が考え込むように呟いた。

「……アイスコーヒーの中に、何か入ってたってことか」

藍人の背中がぴくっと反応する。顔から血の気が引いていくのを感じながら、美咲は口元に手を当てた。喉の奥が引きつり、反射的にえずきそうになる。

「――私、飲みました」

「オレもだ。どうやら何か混入してあったのは、彼のグラスだけのようだな。……いや、待てよ」

高瀬は眉をひそめ、中身が半分ほど減った自分のグラスを持ち上げた。

「もしかして、氷か？　氷の中に毒物を仕込んでおいて、氷が溶けたら毒物が流れ出すように――違うな」

美咲たちが固唾を呑んで見守る中、高瀬はグラスを顔に近付ける仕草をしてからテーブルに戻した。

「刺激臭もないし、特に変わった様子は見られない。ただのコーヒーだ」

「まさか、誰かが狙って彼のグラスに毒を入れたの？」

「青井」

高瀬に急に名を呼ばれ、瑞穂がぎくっとした表情になる。

「何よ」

「君はさっきコーヒーを持ってきたとき、藍人君の前にだけグラスを置いたな。他の人間には勝手に取るよう云ったのに、どうして彼のものだけはわざわざ自分で配ったんだ？」

「わざわざって、変な云い方しないでよ。彼が落ち込んでるみたいだったから、なんとなくそうしただけ。意味なんかない」

「本当にそれだけか？」

「何が云いたいの！」

瑞穂が興奮した様子で声を荒らげた。

「あたしが毒を盛って彼を殺そうとしたとでも云いたいの？　冗談じゃないわ。証拠もないのに、適当なこと云わないで！」

「しかし、君だけが彼のグラスに触る機会があったのは事実だ」

高瀬は冷静に続けた。

「仮に君じゃないとしたら、犯人は皆の目の前で、藍人君のグラスに気付かれないよう毒物をまぜたことになる。互いに向き合うか、隣り合って座っているこの状況でそんな不審な動きをしたら、誰かが気付くだろう。……不審なそぶりを見た者はいるか？」

誰も名乗り出る者はいなかった。瑞穂が追い詰められたような表情で、かぶりを振る。

「――違う。あたしじゃない」

そのとき、藍人が立ち上がった。唐突な動きにふいをつかれ、美咲は驚いて藍人を見つめた。メンバーの注目が藍人に集まる。

藍人は紅潮した顔を上げると、全員の顔を睨みつけた。

「一体誰だよ!? あれはアクシデントだったろ！ オレのせいじゃない、オレはまだゲームで負けちゃいないんだ。こんな所で脱落なんて、冗談じゃねーよ！」

激昂した様子で拳を握り、そのまま荒々しい足取りで正面玄関の方へ向かおうとする。

「おい！」

高瀬が素早い動きでその腕を掴んだ。今にも殴りかかりそうな表情で振り返る藍人を、怯むことなく諭す。

「――コマンドを忘れたのか。オレたちは建物から、、、、、一歩も出ず、事件について考えるんだろう？」

藍人は動揺したように立ちすくんだ後、顔を歪めて高瀬の腕を振り払い、方向転換して歩いていった。自分の部屋に戻るのだろう。今度は高瀬も止めなかった。

美咲は緊張したまま、藍人の消えた方向をただ見つめた。

飲みかけのアイスコーヒーがグラスの中で微かに揺れている。今の美咲には、それは何かとても不吉なものに思われた。

高瀬はため息をつく。

「やれやれ、どうせなら人目につかない向こうの裏口から飛び出せばいいものを。あの様子だと相当まいってるようだな。まあ、無理もないか」

ぴく、と瑞穂が反応した。

「……ねえ」

瑞穂の呼びかけに、高瀬が何気ない様子で振り向く。瑞穂は、高瀬に向かって硬い声で質問を発した。

「あなた、前にもこのホテルに来たことがあるんじゃないの？」

その言葉に、高瀬が眉をひそめる。

「何だって？」

美咲も驚いて瑞穂を見た。彼女は何を云い出すつもりなのだろう？

「あたしは」

美咲たちの視線を受けて、瑞穂はゆっくりと冷たい瞳を上げた。

「向こうに裏口があるなんて、あなたが口にするまで知らなかったけど」

高瀬の動きが一瞬止まった。が、すぐに皮肉めいた微笑が口元に浮かぶ。

「……館内の案内図で見たんだ。何が起こるかわからないんだから、それくらい把握しておくのは当然だろう？」

「本当に？」

容赦ない瑞穂の眼差しに、高瀬は薄く笑った。

「オレたちの中にジョーカーがいるとわかった途端、さっそくカードをめくりにかかろうってわけか？　だけどこれがサスペンスドラマのシチュエーションで、オレが犯人役なら、次に消えるのは間違いなく君だぜ？」

「あいにくこれは二時間もののサスペンスドラマなんかじゃないもの」

瑞穂が強気な光を宿した目で、きっ、と高瀬を見据える。

「もっと、タチの悪いものよ」

「違いない」

高瀬は手にしたトランプをテーブルの上に放り、立ち上がった。

「ちょっと彼の様子を見てくるか。ずいぶん動揺してたみたいだし。まだ訊きたいこともあるしな」

「いたいけな青年を毒牙にかけるつもりなんじゃないの」

「飲み物に毒でもいれて……か？」

意味ありげな笑みを浮かべると、高瀬は階段の方へと身を翻した。

その背中を、瑞穂が顔を上気させて睨む。瑞穂はソファから腰を上げると、二人に向かって凜と云い放った。

「別に信じてくれなくてもいいけど、毒を入れたのはあたしじゃないわよ」

こちらに言葉を返す暇も与えず、荒々しい足取りでロビーを後にする。後には、美咲と草薙が残された。

「……ごめん」

「え？」

突然声をかけられ、驚いて草薙の顔を見る。歯切れの悪い口調で、気まずそうに草薙は呟いた。

「驚かせて、悪かった」

どうやら、唐突にこの中にジョーカーがいると指摘したことを詫びているらしい。

美咲がぼんやりしているのを、ショックのあまり落ち込んでいると受け取ったようだ。

美咲は弱々しくかぶりを振った。

「別に……謝ることじゃ、ないです」

正直、反応がついていかない。頭の芯が麻痺したようになって、何をどう考えていいのか、よくわからなかった。ぞくっ、と悪寒が背筋を走る。

最初から誰かの手によって仕組まれたゲーム。誰かが殺され、誰かが生き残るゲーム。

テーブルの上で、にやにや笑うトランプのジョーカーと目が合った。

瑞穂の言葉が甦る。

もっと、タチの悪いものよ。

◇

女が女になるための、女であるための儀式には、常に血のイメージが付随する。

「ねえ、知ってる？　生きるっていうのは、殺すっていうことなの。そして殺されるってこと」

哀れむように、いとしむように、彼女は笑った。子宮は果実。わたしたちは夜を孕む。朝を殺す。

「自分の血の色を知らない女なんて、きっとどこにもいないわ」

——三島加深『終末時計』

◇

夏の光を惜しげもなく透過する窓の向こうでは、猛々しい緑がざわめいている。

ガラス一枚で隔てられた、逃げ出せない檻。

考えると気が滅入りそうで、美咲は窓の外から目を離した。

なんとなく一人で部屋にいるのが不安で建物の中を歩いてみたのだが、他のメンバーは今頃、事件について懸命に推理しているのかもしれなかった。

ホラー映画なら、きっとこんなふうにうろついてる人物から殺される。そんなことに思い当たって苦笑する。

それにしても、と美咲はあらためて館内を見回した。こぢんまりとした売店。マッサージルーム。談話室。観光シーズンだというのに、人の気配が希薄だ。

フロアには大浴場もあったのだが、さすがにこんな状況下で、不特定多数の人間が入れる場所で無防備な状態になることはためらわれて引き返してしまった。

――こんなことをしていても、始まらない。

小さくため息をつき、そろそろ部屋に戻ろう、と方向を変えた。

と、シャツワンピースの裾に小さな染みがついているのに気が付く。いつのまに汚したんだろう。

さっき藍人がグラスを割ったときに、アイスコーヒーがはねたのかもしれない。

……家に帰ったら、ちゃんと染み抜きをしなきゃ。

ぼんやりとした頭の片隅で、なぜかそんなことを思った。

ふいに、むずかるような不安を覚えた。家から遠く離れてしまったという、心許なさ。もうあの場所に戻れないかもしれないという恐れ。

こんなことを考えるなんて変だ。家にいるときは、どうしようもなく居心地が悪かったくせに。ちっとも寛いだ家族の団欒なんかじゃなかったくせに。

それともこれは、天野美咲の感情じゃないんだろうか。うちに帰りたいと思っているこの心細い気持ちは、九条茜のものなのか。

そもそもどこからが天野美咲で、どこからが九条茜なんだろう？

なんだか奇妙な感じだ。

たった数日間、別の人間を演じて違う名前で呼ばれる、ただそれだけのことなのに。天野美咲という人間を構成しているパーツがばらばらになってゆくみたいな、変な感覚。

階段の下まで来たとき、ふと足が止まった。誰かの視線を感じた気がして、振り返る。……しんとした廊下が伸びているだけで、誰もいない。

気のせいだろうか？　再び、前に向き直る。

階段を一段上がったとき、背後でミシッと床のきしむような音がした。

驚いて振り向く。しかし、やはり人の姿はない。急に怖くなり、美咲は足早に歩き出した。

自然と駆け足になり、階段を上る。

ようやく部屋の前まで辿り着き、ポケットからルームキーを探り出すも、焦っているせいかなかなか鍵穴に差し込めない。

うっかり手が滑り、キーを取り落としてしまった。拾おうと慌てて身を屈めたそのとき、胸ポケットの中で耳障りな電子音が鳴った。鼓動が大きく跳ね上がる。

見ると、受信機のランプが、チカチカと点滅していた。

——コマンドだ！

一気に口の中が干上がった。

美咲はドアを開けて逃げるように部屋の中に駆け込んだ。側に誰もいないことを確認してから、恐る恐る、到着メールを開く。

その内容を目にし、美咲は言葉を失った。

午後九時。九条茜は、草薙透吾の部屋にいた。

「こんな時間に部屋を訪ねたりして怖くないのか？　泉音を殺した犯人は、俺かもしれないんだぜ」

自嘲的な笑みを含んだ草薙の問いかけに、茜は首を横に振った。

「あなたが犯人だとは思わないわ」

「どうして？」

問い返され、茜は目をそらした。

「分からない。でも、今になって一つだけ分かったことがあるの」

「何？」

「彼女と私は、本当はとてもよく似た人間だったんじゃないかって。だって」

茜は、何かを決意するように草薙の顔を覗き込んだ。

「……彼女が見つめるものは、私も同じように見つめてしまうから」

草薙は、茜の髪にそっと顔を埋めた。

「君は、泉音の亡霊に取り憑かれているだけだ」

「そうかもしれない。でも、それはあなたも同じだわ」

草薙が茜の耳元で囁いた。

「もし俺が犯人なら、朝には君は冷たくなってる」

茜は静かに呟いた。

「もし私が犯人なら、きっと明日あなたは死んでるわ」

密やかに視線が交差した。それから、二人は朝まで抱き合った。

◇

時計を見る。

午後八時四十分。

幾度読み返しても変わらない文章に、美咲は落ち着かない気分で部屋の中をうろついた。いっそのこと逃げ出したい心境だ。

再び目を走らせたコマンドには、『朝まで抱き合った』という文章が消えることなく存在している。抱き合ったって……一体、どういう意味？

瑞穂が昼間、「ビルの屋上からバンジージャンプしろとかいうコマンドが来たら、どうすんのよおっ」とわめいていたが、こんな展開はまるで予想しなかった。いや、それよりも。

美咲は受信機を持ち直した。これはずいぶん意味深なセリフではないか？

「もし犯人なら、明日、死んでる……」

嫌な予感に、足が止まる。また殺人事件が起きるということだろうか。

もしかして、次の被害者になるのは九条茜？

こんなコマンドが来たということは、その可能性も否定できない。思わず身を硬くした。

私は今夜、殺されるのだろうか？

犯人は、草薙なのか。これから何が起きるのだろう。なかなか草薙の部屋に行く決心がつかない。

魔が差したように、暗い考えが頭をよぎった。

――もしこのままホテルを飛び出したら、逃げおおせるだろうか？

部屋の片隅に置いた荷物をちらりと見やる。心臓が波打ち、脇の下に汗が滲んだ。迷いと不安に心が揺れる。そんな思考を振り払うように、強く自分の腕を掴んだ。駄目、それは出来ない。

向こうは美咲の素性も何もかも、事前に調べ上げているのだ。

敵はこんなとんでもないことをしでかす犯罪者だ。まして相手が何人いるのかすらわからない。

自分や家族に危害が加えられるような事態を想像し、ぞくりと鳥肌が立った。

選択する余地はない。

このゲームに勝ち残ること。たぶんそれだけが、今の美咲にとれる唯一の方法なのだ。

息を吐き出し、死刑宣告を待つような気持ちで時計を見る。

八時五十分。そろそろ時間だ。

空調のせいか、目の表面が乾いて少し痛かった。意思に反して足がなかなか動いてくれないのは、昼間あんなに走ったせいだろうか。

弱気な自分を頭の隅に追いやりながら、美咲はドアノブに手をかけた。指先から伝わる金属の冷たい感触に、微かにたじろぐ。

廊下に出ると、意思確認のようにわざと大きな動作でドアをロックした。硬質な音が、ひときわ耳に響く。これでもう、この部屋には明日の朝まで帰れない。

いや……もしかしたら、二度と帰れないのではないだろうか？

壁に取り付けられた鏡に映る自分と目が合い、ハッとした。いけない、なに不安そうな顔してるんだろう。これから男の人を誘惑しにいこうって人間が、そんな情けない顔をするつもり？

ポケットにルームキーを押し込んだとき、指先に固い感触が触れた。オレンジがかったピンクの口紅。輪郭をなぞるように、唇にぎこちなく色を落とす。

薄闇の中、鏡からやや青ざめた自分の顔が見返してきた。まだ少し湿った洗いざらしの髪が、控え目な照明の下でつややかに光って見える。

内に情熱を秘めたひたむきな女性、九条茜が鏡の中から美咲を見つめた。

後ろめたいことをしに行くような気がして、なんとなく周囲を気にしながら、草薙の部屋へと歩き出した。

人の気配のない建物の廊下は、不気味なほどに静まり返っている。こんなシーンが出てくる映画、前に観たっけ。人のエネルギーを取り込んでしまう悪霊のホテル。スランプに陥った女性小説家が、執筆のためにそのいわくつきのホテルに滞在して……。

あの映画の結末はどうなったろう？　ヒロインは無事逃げ出すことが出来たのだろうか。それとも、ホテルに呑み込まれてしまったのか。

とりとめもなくそんなことを考えているうちに、目的の部屋に着いてしまった。

自分がやろうとしていることが突如リアルに認識され、思わず拳を握り込んだ。

夜に男の人の部屋を訪ねるなんて、二人きりになるなんて、これまでの人生の中で一度だってない。

泣きたい思いでドアを見つめる。

早くこのドアをノックしてゲームを始めなければ。頭ではそう思うものの、どうしても身体が動かない。

鼓動が速い。いま、何時だろう？　もしかしたらもう開始時間を過ぎてしまっているんじゃないだろうか。掌が汗で湿っている。早くドアを叩かなきゃ、そう思うのに、頭が真っ白になり全身が云うことを聞かない。こんな状態で芝居なんて出来るの？

焦りが、頭の中をいっそうかき乱した。早くドアをノックして、早く、早く、早く。

そのとき、息を詰めてドアを凝視する美咲の前で、ノブが回った。

一瞬、頭の中で念じたことが現実になったような錯覚に襲われ、たじろぐ。

驚いて見つめていると、静かにドアが開かれた。ドアの隙間から、濃紺のTシャツ姿の草薙が顔を覗かせる。

正面から目が合い、口を開こうとしたが、上手く言葉が出てこない。

動揺する美咲に向かって、草薙が気まずそうな表情でぼそりと呟いた。

「こんばんは」

目を瞬かせた後、美咲も同じように言葉を返す。

「こ……こんばんは」

草薙は室内へ促すように、ドアを広く開けた。

「どうぞ」

なんとなく草薙から目をそらしながら、美咲は小さく頷いた。

うつむいた拍子に、腕時計の文字盤が目に入って慌てて背筋を伸ばす。

——21：00。

◇

「どうぞ、そこに座って」

云われるままに、ぎくしゃくとソファに腰掛ける。

控えめな蜜柑色の明かりで、ドアをロックする草薙の表情は読み取れない。

……仮に照明が眩しいくらい灯されていたとしても、顔を直視して冷静に観察する余裕などあるはずもないけれど。

さりげなく室内を見回すと、美咲の与えられた部屋とさして違いはないようだ。

真っ暗な窓の外で、木の枝が身震いするようにざわめいている。風が出てきたんだな、と思った瞬間、室内のある一箇所で視線が止まった。

ゆったりとした大きなベッドが目に映り、頭に血が上る。

心臓が早鐘を打ち、二人きりの空間に息苦しいほどの緊張を落とした。Tシャツにショートパンツという自分の格好が、これ以上なく無防備に思えた。

外気に曝け出された白い膝を、掌できゅっと包むように撫でさする。思わず唾を呑み下した音は、相手に聞こえてしまっただろうか？

ドアを背に、ゆっくりと草薙がこちらを振り返った。

美咲は緊張と戸惑いを覚えながら顔を上げ、草薙の動きを目で追った。

草薙はどういうつもりなのだろう？　朝まで抱き合うという言葉の意味を、彼はどう捉えているのか。まさか。

そして、彼は、本当に犯人なのだろうか？　こうして誰も邪魔の入らない場所に呼び出して、美咲を――「九条茜」を殺すつもりなのか？

疑問ばかりがめまぐるしく頭の中を飛び交っている。視線を外したいのに、草薙から目がそらせない。

そのとき、草薙が低く声を発した。

「……こんな時間に部屋を訪ねたりして、怖くないのか？」

「え？」

どきりとして、反射的に問い返す。自分の考えを見透かされたような気がして、声のトーンが跳ね上がった。

直後、それが芝居の台詞だということに気が付いて顔が熱くなる。

草薙は静かな動きでソファに近付くと、美咲の隣に腰を下ろした。相手の気配を身近に感じ、反射的に身を硬くする。

そういえば前に読んだ本でどこかの心理学者が云っていた。人間は一定の距離内に他人がいると、否応なしにその存在を意識してしまうものだと。看護師や心理カウンセラーといった職業の人が患者から個人的に好意を持たれることがある、などという話をよく聞くのは、つまりはそういう要素もあるんだろうか。

そういえば、ダットンとアロンの吊り橋実験なんていうものもあった。あれは確か、心拍数が上がるような体験をしたときは普段より相手に好意を持っていると錯覚しやすいという話だった。

——どうして今、こんなことを考えているんだろう。きっとジンバルドの模擬監獄実験の話なんて聞いてしまったから、その影響で。

顔に集まった熱を分散させるべく、懸命に思考を他所に向けようとしていた美咲は、おもむろに体の向きを変えた草薙に動揺した。横顔に視線を感じ、うろたえながら、おずおずと見返す。至近距離で目と目が合った瞬間、息を詰めた。

草薙は、真摯な眼差しでまっすぐに美咲を見つめていた。向けられる強い視線に目が離せなくなる。

草薙は目をそらさないまま、一言一言、囁くように云った。

「泉音を殺した犯人は、オレかもしれないんだぜ」

草薙の台詞に、体が強張った。鼓動の音が激しさを増す。自分が今、ひどく重要な状況に置かれていると直感的にわかった。

意志のこもった、ひたむきに向けられる草薙の視線。

言葉や態度を取り繕うのではなく、感情を伝えるように見つめてくるその表情に、ふっと

違う、という気がした。時折不器用な気遣いを見せるこの青年と、ゲームを考案した人物とは、美咲の中でどうしても同一の実像を結ばない。

それとも、これは、彼を信じたいという「九条茜」の感情だろうか？

美咲は詰めていた息を吐くと、草薙を見つめ返し、きっぱりと口にした。

「私、あなたが犯人だとは、思わないわ」

草薙がやや驚いたように瞬きをした。芝居なのか、そうでないのかはわからない。しかしなんとなく、素の反応のような気がした。

数秒の後、草薙がふっと微笑らしきものを浮かべる。

「……有難う。オレも、君が犯人だとは思わない」

その言葉に、鼓動が跳ね上がった。今のはコマンドにある台詞ではない。

驚いてまじまじと顔を覗き込むと、草薙はすぐに怪訝そうな表情を繕って芝居に戻った。

「オレが犯人じゃないと思うのは、どうして？」

我に返り、慌てて美咲も芝居を続ける。

「わからない。だけど、今になって一つだけわかったことがあるの」

「何？」

シナリオ通りに問い返され、美咲はこくんと息を呑み込んだ。いよいよ、ここからだ。

「彼女と私は、本当は、とてもよく似た人間だったんじゃないかって。だって……」

語尾が掠れた。緊張でひどく喉が渇いている。言葉が途中で重く引っかかって、上手く出てこない気がした。

この台詞を口にしたら、一体どうなるんだろう？

押し寄せる不安に耐え難くなり、下を向いた。うつむいては駄目だ、彼の目を見なければ。意志の力で無理やり顔を上げ、草薙を見る。

緊張の滲む声で、与えられた言葉を紡いだ。

「……彼女が見つめるものは、私も同じように見つめてしまうから」

台詞を云い終えて息を吐いた瞬間、草薙が美咲の腕に触れた。思わず構えると、ゆっくりと草薙の上半身が傾けられた。

影が落ち、至近距離に顔が近付く。

口づけられる、と思ったとき、草薙の頬が美咲の頬を掠めた。

耳元に顔を寄せられ、熱を持った吐息を間近で感じた。同じく戸惑っているのか、一呼吸置いた後、草薙がかすれた声で呟く。

「君は、泉音の亡霊に取り憑かれてるだけだ」

耳朶《じだ》に息が触れて、くすぐったいような感覚に頭に血が上る。お願いだから、そんな所でぼそぼそ喋らないで欲しい。柑橘系のシャンプーの香りと、微かな汗の匂いを感じて美咲はなおさら動揺した。自分の匂いや体温も、同じように相手に伝わっているのだろうか。

いけない、次の台詞を喋らないと。

「そうかも、しれない。でも、それは……あなたも同じだわ」

あがっているせいか、ひどくぎこちない云い回しになってしまった。さっきから、上手く言葉が出てこない。この空間が、美咲に居たたまれないほどの緊張を強いていた。

草薙は美咲の耳元の柔らかい髪の毛をそっと指ですくように払うと、唇を寄せて囁いた。

「もし俺が犯人なら、朝には君は冷たくなってる」

思わず身じろぎしたのは、耳にかかった吐息のせいか、それとも発せられた台詞のせいだろうか。

ぎゅっと目を閉じる。脈打つ心臓の音は、相手に聞こえているのだろうか。

息を吐き出し、目を開けると、美咲はおもむろに口にした。

コマンドに記された、最後の台詞を。

「――もし、私が犯人なら、きっと明日あなたは死んでるわ」

再び胸が高鳴り始めた。さあ、この後どうなる？

ふいに、草薙の体が美咲から離れた。張り詰めた状態から解放され、美咲はようやく安堵の息をついた。

ソファから立ち上がった草薙が窓辺に歩み寄るのをぼんやりと眺め、次の瞬間、目を瞠る。

草薙が、無言で窓のカーテンを閉めきったのだ。外の風景が遮断され、閉ざされた空間で美咲は息を呑んだ。

混乱し、草薙の背中を凝視する。首筋を汗が伝った。

ぎゅっとTシャツの胸元を掴むと、プリントされた金魚が不自然な形によじれた。草薙が振り返った瞬間、視線がぶつかる。とっさに腰を浮かしかけると、美咲のこわばった表情から、考えていることを察したらしい。

慌てた様子で草薙が右手を上げた。

「違う」

条件反射のように口にしてから、どう云ったものかとうろたえるように、草薙が視線を彷徨わせる。

「だから、変な意味じゃなくて」

草薙はぎこちなく右手を下ろすと、困ったように続けた。

「万が一、誰かに監視されていたら不快だと思っただけだ。君に危害を加えるつもりはない」

美咲は戸惑って相手を見つめた。こちらを見返してくる草薙があまりにも途方に暮れた表情をするので、思わず気の毒な感情すら湧いてくるほどだ。

その様子を見ていると、突然、今しがたの自分の狼狽振りが滑稽に思えてきた。急激に可笑しさが込み上げてくる。

尚も草薙が云い募ろうとしたとき、堪え切れなくなってつい吹き出した。いきなり笑い出した美咲を、啞然とした様子で草薙が眺める。笑いの発作に見舞われながら、美咲は慌てて詫びた。

「ご、ごめんなさい」

「……ひどいな」

憮然として呟いた草薙の声には、それでも幾分ホッとした響きがあった。

「だって、いきなりカーテンしめるから」

草薙は力が抜けたように、大きくため息をついた。気を取り直したように言葉を発する。

「コマンドのことなんだけど」

その単語に、美咲も再び真顔になった。云いにくそうに、草薙が口を開く。

「その……朝まで、という明確な指示がある以上、申し訳ないけど、今夜はオレの部屋に居てもらうしかないと思うんだ。だけど、さっきも云ったように、オレには君に危害を加えようという意図はないし、君の意思に沿わない行動を取るつもりもない。だから、変な心配はしないで欲しい」

美咲は一瞬ためらった後で頷いた。どのみち、そうするより仕方ない。

「……わかりました。迷惑だと思いますけど、朝までここにいさせて下さい」

「迷惑だなんて。オレの方こそ、デカいし邪魔だろうけど」

草薙はやや冗談めいた口振りで云い、苦笑した。

「君がしっかりした子で良かった。泣き出されたりしたら、正直どうしようかと思った」

あらためてしみじみとした口調で呟かれ、さっきまでよほど神経を使っていたのだなと察し、美咲はまた少し可笑しくなった。慌てて口元を引き締める。

安堵した様子で、草薙が窓辺から離れた。

「何か飲む?」

「あ、すみません」

云われてあらためて、喉が渇いているのを自覚した。きっと、緊張していたせいだ。

「緑茶が好きなの?」

「えっ? はい」

さりげなく尋ねられて返答し、「どうしてですか?」と訊き返す。

「ペットボトルのお茶とか、よく飲んでたみたいだから」

どきりとした。この人、意外に他人のことをよく見ている。

草薙は、あらかじめテーブルに置いてあった銀色の丸い缶を手に取った。表面に葉っぱの形をした模様が刻んである。平べったい缶の蓋を開けると、中から鮮やかな緑色をした茶葉が覗いた。なんだってこんなものを持っているんだろう?

不思議そうな美咲の視線に、草薙が、やや気まずそうに口を開いた。

「口うるさい妹がいるんだけど、こいつがお茶とミステリ小説に目がなくてね。友達の所に何日か泊まるって云ったら、兄貴のことだからどうせむさ苦しい男友達の所に決まってるけど、手土産くらい持って行くのが礼儀ってものよ、とかなんとか云って無理やり持たされたんだ。まさかこんな時に役に立つとは思わなかったけど」

「そうなんですか」

それで納得した。列車の中で話していた、草薙をミステリツアーに引っ張りまわす人物とは、どうやら恋人ではなくて彼の妹だったらしい。

可愛がっている我の強い妹に、仏頂面をしながらも渋々付き合わされる兄という構図が容易に目に浮かび、美咲は密かに微笑んだ。

「深蒸しの緑茶なんだけど、水出しにすると渋みが少なくて旨いよ。嫌いじゃない？」

「えっと、はい」

備え付けのティーポットを使い、草薙は武骨な手で手際よくお茶を淹れてくれた。綺麗な薄緑色の液体の入ったグラスで、氷が涼しげな音を立てる。

「どうぞ」

礼を云ってグラスを受け取り、口に運ぶ。心地よい冷たさが、渇いた喉を滑り落ちていった。ほう、と息を漏らす。

「……甘みがあって、美味しい」

「良かった」

美咲の感想に草薙が照れたように笑い、隣に腰掛けて自分もグラスに口をつけた。

「お茶はなんでも好きなの？」

「ええ、大抵は。あんまり、香りのきついフレーバーティーとかは苦手ですけど」

草薙は目を細めて美咲を見た。そんな表情をすると、普段きつい印象を受ける眼差しが和らいでひどく優しげになる。

「緑茶も中国茶も紅茶も、元は同じお茶の木なんだよ」

「そうなんですか？」

「うん。同じツバキ科の植物なんだ」

「不思議、味とか全然違うのに」

緑茶の入ったグラスを、目の前にかざしてみる。

「簡単に云うと、茶葉を発酵させるかさせないかの違いかな。発酵させないのが緑茶で、半分だけ発酵させたのが中国茶で、完全に発酵させたのが紅茶」

「知らなかった」

「発酵っていうと一般的には微生物による分解のことを示すけど、この場合は、茶葉の中に含まれている酵素の働きを止めることを指して……って、また余計な話しちゃったな」

草薙が困ったように苦笑した。

「君、いつも人の話を聞くとき、じーっと目を見てすごく真剣な顔して聞いてるから。なんか、こっちも真剣に話さなきゃいけない気になる」

「そんな真剣な顔してました？」

「うん。君の恋人が浮気とかしたときにその目で見られたら、洗いざらい喋っちゃうんだろうな、っていう目」

真顔で云う草薙に、美咲は思わず吹き出した。冷たいお茶を口に含む。

……いつのまにか、草薙の側で少しずつくつろぎ始めている自分に気が付いた。

部屋に入る前はあんなに緊張していたのが、まるで嘘のようだ。

決して手馴れた感じはしないのに、態度の端々に拙くも気遣いめいたものが感じられて、それが自然と美咲の警戒心を解いてゆく。

会ったばかりの、名前すら知らない男性と二人きりで夜を過ごしているなんて、父親が知ったら卒倒するに違いない。

何気なく見ると、草薙の首の後ろが僅かに赤くなっているのに気が付いた。昼間、日差しの中を走り回ったせいだろう。男の人って、日焼け止めクリームとか塗らないんだろうか？

ぼんやりとそんなことを思っていたとき、落ち着かない様子の草薙と目が合った。

美咲に向かって物云いたげに口を開きかけ、ためらうように視線を漂わせる。

美咲は縁についた口紅を親指で軽く拭うと、グラスをテーブルの上に置いた。言葉を促すように、小首を傾げて草薙を見上げる。

草薙はまだ迷っている素振りを見せたものの、やがて、意を決したように言葉を発した。

「……さっきラウンジで集まったとき、うたた寝したと云って遅れただろ。あれは嘘だ。本当は、このホテルを予約した馬場という人のことを調べてたんだ」

「ええ⁉」

思わず声を上げた。直後、周りで誰かが聞き耳を立てているような気がして、慌てて口を閉じる。

「調べてたって……だって、そんなことしたら、まずいんじゃ」

「妨害行為と見なされて、ゲームオーバーになる確率が高いだろうな。全員がラウンジに揃っている間だけが、唯一のチャンスだったんだ」

「それで、どうしたんですか」

「部屋の電話を使ったら記録が残る。不審に思われるとヤバイから、こっそりスタッフを呼び止めて訊いたんだ。適当な作り話をして、予約した馬場という人の連絡先を確認させてもらった」

美咲は呆然として草薙を見た。

あのわずかな間に、知らん顔をしてそんな大胆なことをしていたのか、この人は。

そんな思いが伝わったのだろう、草薙は美咲の視線に気まずそうに咳払いをした。

「その……一度気になったら、実際に行動に移してみないと気がすまないのは、オレの悪いクセなんだけどね。とにかくそれで、二階の公衆電話からその連絡先に電話をかけてみたんだ。いつ誰が様子を見に上がってくるかと、気が気じゃなかった」

「よく、そんな危ないことしましたね」

「まったくだよ。電話はつながった。馬場という人物も、実際に存在した」

「じゃあその人が!?」

「いや、彼はジョーカーじゃなかった。二カ月ほど前にネット上で知り合った人物に、寝台列車とこのホテルを予約して欲しいと頼まれたそうだ。不思議に思ったそうだが、簡単に小遣い稼ぎになるというので、何も知らずに引き受けたらしい」

「ネット上で知り合った、人物……」

「やりとりは全てフリーのメールアドレスで行われたし、実際に会ったことはないから相手の素性は一切わからないそうだ。ある程度は予想してたけど、結局、ジョーカー本人につながる情報は引き出せなかった」

「どうして、そんなことを私に？」

深く考えず放った質問に、草薙が困惑したように視線を外す。

「……さっきも云ったけど、君のことをジョーカーだとは疑っていないからだ」

理由を尋ねたかったが、草薙が困った表情をしたので口をつぐんだ。

しばしの沈黙の後、草薙はぎこちなく口を開いた。

「ゲームには、それを構成する要素がある。プレイヤー、戦略、ルール、勝敗だ」

美咲は黙って頷いた。

「プレイヤーとは、ゲームに参加し、勝利を目的として行動する者。戦略は、ゲームにおいてプレイヤーが取りうる行動だ。ルールは、プレイヤー自身に対する制約条件のことだ。そして、ゲームの目的であるのが勝敗」

草薙がそこで、言葉を切る。

「最初このゲームは、完全なゼロサムゲームだった。……ゼロサムゲームは知ってる？」

「ええと、勝ったプレイヤーの得した分と、負けたプレイヤーの損した分はプラスマイナスでゼロになる、っていうことでしたっけ。限られたパイの配分を競い合うようなもの、ですよね？」

「うん、そう。初めこのゲームは、たった一つのパイを巡って他人と競い合うことが目的だった。完全なゼロサムゲームだ。でも今は、ゲームの性質が変化していると思う」

「どういう意味ですか？」

「当初とは状況が変わったって意味だ。他の人たちがどうかは知らないが、少なくとも今のオレにとっては、三島加深の未発表作を手に入れることがゲームの目的じゃない。推理劇の真相を当て、無事にゲームを終えることだ。これ以上、誰も死なないことだ」

美咲はきゅっと唇を嚙んだ。

「私だって。三島加深の未発表作はすごく読みたいし、そういう藍人君の気持ちもわかるけど、やっぱり人の生死には代えられない。こんな訳のわからないことで死ぬなんて、絶対に嫌。うちに、帰りたいと思ってる」

「だとしたら」

草薙は、真剣な声で云った。

「同じゲームのプレイヤーであっても、オレと君との関係に対立はないはずだ。例えオレの目的が達成されたとしても、君の目的が阻害されるわけじゃない。つまり、このゲームはある意味で非ゼロサムゲームになったんだ」

「それなら、お互いに知っている情報を全部出し合って、皆で協力して正解を導き出すっていうのも可能ですよね？　全員が正解すれば、皆が助かるってことだもの」

「ところが、それがこのゲームの巧妙なところなんだ」

草薙は考え込むように眉を寄せた。

「オレたちは、自分自身に関しての一切の情報開示を許されない。名前すらもだ。これだけ相手への情報が得られない状況では、とてもじゃないが全面的に信頼して協力してくれと云っても難しいだろう。まして、これは命がけのゲームなんだ。その上、オレたちはコマンドに従って行動してる。それが本当にその人自身の言葉なのか、或いは推理劇の登場人物として意図的に指示された台詞なのか、判断する術がないんだ。どう考えたって、疑心暗鬼にならざるを得ない。今だってそうだ。君はコマンドの指示に従って、この部屋に来たね。例えばオレが今云った言葉が、全部シナリオの続きだとしたら？　これは君を油断させるための芝居で、本当は、君は今夜殺されるんだと云ったら？」

一瞬、どきりとした。草薙は、口の端を引くようにして苦笑した。

「ほら。さっそく不安になったろ？」

美咲は、軽く草薙を睨んだ。

「悪い冗談やめて下さい」

「ごめん。だけど、プレイヤー同士での協力を呼びかけるのはそのくらい困難だと云いたかったんだ。それに、忘れてはいないだろうが、プレイヤーの中にはこのゲームを考案した張本人が……ジョーカーがいるんだぜ？　下手すればゲーム妨害と見なされないとも限らない。協力を申し出る前に、誰が本物のプレイヤーで、誰がジョーカーなのかを、どうやって見分ける？」

言葉に詰まった。確かに、草薙の云う通りだ。

この状況下で、相手の言葉が真意であるか否かを見極める術など無いに等しい。

なんて巧みに作られた、嫌なゲームなのだろう。

ため息をつき、重い空気を払うように、美咲はわざと冗談めかした口調で云った。

「……でも、皆がそろってゲームの勝者になったら、大変でしょうね。今度はお互いに未発表作の取り合いになって、血で血を洗う争いになったりして」

「そして誰もいなくなった、とか？」

草薙は小さく微笑した。

「まあオレは、別に未発表作が欲しくて参加したわけじゃないから構わないけど」

「え」

意外な台詞に、美咲は驚いて草薙の顔を見た。

「そうなんですか。じゃあ、どうしてこの推理劇に？」

「それは――」

草薙は、しまった、という顔をして顎をさすった。やがてばつの悪そうな表情で、ぼそりと呟く。

「気になる対象がいたから。会ってみたかった」

美咲が怪訝に思って見つめると、草薙の頬が心なしか赤みを帯びた。その視線が、落ち着きなく宙をさまよう。

草薙は、困ったな、というように弱々しく笑った。

「云っただろう？　一度気になったら、行動に移してみないと気がすまない性分なんだ」

あまりその話題に触れられたくない様子だったので、美咲はやむなく追及するのをやめた。

柔らかい沈黙が落ちた。

空調の微かな機械音に混じって、窓の外で葉ずれの音がする。

「……静かですね」

「本当だな。他に誰もいないみたいだ」

ソファにもたれたまま、草薙が独白のように呟いた。

奇妙だけれど、一瞬本当にそんな気がした。生きて呼吸をしている存在が他に誰もいないんじゃないか、と錯覚するような空間。まるで廃墟となった遺跡の中、自分たちだけが存在しているみたいだ。

「もう八月だね」

草薙がぽつりと呟いた。

何気なさを装っているけれど、その声が張り詰めたものを孕んでいるのに気が付いた。

「大音量で鳴いている蟬の声を聞くと」

草薙が息を吐き出し、慎重に言葉を発する。

「まるで、何かが終わるような気分になるんだ」

衝撃が胸を貫いた。膝を抱え込んでいた両腕を、半ば無意識にほどく。

その台詞に、覚えがあった。――そうだ。以前交わした、「蟬コロン」と「司」のメールのやりとり。

『三島加深さんの作品で、何かが壊れるときの音をピリッシュノイズって云いますよね。私にとってのそれは、セミの鳴く音です』

ハンドルネームの由来を尋ねられた「司」に自分が返信した、その内容を思い出す。

『大音量で鳴くセミの声を聞くと、母がいなくなった日のことを思い出すんです』

『何かが終わるような、そんな気持ちになるんです』

ハンドルネームの由来を、掲示板で話題にしたことはなかったはずだ。それを知っているのは、「司」しかいない。間違いない。

――草薙は、ネット上の「司」だ！

ルールを破らない方法で、彼はそれを美咲に伝えようとしている。

おそらく言葉や行動の端々から、美咲が「蟬」コロンではないかと推測したのだろう。

思えば、美咲はラウンジで「例えば採光ピエロさんやAYASEさんは、参加していないんじゃないでしょうか？」と口にした。その発言から、少なくとも美咲が採光ピエロとAYASEではないと判断した。そんなやり方で、彼なりに見当をつけてきたに違いない。

興奮に、声が微かに上ずった。

「……そうなんですか」

意図が伝わったことを告げようと、美咲は無理やり笑みを形作ってみせた。上手くいかず、泣き笑いみたいな変な表情になってしまったかもしれない。

「それ、ちょっとわかるかも知れません」

ハッと見返してきた草薙の視線を、美咲は微笑を浮かべて受け止めた。

彼はジョーカーではない。

このゲームで、ようやく一人は信じることの出来る人間が見つかったのだ。

安堵のせいか、急速に全身の力が抜けていくのを感じた。あれ、と思う間も無く、泥の中に沈み込むように意識が濁っていく。

「九条?」

遠くで、草薙の声がした。

頬の辺りに肩の感触を感じているのに、こんなに遠くから声が聞こえるなんて変だ。

言葉を返さなければと思いながらも、徐々に重くなってくる瞼を開けていられず、美咲は目をつむった。

その途端、ふいに全てが柔らかな闇に落ちた。

◇

耳の奥でかまびすしい雑音が聞こえる。

（……ばかりなのに、もう再婚なんて……非常識……）（美咲ちゃんは……）

ぺちゃくちゃぺちゃくちゃくちゃ。遠くで近くでひっきりなしに響く耳障りな話し声は、いつしか、頭上で揺れる木々のざわめきに変わっていた。

走っていた。

息を切らせ、美咲はただひたすら前に向かって走り続けていた。心の中が不吉に騒ぐ。何かが激しく警鐘を鳴らす。走れ、走れ。

今すぐこの場所から離れなければならない、背後を振り向いてはいけない、**そこには見てはいけないものがある**――

暗がりの中から手が伸びてくる。自分に向かって、にゅう、と伸ばされる白い腕。

なぜだかそれがひどく怖かった。その手に捕まえられたら最後、取り返しのつかないことが起きる。そんな予感がした。

汗だくになりながら、全速力で走って、走って――

ふいに白っぽい明かりが差し、自分が暗い場所を抜けたことに気が付く。頰に水滴が落ちて、顔を上げると、枝葉が雨上がりのようにしっとりと濡れていた。

強い風が吹き、木々が大きく枝を揺らす。

その瞬間、美咲の頭上からばらばらと何かが降ってきた。目をこらし、足元の小さな落下物を眺める。セミの抜け殻だ。中身はとうにどこか遠くへ飛んでいって、もう何もない。

　空っぽのうつわが風に流されていくのを見つめながら、美咲は一人、その場に立ち尽くした――

#【THIRD STAGE】

player × 4

◇

ゆっくりと目を開けた。

カーテンの隙間から、眩しげな朝の光が浸食している。

傍らに温かい感触を覚えて視線を上げると、規則的な寝息をたてる草薙の顔が間近にあった。ぎょっとした拍子に、おぼろげだった意識が覚醒する。

どうやら、彼の肩にもたれかかったまま眠ってしまったらしい。緊張し通しだったのと、走り回ったのとで、ひどく疲れていたのだろう。

動揺しながらそろそろと身を起こしたとき、無粋な電子音がした。

ポケットの中に入れたままだった受信機が、赤い光を点滅させている。——コマンドだ！

「草薙さん！」

考えるより早く、隣の草薙を揺さぶっていた。顔をしかめながらだるそうに身じろぎした草薙は、目を開けると同時に、美咲を見て驚いたような表情をした。まだ目覚めきっていない様子の草薙に、慌てて声をかける。

「今、コマンドが」

そこまで云うと、草薙の顔に瞬時に緊張が宿った。飛び起き、機敏な動きでスポーツバッグから自分の受信機を取り出す。

口の中が渇いた。次は一体、何が起きるのだろう？

警戒しながら、届いたメッセージを開く。


**八月五日、午前九時。**

**高台の公園に設置された観覧車が、空中を滑るように頂上へ上がっていく。**

**小さな密室と化した透明のゴンドラの中で、彼らは次の犠牲者の存在を知った。**


「次の犠牲者……？」

頭の中が真っ白になった。隣で、草薙が息を呑む気配がする。

「とにかく、皆の様子を見に行こう」

草薙が早口で云い、美咲たちは部屋を出た。そのまま他のメンバーの部屋へと向かう。

通路を曲がると、開かれたドアの前で立ち尽くす瑞穂の姿があった。藍人の部屋だ。

「藍人君は!?」

息せききって尋ねると、美咲と草薙の姿を見た瑞穂の表情が一瞬、泣き出しそうに歪んだ。

「いないの。あれを見て、それでたった今、様子を見に来たんだけど——」

あれ、とはコマンドのことを指すのだろう。

はっきりそう口にしたら、次の犠牲者が出るという事実を認めるような気がして、云うのをはばかった気持ちが美咲にもわかった。

「おい、彼の荷物が無いぞ」

室内を調べていたらしい高瀬が、緊張した面持ちで部屋から出てきた。起きがけに飛び出してきたのか、彼らしくなく髪の毛が乱れている。

高瀬は、見覚えのある受信機を美咲たちに見せた。

「これがベッドの上に落ちてた。たぶん、藍人君のだろう」

「こんな大事な物を、置いていったんですか？」

高瀬からそれを受け取り、思わず声が上ずった。いつジョーカーから指示が下されるかわからないのに、あれだけゲームに執着していた藍人が受信機を身に着けていないとは、ただごとではない。

「館内を手分けして捜すか？」

「——ダメよ！」

高瀬の提案に、瑞穂が勢いよく反論した。美咲はハッとした。

——そうだ。もしかしたらこの中に、ジョーカーがいるかもしれないのだ。

だとしたら、一人で別行動をするということは、ジョーカーに犯行のチャンスを与えてしまうことになりかねない。

瑞穂は今しがたの自分の強い反応に狼狽したように、視線をさまよわせた。

「皆で捜した方が、いいと思う」

「──ああ、そうだな」

高瀬もそのことに気が付いたのか、ぎこちなく応じた。

メンバーの中にジョーカーがいるという事実が口にされたことは、美咲たちの間に払拭しきれない影を落としていた。

美咲は少し考え、ポケットに藍人の受信機もしまいこんだ。万一なくしたり、壊れたりしたら大変だ。皆で懸命に藍人を捜すも、彼の姿は見当たらない。

「……コマンドには、観覧車って書いてあったな。窓から見えた、あれか」

高瀬が苦々しい表情で云う。

「──仕方ない。今すぐチェックアウトするぞ」

誰も異論はなかった。荷物をまとめて正面玄関を出ると、緑の匂いがする空気がどっと肺に流れ込んできて、半日ぶりに建物の外に出たことを実感した。

皮膚に感じる生温さは、太陽が昇るにつれて激しく気温が上昇していくだろうことを早くも暗示している。美咲は祈るような気持ちで、胸の中で呟いた。どうか、無事でいて。

藍人の素性なんて知らない。本名も経歴も、誰とどういう暮らしをしているのかさえ、自分は何も知らない。けれど、昨日彼が見せた怯えたような眼差しや、三島加深の作品を語る熱心な横顔が、頭の中に焼きついている。

道路の端には、昨晩の風のせいか、放置された銀色の自転車が幾台も折り重なって残骸のように倒れていた。アスファルトの長い坂道を上る。いつもより早く息が乱れるのは、たぶん上り坂のせいばかりではないだろう。

遠くに、鮮やかな色に塗装された観覧車が見えた。

散歩コースを備えた、高台に位置する公園に出る。入口の門に知堂公園、と名前が表示されていた。人気のない平日の朝、広い敷地内は非日常な気配を濃密に醸し出していた。

……まるで、これから演じられるシーンのためだけに準備された舞台のように。

「ねえ、いないの⁉」

苦しげに息を切らしながら、瑞穂が声を発した。公園の木々がざわりと揺れる。

心臓の鼓動が徐々に速くなっていった。いやおうなしに不安が高まっていく。

この物語の続きを知りたい、知りたくない。

「向こうに観覧車乗り場がある。行こう」

草薙がためらいがちに展望台の方へと促す。その言葉に、瑞穂が顔をこわばらせて立ち止まった。

「——嫌。乗りたくない」

「青井」

咎めるように声をかけた高瀬に、瑞穂がきっ、と興奮した面立ちを上げる。

「嫌よ！　次の犠牲者って何？　なんで観覧車になんか乗らなきゃならないの。爆弾か何か、仕掛けられてるんじゃないでしょうね!?」

瑞穂の迫力に高瀬は一瞬言葉を失ったが、気を取り直したように、再び言葉を発した。

「だけど、オレたちが行かないと、ゲームは永遠に終わらない」

高瀬は毅然と云い放った。

「このままここで立ち止まってるわけにはいかないだろう？」

瑞穂は睨むように高瀬の顔を見つめていたが、やがてうつむき、ぽつりと呟いた。

「……わかってるわよ」

迷いを振り切るように一呼吸し、あらためて展望台の方へ歩き出す。

まるで見計らったかのように、止まっていた観覧車がゴゥン……とゆっくり動き始めた。営業時間になったのだろう。

距離が縮まるにつれ、見上げる高さが増す。青空の下、その車輪状の巨大なフレームは、場にそぐわない現実離れした空気を放っていた。

思わず足がすくみそうになる。低速でののんびりとしたイメージを持つこの遊具に乗るのに、恐怖を感じるのは初めてだ。

「コマンドに書いてある透明なゴンドラっていうのは、あれだな」

高瀬が観覧車を仰ぎ見て呟く。全七色のゴンドラのうち、一台だけ『シースルーゴンドラ』と銘打たれ、骨組以外はポリカーボネートで構成された透明のものがあった。足下から天井まで外の景色が眺望できるように、という制作意図らしい。

下から見上げるそれは、地面からひどく遠く感じられた。

圧倒される思いで眺めていると、券売機で人数分の乗車チケットを購入してきた草薙が美咲の分を手渡してくれた。我に返り、「すみません」と慌てて礼を云う。

気を引き締めるように唇を噛んだ。いけない、しっかりしなきゃ。掌に嫌な汗が滲んでくる。

観覧車乗り場へ続く階段を上ると、一台しかない透明ゴンドラは通常のゴンドラとは並び口が分かれていた。『シースルーゴンドラ、乗車ご希望のお客様はこちらへ』という案内板に沿って進む。絞首台へ向かうみたいに、足が重い。何度もぎこちなく唾を呑んだ。

どうしてジョーカーは、自分たちにあのゴンドラに乗ることを指示したのだろう。

瑞穂がいうように、まさか本当に、何か物騒な仕掛けがしてあるのだろうか？

運転が開始されたばかりの時間帯に並んでいる客は他におらず、美咲たちはすぐに乗り場へと着いてしまった。ユニフォーム姿の若い男性スタッフが、こちらに向かってにこやかに手を伸ばす。

「乗車チケットを拝見します」

怯えながら、観覧車の写真が印刷されたチケットを手渡した。

――もしかしたら、この人もジョーカーの仲間では？　チケットに日付の入ったスタンプを押す彼の様子を窺いながら、疑心暗鬼に陥ってしまう。

順番が来た。

スタッフに誘導され、ゆっくりと降りてきた透明のゴンドラに乗り込む。

不審な仕掛けはないか、不自然な動きをする者はいないか、神経質に内部を見回した。外からロックされる固い金属音を聞いたとき、反射的に肩が跳ねた。

どうあっても逃げ出せない、四人を乗せた透明な密室が、静かに空を上っていく。心細い思いで、遠ざかる地面を見下ろした。

「これから何が起こるの……」

そう尋ねる瑞穂の表情が硬いのは、怒っているからではなく、おそらく緊張しているためだろう。

そのとき、まるで問いに答えるかのように電子音が鳴った。

瑞穂が小さく悲鳴を上げる。緊迫した空気が流れた。

――コマンドだ。

点滅する赤いランプを目にし、心臓が波打つ。

真っ先に受信機を取り出し、内容に目を走らせた瑞穂の表情が、さっと青ざめた。

高瀬が険しい表情で他のメンバーの顔を見る。彼らの反応にたじろぎながら、美咲は画面に視線を落とした。

**犠牲者が出るのを防ぐことは誰にも出来ない。**

**そして生き残ったメンバーは真相に辿り着くために、最後の場所となる、羽霧泉音の亡くなった別荘へと向かった。**


生き残ったメンバー。

不穏な短い文章と共に、今度は別荘の所在地と思われる地図が添付されてある。

ぞくっ、と背筋に冷たいものが走った。風が吹き、微かにゴンドラが揺れる。不安定な箱に閉じ込められ、高い場所へと運ばれていくあやうい状況に恐怖した。

怖い。怖い。一体、ここで何が行われようとしているのだろう。ジョーカーが予告している『犠牲者』になるのは、誰？

観覧車は、頂上に向かってゆるやかに高度を増していく。そのとき、高瀬が鋭い声を発した。

「おい、あそこ！」

驚き、窓に顔を寄せて高瀬が指差した方向に視線を向ける。次の瞬間、目を瞠った。

高瀬が指し示したのは、遠くに見える建物の一つだ。現在は使われていないらしい、年季を感じさせる古びた外観のビル。

『栄和デパート』という色あせたネオン看板が、撤去されないまま屋上に置いてあるのが見えた。取り壊しを予定しているのか、立入禁止を示す黄色と黒のテープが建物のあちこちに貼られているのが遠目にも確認できる。

建物の三階に、人の姿があった。窓から覗くその人物は、青いシャツを着た男性のようだ。目を凝らしてその姿を確認した途端、声が漏れそうになった。――藍人だ。

なぜ、藍人があんな場所に？　そんな疑問が浮かぶと同時に、彼の様子がおかしいことに気が付いた。

藍人はよろめきながら、懸命に走っているようだ。尋常ではない緊迫した空気が、離れていても生々しく伝わってくる。

直後、恐ろしい事実に思い当たり、顔から血の気が引いていくのを感じた。

彼は、追ってくる何かから必死で逃げようとしているのだ。

「そういうことか……！」

高瀬が呻くように云う。

観覧車に乗るよう指示したのは、美咲たちがジョーカーの手から逃げ出せないようにするためではない。逆だ。

美咲たちが手出し出来ないようにするため。ゲームの進行を妨害させないために、そこに檻を作った。

そして、次の犠牲者となるのは。

「藍人君……！」

思わず口元を手で覆った。

誰も手出し出来ない。ここにいる誰も、藍人を助けられない。

ゴンドラの中、息を詰めて見つめる四人の前で、藍人はビルの中を駆けていく。

怪我をしているのか、或いは体力を消耗しているのか、時おり彼の上体が大きくぐらついた。確かめるように、何度も後ろを振り返る。

自分を追い詰める何かが、すぐそこまで迫っているように。

逃げる藍人の背後、数メートル離れた場所で、ふいに人影のようなものが動いた気がした。ハッとして目を凝らしたが、薄暗くてよく見えない。

フロアの端まで走った藍人が、助けを求めるように周囲を見回すのがわかった。どうやら行き止まりらしい。

逃げ場を求めて側の扉をこじ開けようと懸命にあがいているが、壊れているのか施錠されているのか、開かないようだ。

藍人が素早い動きで振り返る。

はっきりとは見えないが、その表情はおそらく絶望に縁取られているのではないか、という気がした。心臓を摑まれるような感覚に身がすくむ。胸の内で祈るように叫んだ。お願い、逃げて、逃げて。

次の瞬間、ふいに美咲たちの視界から藍人の姿が消えた。あっ、と動転して声を上げる。

無情にも、頂に向かって上がり続けるゴンドラから、ビルの三階が死角になってしまったのだ。眼下に見えるのはビルの屋上の古ぼけた看板と、公園の敷地内に広がる木々の緑だ。

ゆっくりと空を横切っていく観覧車の中、もどかしい思いで下を見つめ続けた。こうして目を離している間にも、藍人の身に危険が迫っていることを思うと、とてもじっとしていられない。必死になって目を凝らし、藍人の姿を捜す。

美咲たちを乗せたゴンドラがようやく頂上を通過した。上って来た時と同じように、空中に緩やかな曲線を描いて静かな動きで下り始める。

木々などに遮られて見えなかった風景が、再び美咲たちの前に現れた。

直後、誰かが鋭く息を吸い込む音が聞こえた。こわばった声で草薙が叫ぶ。

「――九条、見るな！」

ただならぬ気配を察し、反射的に草薙の視線の先を追った。先ほど藍人のいた廃ビルに目を向け、ひっ、と喉の奥から声が漏れる。

……ビルの下の地面に、何かが落ちていた。

美咲の見間違えでなければ人間と思われるそれは、人体の構造上ありえない方向に曲がった手足をぐにゃりと芝生の上に投げ出していた。

そのさまは、まるで誰かが遊び飽きて無造作に捨てた玩具を連想させた。ぴくりとも動かないその体は、遠目にも一目で事切れているであろうことが分かった。

眩暈のように視界が揺れる。

緑の芝生の上に浮き上がって見える青いシャツを、直視できなかった。

そのとき、美咲のポケットで無機的な電子音が鳴った。とっさにビクッと肩が跳ねる。緊張した視線を向けられながら、美咲は恐る恐る指先をポケットに差し込んだ。入れたままだった藍人の受信機が、チカチカと光を点滅させている。画面に目を落とした途端、手から受信機が滑り落ちた。固い音を立てて足元に落ちた液晶画面には、こう書かれていた。

『GAME OVER』

「嘘……！」

瑞穂がかすれた悲鳴を上げた。信じられないといった表情で衝動的に立ち上がろうとし、高瀬に腕を押さえられる。ゴンドラがぎしっと揺れた。

「嘘、嘘でしょ⁉」

瑞穂の叫び声を聞きながら、目の前が暗くなるのを感じた。景色が、急速に遠のいていく。

「誰なの？」

瑞穂がこわばった声を発した。苦しげに顔を歪め、叩きつけるように叫ぶ。

「誰がこんなことをしたの！」

握り込んだ瑞穂の指が、小刻みに震えるのが見えた。

その姿を見つめながら、自分の心臓が尋常ではない速度で収縮するのを感じていた。

――これは本当に、現実だろうか？

突然、足元がさざ波にさらわれていくような感覚に襲われた。

重苦しさを覚え、胃の辺りを押さえる。

「――ここにいる四人の中の誰かよ」

自分の口から、ひどく無機的な声が発せられるのを美咲は耳にした。

「わかってるでしょう……？」

まるで自分ではない誰かが、定められた台詞を口にしているかのような気がした。

草薙が、驚いたような目でこちらを見ている。

なんだか、無性に息が苦しかった。体が沈み込んでいく気がする。もしかしたら、これは現実じゃなくて、本当は自分は「架空遊戯」という推理劇の登場人物なんじゃないだろうか。だってこんなのはおかしい、死体とか殺人とかこんなのは。

この非現実感はなんだろう？

瑞穂は耐え切れないという表情で、きっ、と高瀬に向き直った。

「あなた、昨日一人で藍人君の部屋に行ったわよね？　その後どうしたの？　なんで彼があんな所にいて、あんなことになるのよお！」

高瀬は言葉を失ったように離れた場所の惨状を眺めていたが、瑞穂の問いに慎重に答えた。

「――まだ少し興奮した様子だったから、すぐに退室したさ。云っておくが、オレは犯人じゃない」

「それを証明できる？」

「無理だな」

高瀬は忌々しげに吐き捨てた。瑞穂が、今度は草薙に鋭い視線を向ける。

「あなたはどうなの⁉」

「……彼は違うわ」

考えるより先に、言葉を発していた。「どうしてよ」と瑞穂が訝しげに尋ねてくる。

「ずっと、あたしと一緒にいたもの」

美咲の台詞に、一同がぎょっとした表情になった。

どうしてそんなことを口にしたのか、自分でもよくわからなかった。ただ、九条茜なら隠すこと無くそうするかも知れないと、そう思った。

いいや、九条茜なら。

頭の芯がすうっと冷えて、徐々に輪郭を失っていく。

『私は九条茜で、かつてある女性に強い憧れと嫉妬心を抱いていた』

『私は九条茜で、かつて憧れた女性の死の真相を知るために、ここにいる』

その通り。

そう、それは正しい。

（……だとしたら、天野美咲って、一体誰？）

次の瞬間、頬で乾いた音がした。平手で殴られたのだということに気が付き、驚きに我に返る。

——瑞穂だ。瑞穂が頬を上気させ、美咲を睨みつけている。

（——あ）

ぱりん、と視界を覆う曇ったレンズのようなものが剝がれ落ちた気がした。途端、全ての感覚がクリアーになる。

呆然とする美咲に向かって、瑞穂は有無を言わさぬ迫力で怒鳴りつけた。

「泉音のものはなんでも欲しがるのね、いやらしい女！　でもあんたは、決して泉音になんかなれやしないのよ」

瑞穂の強い口調に引っ張られ、美咲は瞬時に現実感を取り戻した。

顔から血の気が引いていく。

……自分は今、何を考えていた？

戸惑いながら頰に手を当てる。殴られた拍子に爪が目に当たったのか、じわりと涙が滲んだ。

しかしその微かな痛みに、逆に冷静さが戻ってきた。

美咲は礼を云う代わりに、大丈夫だと伝えるように、瑞穂に向かって芝居の続きにふさわしいと思われる台詞を口にしてみせた。

「もう嫌。帰りたい」

瑞穂の顔に、心なしか安堵の色が浮かんだ。美咲の落ち着きを確認した後、すぐに険しい表情に戻って芝居を続ける。

「いいえ、まだよ。まだ帰れない。ここで諦めたら、全ての真相は闇のままなのよ」

そう云いながら、瑞穂の声が震えていた。目の前で人が死んだことへのショックと、それでもなお推理劇の続行を強要するジョーカーへの憤りかもしれない。

唐突な瑞穂の平手打ちに不意をつかれた面持ちをしていた草薙が、その言葉に、ハッと自分の役柄を思い出したように口を開いた。

「どうしようって云うんだ？」

瑞穂はそこで小さく息を呑むと、自分を叱咤するように強い口調で宣告した。

「藍人君のミステリツアーを、最後まで続けるの」

ずきり、と胸が痛んだ。

この残酷なゲームを考えたのがどこの誰だか、知らないけれど。

昴りを抑え、硬く目を閉じる。

——こんなのは、きっと絶対に最低だ。

「最後の舞台は、泉音の亡くなった別荘よ。きっとあの場所に、答えがあるはずだわ」

……藍人の姿はもう見えない。

ゴンドラが、不気味なほどの静けさを伴って降下していく。

床に落ちた受信機の画面の中、不吉な文字が、いつまでもそこにあった。

◇

「まるでばらばら死体のようだわ！」

サド姫はわめいて、ヒステリックに笑い出した。いとおしそうにマネキンの腕を抱きしめ、ベッドに寝転がる。

「……だけど両者に、「死体と肢体」うっとりと目を細め、呟いた。

「……だけど両者に、はたしてそれほどの違いがあるのかしら?」

サド姫は血の通わない作りものの腕に口づけた。

「何かが壊れるときの音をピリッシュノイズと言うの。ねえ、犬山。──私、その音を確かに耳にしたことがある」

──三島加深『ピリッシュノイズ』

◇

午前九時五十分。

誰も必要以上に口を開こうとしなかった。まるで、不用意な台詞を口にして舞台から退場するのを恐れるように。

喧騒の中、神妙な面持ちで黙り込む自分たちは、傍目にはどんな間柄に映っているのだろう?

駅のバスターミナルでバスを待ちながら、美咲はそんなことを思った。

メンバーの間にはずっと重苦しい沈黙が流れていた。

無理もない。藍人の死を目の当たりにしたショックは、あまりにも大きい。

と、硬い表情でこちらを見つめる草薙の視線とぶつかった。反射的に小さく息を呑む。

……美咲の脳裏に、つい先程、草薙と交わした会話がよみがえった。

「協力して欲しいことがあるんだ」

急いで公園から移動する際、美咲の耳元で草薙が小声でそう告げた。

前を歩く二人との間に十分に距離があることを確認しながら話しかけてきた草薙の慎重な態度に、戸惑いを覚える。

「協力、って……？」

怪訝に思って尋ねると、草薙はためらうそぶりを見せた後、思い切ったようにその計画を打ち明けた。

「どうしても、確認したいことがある」

――続けられた言葉は、美咲にとって驚きを禁じえないものだった。

「タイミングを見計らって、オレが人目を引き付ける。その間に、他のメンバーの目を盗んで、これから云う情報をなんとか入手してくれないだろうか？」

予想もしなかった提案に、美咲はまじまじと草薙を見た。

「どういうことですか？」

「このゲームについて推理するための情報が欲しいんだ。別荘に行ったら、おそらくもう外部と接触する機会はないと思う。移動する今しか、チャンスがないんだ」

云いながら、草薙が心苦しそうに眉を寄せる。

「オレは先日ラウンジに遅れてきたことで、おそらく皆に警戒されてる。また同じことをしたら、陰で動いていることがバレる危険性が高い。だから、無理を承知で君にお願いしたいんだ」

美咲は言葉を失った。ジョーカーの目を盗み、外部と接触して情報を得る……？

それは、ゲームのルール違反に他ならない。

もし見つかれば、間違いなく美咲はその場でゲームオーバーとなるだろう。

一瞬、嫌な考えが頭をよぎった。——もしこれが、草薙の芝居だったら？　美咲を罠にかけて、ゲームから脱落させようとしているのだとしたら？

そんなことはありえないと頭では思っていても、込み上げてくる不安が返答をためらわせた。

戸惑った表情から、美咲の微かな疑念を読み取ったのだろう。互いに口を開かないまま、一分程が経過した。

やがて、草薙がぼそりと呟いた。

「……君にしか、頼めないんだ」

美咲は不意を突かれて草薙を見返した。目があった瞬間、むしろ草薙の方が自分の発した台詞にうろたえたように視線を外す。

美咲の中で、何か小さな光が生じた。落ち着かない様子の草薙の横顔を見つめ続ける。遠慮なく注がれる美咲の視線に、「……九条？」と草薙が困惑した眼差しを向けてきた。

「どうすればいいんですか？」

そんな台詞が、口をついて出た。

「——協力してくれるのか？」

驚いたように訊き返してくる草薙に、少し迷って目を伏せる。やがて意を決し、美咲は静かに頷いた。

「詳しく、聞かせて下さい」

――発車時刻のアナウンスに、ハッと我に返った。

駅の中を行き交う人の姿は徐々に増しているようだ。

気遣わしげな様子の草薙に、大丈夫だと伝えるように視線で合図を送る。心を決め、小さく息を吸うと、美咲はごくさりげない口調を装って声を発した。

「ちょっと、お手洗いに行ってきます」

高瀬が案じるように軽く眉を寄せた。

「もうすぐバスが来る。遅れるないよう、気をつけろ」

「はい、もちろん」

そう云って、荷物を手に高瀬たちから離れる。足早に歩きながら、美咲は一瞬ホッとした。もし瑞穂が一緒に行くと云い出したらどうしようかと心配していたのだ。

肩越しに後ろを振り返ると、瑞穂がぼんやりとこちらを見送っている。視線を前へ戻し、歩き方がぎこちなくならないよう意識しながら、駅の化粧室に向かう。

そのまま化粧室に入ったふりをし、入口の所に身を隠して彼らの様子を窺った。無意識に息を押し殺して、そのときを待つ。タイミングを間違えたら確実に終わりだ。

次の瞬間、草薙がスポーツバッグを開けようとしてわざと手を滑らせたのが見えた。

開きかけのバッグから、丸い缶が地面に転がり落ちてけたたましい音を立てる。落ちた拍子に蓋が外れ、鮮やかな深緑色の茶葉が足元に散らばった。大きな音に驚いて、メンバー全員の視線が草薙に集まる。

——今だ！

美咲は化粧室から飛び出し、全速力で駅の中を駆け出した。人の間をすり抜けて走り、駅構内の片隅にある、公衆電話を目指す。

……あった！　幸いに、誰も使っていない。美咲は急いで受話器を取った。

硬貨を取り出し、もどかしい思いで投入する。受話器の向こうで、無機的な呼び出し音が続いた。焦る思いで唇を噛む。

もし今、メンバーの誰かがこっちに来たらどうしよう？　草薙はうまくやってくれているのだろうか？

祈る気持ちで受話器を耳に押し当てる。お願いだから、早く出て。

ひどく長く感じられる何度目かのコールの後、受話器を取る音がした。生真面目な感じの声が、ふいに耳に飛び込んでくる。

「はい、天野です」

守だ。途端に胸が熱くなった。

たった数日なのに、とても久しぶりに声を聞いた気がする。

「守？」

話しかけると、「姉さん!?」とぎょっとしたように一オクターブ上がった守の声が、受話器から響いてきた。

慌てて受話器を持ち直す気配がして、声がさっきよりも近くなる。

「今どこにいるのさ！　父さんも母さんも心配して大騒ぎしてるよ。姉さんの友達のうちに、片っ端から電話かけてるみたい」

早口でまくしたてる守の言葉を、慌てて遮る。

「守、お願いがあるの。これから云うことを、今すぐ調べて欲しいの」

「何？　一体なんのこと？」

「お願い！　訳は後で話すから、とにかく急いで欲しいの。いい？　頼んだわよ」

「――わ、わかった。とにかく、調べればいいんだね？」

戸惑いながらも、美咲の勢いに気圧されるように守が応えた。さっそく、先程ジョーカーから伝えられた住所を告げる。

――推理劇中で羽霧泉音の亡くなったとされる、別荘の所在地だ。

「この場所と、三島加深っていう作家について何か関係があるのか知りたいの。出来るだけ具体的な情報を、ネット上で調べて欲しい」

「三島……誰、それ？　有名な人なの？」

訝るように声がひそめられる。

「まあいいや、わかった。出来るだけ早く調べて折り返し連絡するから、そっちの連絡先を教えてよ」

さりげなくこちらの居場所を訊き出そうとする守の言葉を、ぴしゃりと拒否した。

「だめ、そんな時間ないのよ。待ってるから、今すぐ調べて。お願い」

「そんな無茶な」と呻くような声を発した守に、更にたたみかけるように頼み込む。

「お願い」

やがて、短く息を吐き出す気配がした。

「……すぐ調べてみる。電話切らないで、待ってて」

反射的に大きく頷き、電話越しには見えないことに気が付いて返事をする。

「待ってる、出来るだけ急いで」

「わかったってば！　ああもう」

会話が途絶え、離れた場所から慌しく動き回る物音が聞こえる。

守を待ちながら、受話器を握る手が微かに震えていることに気が付いた。掌がじっとりと汗ばんでいる。シャツの裾でそれを拭い、受話器を強く握り直した。

待っている間、ひどく時間がかかっているように感じられ、焦りともどかしさに足踏みしそうだった。

美咲が戻るのが遅いのを不審に思って、化粧室に様子を見に来ていたりしたらどうしよう？　草薙はうまくやってくれているのだろうか。いや、それよりも、本当にこれが草薙の仕掛けた罠ではないという保証はあるのか？

よぎる不吉な考えを打ち消すように、かぶりを振った。疑心暗鬼になったらおしまいだ。それこそ、このゲームを企んだ人間の思うツボだ。

「ねえつながってる？」

ふいに守の声が聞こえてきて、我に返る。

「三島加深ってごく最近の人なんだね。そういえば姉さんの部屋に、そんな本あったっけ。何か関係あるの？」

「早く教えて」

急かさないでよ、と不満そうな呟きを漏らした後、守は答えた。

「残念だけど、作者個人のプライベートな情報は全然出てこなかったよ。興味本位に取り上げてるサイトは色々あるけど、憶測ばかりで正体不明。まさに謎の作家ってやつだね」

「そう」

落胆しながら、美咲は苦い思いで呟いた。せっかく入手した、ジョーカーにつながる数少ない情報だったのだが、どうやら空振りに終わってしまったようだ。

覚悟していた以上に、内心のダメージが大きい。

「ほんとにどんな些細なことでもいいんだけど。その住所と、三島加深のつながりは何も見つけられなかった？」

尚も未練がましく尋ねると、守が不機嫌そうにぼやいた。

「無茶云わないでよ。僕はプロの探偵じゃないんだよ？　そんな個人的な情報までは見つからなかったし、第一、こんな短時間でそこまで調べられるわけないじゃないか」

ごめん、と慌てて謝る。と、思い出したように、守が言葉を発した。

「でも地方紙のデータベースで検索かけたら、関係ないかもだけど、その住所でちょっと気になることがあったよ」

「どういうこと？」

「一年前のちょうど今日、その場所で人が死んでる」

守の台詞に、思わず言葉を失った。

「——一年前の、今日……？」

頭の中が、ひどく混乱していた。

三島加深の未発表作を託されたのがもし事実であれば、ジョーカーを名乗る人物は、本人とごく近しい人物であると推測できる。その正体に近付くために、少しでも情報が欲しい。そんな草薙の考えで、敢えて危険を冒す行動に出たわけだが、思いがけない事実に突き当たったようだ。

自分が巻き込まれている状況の奇怪さに、あらためて身震いがした。

これは何？　この芝居のラストに、一体何が待っているの……？

「姉さん？　聞いてるの？」

守の声に、己の思考から引き戻された。受話器を耳に押し当てる。

「聞いてる。ごめん、心配かけて」

美咲の言葉に、守が息を呑む気配がした。

「……別に僕は、そんな心配とかしてないけどさ。何かあったら、世間体悪いし。複雑な家庭事情とかって、他人の足元すくわないと満足できない連中にとっては、大昔から恰好の攻撃材料だし」

ふてくされたような声で云う。

「だから、帰ってきてくれないと、困る」

カチリと何かが受話器にぶつかる小さな音がした。しきりと眼鏡のフレームをいじる弟の仕草が目に浮かぶ。心配している時の、守の癖。

ふいにわかった気がした。守がいつも自分の部屋ではなく、居間で勉強している理由が。

血も繋がっていないのに、自分の言動に無理やり理屈をつける性格だけは似ているなんてちょっとおかしいと思った。

それを家族だと呼ぶには、奇麗事すぎるかもしれないけれど。

「……帰るわ」

強く、そんな言葉を発していた。

「帰る。絶対、帰るから」

守が何か答えようとして、ふいに言葉を切った。受話器の向こうで、聞き覚えのある男女の話し声が近付いてくる。守は早口に囁いた。

「父さんと母さんがこっち来る。なんか知らないけど、今まずいんでしょ。切るよ」

美咲は恨めしい思いで唇を噛んだ。一年前のその出来事について、より詳しい内容を守に尋ねたかったが、そんな時間はなさそうだ。慌てて口を開く。

「最後にもうひとつ」

「何だよ!?」

「未和子さんに、苺のババロア作ってて待ってて、って伝えといて」

それだけ告げると、返事を待たず、フックに受話器を戻した。短く息を吐き、腕時計を見る。思ったよりも時間が経ってしまっている。

美咲はきびすを返し、駅の中を走り出した。雑踏もアナウンスも、全く耳に入らない。すれ違う人が振り返るほどの勢いで駅の入口付近まで走ってきたところで、慌てて売店の陰に身を隠した。

バスを待つ高瀬たちが、化粧室の方を見ながら何か話している。美咲が戻ってくるのが遅いので、様子を見てきてはどうかと高瀬が瑞穂に提案しているらしい。瑞穂はやや不機嫌そうな表情で、高瀬に何か云っている。

身を潜めてその様子を窺いながら、心臓が波打つのを感じた。

化粧室に入ったはずの美咲が、こんな場所から姿を現したら絶対に怪しまれる。再び腕時計に視線を走らせる。もうすぐバスが来る時間だ。

追い詰められる思いで見つめていると、瑞穂が嘆息しながらベンチから立ち上がるのが見えた。背中を、冷たい汗が伝う。

——もう、駄目。

ゲームオーバーを覚悟したそのとき、駅前の車道からけたたましいクラクションの音が鳴り響いた。驚いて顔を上げると、クラクションに気を取られて、メンバーたちが駅前の通りの方に視線を向けているのが見えた。――今しかない。

美咲は覚悟を決め、身を潜めていた売店の陰から飛び出した。こちらを振り向かれたらおしまいだ。

飛びつくように化粧室のドアを開き、急いで中へ滑り込む。ドアにもたれかかり、荒い呼吸を繰り返した。……誰かに見られなかっただろうか？

美咲は深呼吸すると、バッグを肩からかけ直し、今度はゆっくりとドアを開けた。出来る限り平静な態度を装って、メンバーの元へと歩き出す。

戻ってきた美咲の姿を見るや否や、草薙が明らかにホッとした表情になった。

「遅いぞ、九条」

高瀬に云われ、美咲は「ごめんなさい」と小さく詫びた。そのやりとりを見て瑞穂が眉間にしわを寄せる。

「女の子は、色々あるものなのよ。デリカシーのない男ってほんと嫌。ねえ？」

高瀬に皮肉を吐き、美咲の方を向いた瑞穂が、ふいに怪訝な表情になった。

「……どうしたの？」

「え？」

「顔が赤いわ。汗、かいてるみたいだし」

美咲はぎくりとして立ち尽くした。しまった。呼吸は整えたものの、全速力で走ったばかかりの美咲の頬は明らかに上気し、首筋に汗で濡れた髪の毛がまとわりついていた。

高瀬が奇妙な眼差しで美咲を見る。すくむように体が硬直した。

取り乱しちゃ駄目、余計に疑われる。そう自らを落ち着かせようとすればするほど、脈拍が速くなるのを感じた。唇が震え出しそうになる。

「あ、あの……」

たどたどしく声を発し、云い繕おうとしたとき、突如、視界が暗くなった。一瞬何が起きたのか把握できずに身をこわばらせると、耳元すぐ近くで声がした。

「大丈夫？」

草薙の腕の中に抱き寄せられたのだと気が付いて、驚きに目を瞠る。

唐突な状況に頭が真っ白になる美咲に、草薙は構わずさらに囁きかけた。

「ごめん。昨日、眠らせなかったせいだ」

瞬時に顔が熱くなった。一体何を云い出すのだろう、と慌てて顔を上げると、草薙の肩越しにどぎまぎした様子で瑞穂が目をそらすのが見えた。

美咲が口を開こうとしたとき、タイミング良くバスがやってきた。減速した車体が、滑らかなカーブを描いてバスターミナルに入ってくる。

高瀬が気を取り直したように咳払いした。

「さあ、行こうか」

その言葉に、瑞穂が慌ててベンチの上に置いていた旅行バッグを掴む。どうやら、疑われずに済んだようだ。

安堵の息を吐き出した美咲の肩に、ふいに自分以外の重みがかけられた。

草薙が額を美咲の肩にくっつけて、上半身をもたせかけてきたのだ。

「く、草薙さん？」

戸惑って声をかけると、かすれた吐息の隙間から、美咲以上に死にそうな呟きが返ってきた。

「本気で寿命が縮んだ……」

云いたいことはいくらでもあった。

これから向かう場所について知った事実だとか、犯人の正体を絶対突き止めてやりたいとか。けれど。

美咲は静かに呟いた。

「じゃあ、縮む寿命があるだけで、とりあえずよしってことにしませんか」

その台詞に草薙が驚いたようにまばたきし、弱々しく苦笑した。

「違いない」

バスに乗り込む彼らの後ろ姿を見つめる。光量を増し始める日差しに一瞬目がくらみ、まるでスポットライトの光みたいだ、と思った。

はたしてゲームが終わったとき、舞台の上に立っているのは、この中の誰なのだろう？

◇

蟬の声と、アスファルトの舗道に照り返す日差し。

バスを降りてからまだそれほど歩いていないはずなのに、容赦なく体力が奪われていくのを感じる。それはおそらく、全員が同じに違いなかった。

「あんたたち、この先まで行くんかい？」

山の中腹でバスを降りる際に道を尋ねたときの、運転士の朴訥な口調を思い返す。

目的地の周辺には、個人所有の別荘が点在する他はとりたてて目立ったものはないと美咲たちに話した後、運転士は軽く眉をひそめて続けた。

「バスは午前中はあと一回来るだけだから、日射病で倒れたりしないよう、気をつけんさいよ」

「そう……なんですか？」

「そうだよお。ここら辺は電波が悪いから、携帯電話も通じないしね。山歩きの人に注意するようにしてんだけどさ。歩くときは落石にも気をつけな。地盤がやわくなって、崩れやすくなってんだわ」

運転士は喋りながら、山歩きをするにはほど遠い格好をした美咲たちを訝るような目でちらと見た。

「気をつけます、ありがとうございます」と高瀬が如才ない微笑を返す。

走り去るバスの車体を眺め、無性に心許ない気持ちになった。

もしかしたらこれが最後のチャンスだったかもしれない。第三者に助けを求める、最後のチャンス。

……ここから先は、結末に向けてのファイナルステージが待っているのだ。

木々の隙間から差し込む陽光が、全員の顔にまだら模様を作って揺れている。むっとするような緑の匂いを吸い込み、頭上を見た。

葉の裏側に透けて見える葉脈。無数の血管が広がって、まるで何か、圧倒的な存在が覆いかぶさってくるような錯覚を覚える。

熱気の中を歩きながら、美咲は他のメンバーに目をやった。

無言で歩く瑞穂は、胸元が四角くカットされた淡いグリーンのノースリーブワンピースを着ている。鎖骨の辺りで、ドロップみたいな色硝子のペンダントが揺れる。白い帽子と、それに合わせたと思われる白い薄地のカーディガンが、華奢な輪郭に映えていた。

意志の強い眼差しで前を見据えるその姿は、映画の一シーンのごとく、夏の風景に鮮烈に彩られていた。もっと活動しやすい格好があるだろうに、敢えてそうした格好を選んだ瑞穂の横顔には、この舞台を演じきろうとする彼女なりの覚悟めいたものが感じとれる気がした。

これまで饒舌だった高瀬も、先程からずっと黙っている。歩くことに専念しているのか、それとも何か思考を巡らせているのか。端整な面立ちからは読み取れない。

なんだか不思議だ。こうして沈黙したまま歩き続ける自分たちの姿は、どんどん「架空遊戯」の登場人物に重なっていく。

これから何が起こるのだろうという不安、真実を知ることへの恐れと期待。

美咲が今感じている感情は、おそらく架空遊戯の設定において九条茜が感じているものと全く同じに違いない。

——そして、現実と推理劇において、不思議に符合するキーワード。

一年前のちょうど今日、同じ場所で人が死んでいる。

一体、そこで何があったというのだろうか。いま自分たちの身に起こっている状況とどんな関わりがあるのだろう。全ての答えは、推理劇の結末で明らかにされるのか？

美咲は、隣を歩いている草薙をそっと盗み見た。前を向いて歩き続ける彼の額にも、汗が滲んでいる。

視線に気付いたのか、こちらを向いた草薙と目が合った。美咲の緊張した面持ちに、つられたように草薙も真顔で見つめ返してくる。

そう、自分と草薙は、他のプレイヤーの知らない有力な手掛かりを得ている。それは、お互いがジョーカーではないという事実を確信しているという点だ。

この状況において、それは非常に大きなアドバンテージとなるはずだった。なぜなら。

美咲は乾いた唇を舐め、少し前を歩く高瀬と瑞穂に目を向けた。……なぜなら、草薙がジョーカーではないということは、犯人は残る二人のどちらかに絞られるのだから。

鼓動が速まるのを感じた。

高瀬浅黄と青井瑞穂。一体、この二人のどちらが犯人なのだろう？

「もしかして、あそこじゃないか？」

高瀬の声に、慌てて視線を向けた。

道路から細い道が伸びており、奥の方に西洋風の屋根を持つ建物が見える。それを見て草薙がすっと目を細めた。笑ったのか、陽光がまぶしかったのか、それとも全く別の意味を持つ表情なのかわからなかった。守の言葉が頭をよぎる。

──一年前のちょうど今日、その場所で人が死んでる。

ごく、と喉が上下した。半開きの、やや色あせた鉄柵をくぐって敷地内に足を踏み入れる。

別荘の前に立ち、美咲たちはあらためてその外観を見上げた。くすんだ赤い屋根。生クリームを塗りたくったようなデザインの白い壁は、よく見ると全体的にうっすらと灰色がかっている。建物に面した庭は、あちこちに夏草が生い茂ってはいるものの、荒れているという印象を与えるほどではなかった。外国映画に出てくるような洒落た郵便ポストの上には、金属製の小鳥の飾りが付いている。

唐突に、《Ｏｖｅｒ Ｔｈｅ Ｒａｉｎｂｏｗ》のメロディが浮かんだ。虹の向こうに飛んでいく青い鳥を連想する。私も飛んでいきたいと願いを歌う。

錆付いた小鳥に、一瞬ぞくっと寒気がした。……なんだろう。ここに入ってしまったら、本当に引き返せない気がする。

高瀬が郵便ポストの蓋に手をかけると、鍵がかかっていなかったそれはきしんだ音を立てて開いた。美咲たちの見守る前で、埃っぽいポストの中から小さな鍵を摘まみ出す。

緊張した空気が流れた。

誰かに仕組まれたストーリー。おそらく好意的なものではないであろう意図によって動かされている、自分たち。

高瀬は顔の前にそれをかざし、ふっと不敵に微笑した。

「ラストステージの招待状だ」

そう呟くと、高瀬は迷わず、玄関へと続く短い階段を上がり始めた。

「ちょっと！」

慌てて他の者もそれに続く。彼が鍵穴に鍵を差し込むのを見守りながら、心臓がどきどきした。

この三日間で、ずいぶん日常とかけ離れたことをしてしまった気がする。立ちすくんでいると、それに気付いたように草薙が声をかけてきた。

「——大丈夫。オレを信じて」

草薙の言葉に、ためらいながら小さく頷く。

固い音と共にドアが開いた。室内から、微かにこもった空気と、木の匂いがした。

高瀬が躊躇せず玄関に入っていくのに続き、美咲たちも遠慮がちに家の中へと向かう。

靴を脱ぎ、入ってすぐのガラス扉を開けると、そこは吹き抜けのラウンジになっていた。

天井から、百合の花に似た形の照明が吊り下がっている。

陽光がふんだんに差し込んで、電灯を点けるまでもなく室内は明るかった。無意識に陰惨な雰囲気を予想していただけに、なんだかはぐらかされたような気にすらなる。しかし——

美咲は、微かに眉を寄せた。

……なんだろう、何かがおかしい。室内に足を踏み入れた瞬間から、妙な違和感を感じる。

横を向くと、草薙も同じようなことを感じたのか、どこか怪訝そうな顔をしている。

そのとき、ボーンという大きな音が響いた。驚いて見ると、ラウンジの奥の壁際に、大きな柱時計が置いてあった。時計の針は、午前十一時を指している。

柱時計は数字の数だけ重苦しい音を打つと、鳴り始めたときと同じように唐突に沈黙した。

しばらく、誰も動かなかった。

気味の悪いほど規則的に振り子が動く音が、やけに室内に響く。

「……びっくりした」と瑞穂が息を吐き出した。

それはここにいる全員の正直な感想のように思えた。

「柱時計の音で出迎えとはね。主催者は、よほど古典にこだわりたいようだな」

高瀬は謎の独白をして皮肉っぽく笑った。

柱時計の隣の壁に、長方形の鏡が取り付けられている。鏡の中から戸惑ったようにこちらを見返す顔が、自分ではなく九条茜という別の人間のような気がして、美咲は一瞬どきっとした。

部屋の隅に小さなソファが置いてあり、ラウンジの中央には丸テーブルと、籐製の椅子が四脚あった。

しかし美咲たちの注目を集めたのは、テーブルそのものではなく、その上に置かれた物だった。

テーブルの中央に、一本の薄紅色の花が飾られている。

そしてその周りを囲むように伏せられているのは、四枚のカードだ。

高瀬が、一輪挿しに立て掛けられた一枚の紙を手に取った。

……コマンドだ。

胃の辺りがひきつるような感覚を覚え、凍りつく。

動きを止めたメンバーを一瞥し、高瀬は低く告げた。

「読むぞ」

誰かが息を呑む気配がした。高瀬が抑揚のない声で、淡々とコマンドを読み上げる。

「**『別荘の中には、冷たい亡骸が横たわっていた。そして最後に立っているのは、探偵と犯人のみとなった』**……以上だ」

高瀬は顔を上げ、全員の顔を見回した。

互いに困惑したような視線を交わす。瑞穂が身構えた様子で尋ねた。

「……それだけなの？」

「ああ。――いや待て、裏に何か書いてある」

高瀬は紙をひっくり返し、素早く文字を追い始めた。

一瞬表情を硬くし、それから意図的にかそうでないのか、感情のこもらない声を発した。

「『ゲームのルール』」

美咲は身じろぎし、ぎゅっと二の腕を抱いた。また、ゲームが始まる。

美咲たちが動揺するのに構わず、高瀬は続けた。

「『ダイヤのクイーンはハートの10より強く、スペードのキングはダイヤのクイーンより強く、ジョーカーはスペードのキングより強い』」

「な、なんのことですか？」

突然出てきた単語の羅列に、美咲は当惑して声を上げた。状況が呑み込めないのは他のメンバーも同様らしく、戸惑ったような顔をしている。

「『カードを引いた者は、必ず最低一回は他のプレイヤーと勝負しなければならない。ダウトをかけた者とかけられた者は、互いに自分の持つカードを提示し、より強いカードを持つ者の勝ちとする』」

高瀬はそこで一度、言葉を切った。

「『尚、負けた者はその場でゲームオーバーとなる』」

ゲームオーバーという言葉に、目の前が暗くなる。

「『午前十二時を過ぎたとき、全てのカードの優劣は逆転する』」

「ねえ、ちょっと待って。どういう意味？　よくわかんない」

瑞穂が混乱した様子で高瀬を制止した。

「何がだ？　至って簡単な状況だと思うが」

高瀬が、指先で挟んだ紙を軽く振ってみせる。

「コマンドには『冷たい亡骸が横たわっていた』という文章があるだけで、それが誰かという明確な記述はない。そして裏側には、謎のゲームのルールが書いてある。となれば、導き出される答えは明白だろう。……草薙君？」

黙っていた草薙が、苦い表情で顎を撫でながらぼそりと云った。

「おそらく、ゲームの敗者が次の被害者になる、ってことだろう」

瑞穂が衝撃を受けたように黙り込んだ。はっきり口にされ、背筋に冷たいものが走る。

「つまり、順列はこうなるわけだな」

高瀬が胸ポケットからメモとペンを取り出し、素早く何かを書き綴って、美咲たちに見せた。

〔ジョーカー＞スペードのキング＞ダイヤのクイーン＞ハートの１０〕

「こんなのずるいわよ」

瑞穂が声を荒らげた。

「だって、ジョーカーを引いた人は誰と勝負したって勝つってことじゃない。そんなのフェアじゃない、ずるいわよ！」

美咲も息を呑んだ。確かに、瑞穂の云う通りだ。これでは、ジョーカーを手にした人間が即座に勝利してしまう。

「待てよ。まだ、続きがある」

高瀬が、再びコマンドに目を落とした。

**『ただし、ジョーカーのカードを持つ者は、ダウトをかける際に相手の持つカードを云い当てなければならない。もし間違えれば、ジョーカーを持つ者の負けとなる』**

「……なるほど。下手をすれば自分の身を滅ぼしかねない、諸刃の剣ってわけか」

草薙が思案するように呟いた。

「そういうことだな。十二時を過ぎたら、立場が逆転して最も弱いカードになってしまうという危険性もある。一概に圧倒的有利とは云えないさ」

「でも、それまでは少なくとも誰かに勝負を挑まれて負けることはないわ。そういう意味では、やっぱり有利よ」

瑞穂が警戒を滲ませた声で云う。云いようのない不安が湧き上がるのを感じた。

既にメンバーが、それぞれゲームに集中し始めている。命がけのゲームとなれば、それは当然だろう。自然と、テーブルの上に伏せられた四枚のカードに視線が集まった。

このカードが、自分たちの運命を決めるのだ。

「……カードを選ぶ順番を決めよう」

高瀬が提案した。その言葉に、ぎこちなく全員が同意する。

シンプルにジャンケンで順番を決め、おのおのが選んだカードの前の席に座ることにした。

最初に勝ったのは、瑞穂だった。瑞穂は安堵と不安の入り混じったような複雑な表情を浮かべると、迷わず左の席に座った。

次に勝ったのは高瀬だ。

「お先に」

彼は少し考える素振りをすると、手前の席に腰を下ろした。美咲が三番目に勝った。ためらった後、奥の席に座る。

草薙が右側の席に着くのを確認して、高瀬はおもむろに告げた。

「さあ、カードをめくろうか」

「――あたしは」

選んだカードを見据えたまま、瑞穂が強い口調で呟いた。皆の視線が彼女に向けられる。自分のカードから視線を外すこと無く、瑞穂は云い放った。

「絶対に勝ってみせるわよ」

それは他のメンバーへの宣言のようでもあり、自らに云い聞かせているようでもあった。

高瀬が口元だけで微笑する。

「それは頼もしいな」

瑞穂はにこりともせずに、カードを睨みつけたままだ。美咲はあらためて背筋を伸ばした。

目の前のカードが、文字通り自らの命運を左右するものとなる――

額に、さっき日差しの中を歩いてきた時とは全く違う汗が滲んだ。

めくりたくない。けれどもう、ゲームを降りることは許されない。

「恨みっこなしだ」

高瀬の言葉に、全員が頷いた。ほぼ同時にカードを引き寄せ、周りに見えないようにしてそれをめくる。

恐る恐るカードをめくった美咲は、次の瞬間、思わず身を硬くした。

ハートの10だ！　それはすなわち、現時点で最弱のカードを意味している。

緊張に頬がこわばった。と、向かい側に座った高瀬と正面から目が合い、慌てて視線をそらす。

動揺したそぶりを見せたら、弱いカードを持っていることを悟られてしまう。

表情に出さないよう懸命に努力しながら、美咲は周囲を見回した。全員が真剣な顔つきで自分のカードを確認し、他人に見られないよう注意してしまいこむ。

探り合うような視線が、テーブルの上を交差した。誰に何のカードが渡った？

ジョーカーを持っているのは、一体誰なのだろう？

「さて、と」

沈黙を破り、どこか芝居がかった動きで高瀬が椅子から立ち上がった。どうしてこの人はこんなに落ち着き払って見えるのだろう。演技？　それとも……。

びくびくしながら、メンバーの様子を窺う。いやがおうにも緊張が高まった。

高瀬は階段の踊り場から二階を覗き込むと、再びラウンジに降りてきて自分の荷物に手をかけた。

「人数分の部屋数はありそうだ。とりあえず、それぞれ部屋に荷物を置いて一息つこうか。もっとも、一人でいる時に襲われるのを防止するためにここで皆で固まっていた方がいいというのなら、別だけど」

「絶対に嫌」

瑞穂が眉をひそめて即答する。その気持ちは、美咲にも理解できた。この中の誰かが犯人なのだと聞いて、間近で顔を突き合わせている気には、さすがになれない。

「なら、部屋はさっきのジャンケンで勝った順番で選ぼうか。それなら異議はないだろう？」

「なんでもいいわ」

ややうるさげに云って大きな荷物を肩から掛け、階段を上がろうとした瑞穂を、高瀬が手で制止した。

「ああ、ちょっと待ってくれ」

「何よ？」

不審な眼差しで瑞穂が問う。

「その前に、全員で家の中を調べてみよう。屋内に怪しい人物が潜んでいないか、徹底的にチェックするんだ」

高瀬は美咲たちの顔を見回し、一言一言区切るように、ゆっくりと口にした。

「藍人君は、オレたちの目の前で殺されたんだぜ」

その言葉に、瑞穂が動きを止めた。高瀬の云おうとしていることを理解し、身をこわばらせる。

「オレたちは四人。そして用意されていたカードは、人数分の四枚」

云いながら、高瀬はラウンジのテーブルに近付いた。一輪挿しに飾られた薄紅色の花弁に、検分でもするような手つきで触れる。

「ご覧の通り、まだ瑞々しい。つまり、この花が活けられてからまだそれほど時間が経過していないということだ」

高瀬はそこで一旦、言葉を切った。

「わかるだろ。犯人には、協力者がいる。そしてその人物は、もしかしたら今も、この家のどこかに潜んでいるのかもしれない」

不安に駆られ、美咲は草薙を見た。腕組みして椅子に腰掛けたまま、厳しい表情で前を見据える草薙が懸念しているであろうことが薄々察せられた。

もしジョーカーが単独犯なら、その正体さえ突き止めることが出来れば、皆で協力して取り押さえることも出来るかもしれない。しかし、相手が何人いるのかわからない状況では、うかつな行動に出るのは危険すぎる賭けだ。まして、こちらは身元も全て把握されているのだ。

「ゲームにはフェアな姿勢を持ってのぞむさ。ただ、背後から騙し討ちにされるような真似はごめんだ。ゲームに勝ち残るために、身の回りに注意を払うのは当然だろう？」

特に悪びれた様子もなく、高瀬は薄い微笑を浮かべてみせた。この中にいる犯人に対して云っているのか、或いはそう見せ掛けた彼の演技なのか。いずれにせよ、大胆な行動だった。

「ああ、ついでに云うと、これはあくまで『架空遊戯』の高瀬浅黄としての行動だ。愛する女性の死の真相と、仲間を殺害した犯人の正体を探るためにここへ来た。そして不審な人物の姿がないか、まず別荘の中を調べて回る。——ストーリーに破綻はないだろう？　そこのところを、お間違いなく」

だから自分をゲームオーバーにする気なら、それはアンフェアだぜ。犯人さん。

唇の両端を引き上げるような挑発的な笑い方には、明らかにそんな意図が込められていた。

美咲はサブリナパンツのポケットの上から、しまいこんだカードにそっと触れた。

いつかテレビで見た、マジックショーを思い出す。マジシャンが観客席に向かって一枚のトランプカードを見せる。カードはハートの10。カードを裏返しにして三つ数え、再び観客席に向けたとき、それはスペードの1になっていた。またカードをひっくり返す。三つ数えると、今度はジョーカーに変化する。客席から上がる拍手。歓声。

しかし、現実で幾つ数を数えてみても、美咲のポケットの中でハートの10が他の何かに変わる気配はない。

「二階から、全員で調べていこうか。もしかしたら何か手掛かりになるような物が見つかるかも知れないぜ」

「ここまで用意周到な犯人がそんなヘマすると思う？」

疑り深そうに呟いた瑞穂に、高瀬は揶揄する口調で云った。

「嫌なら別に構わないさ。ただその場合、君は犯人に対して致命的な隙を与えることになるかもしれないということを自覚した方がいい。仮にオレが犯人なら、共犯者を手引きするかもしれないし、もしかしたら君の部屋に凶器を隠しておくかもしれないぜ。ああ、それとも」

高瀬が意味深な眼差しを瑞穂に向ける。

「家の中を捜索されたら困るのは、実は君なのかな?」

片眉を上げる瑞穂に、高瀬は続けた。

「一般的に男性より腕力が劣っている女性が犯人なら、共犯者がいる理由も頷ける。違うか?」

「あたしが犯人なら」

瑞穂が鞄を肩から外し、乱暴に床に置く。

「とっくにあなたはゲームオーバーよ。つまんないこと云わないで」

高瀬は軽く肩をすくめると、美咲と草薙の方を見た。

「さあ、犯人探しといこうか。……気を抜かない方がいい。隠れてる誰かが、不意をついて襲ってこないとも限らないぜ」

そう云って、やや冷たい印象を受ける笑みを浮かべる。

「最終章だ。何があっても不思議じゃない。生きてエンドマークを見たいだろ?」

前を行く草薙が、肩越しに美咲の方を振り返った。

「足元に気を付けて。結構、段差が急だから」

「ありがとう」

低くきしんだ音を立てて、皆で階段を上る。先頭は、高瀬だ。

まるでお化け探しだ。子供の頃、家の中にひそんでいるお化けを退治するんだと云って、守とそんな遊びをした。二階にはお化けがいるんだよ。だって、誰も居ないはずなのに、時々天井から物音が聞こえるから。

夕方、少しずつ薄暗さを増していく家の中で、僅かに開いた二階のクローゼットの扉や、風に揺れるカーテンの陰に何かが息を潜めているのではないかとどきどきしながら、家の中を探検した。

もしも今、ここに誰かが隠れているとしたら、それは実体を持つお化けだ。幼い空想の産物ではなく、現実に自分たちに危害を加えようとする存在だ。

◇

そんなことを考えていた矢先、突然、視界に白いものが映ってぎくりとした。

階段の踊り場に、ガラスケースに入った大きなマネキン人形が飾られている。両手を軽く広げて、誰かを迎え入れるような優雅な姿勢のそれは、繊細なレースの縁取りのついたアンティークドレスを身に纏っている。

唐突に、三島加深の小説の一シーンが思い浮かんだ。マネキンを「死体」と呼び、いとおしげに口づける登場人物。

それにしても、知らない人が夜中にこれを見たら、本当に幽霊かと思ってびっくりするかもしれない。再びそれを眺め、ふと奇妙なことに気が付いた。

「これ……ちょっと変じゃないですか？」

「変って？」

美咲の呟きに、草薙が振り向く。美咲はガラスケースの下を指差した。

正方形のガラスケースが置いてある床の部分から、横に少しはみ出る形で、床の表面にやや黒ずんだ跡がついている。

「きっと、長い間ここに何か別の物が置いてあったんですよ。それをどこかに移動して、代わりにこのガラスケースを置いたんだわ」

と、階段の上から瑞穂が焦れたように呼ぶのが聞こえた。

「ねえ、早く来てよ。あたしとこの人を二人きりにするつもり？」

瑞穂の言葉に、大袈裟なため息まじりの高瀬の台詞が続いた。

「オレが異常な殺人鬼に仕立て上げられる前に、さっさと上がってきてくれ」

顔を見合わせ、慌てて二階へと向かう。細長い廊下に立ち、並ぶドアを見つめた。部屋数は——四つだ。

「……さて。まずは、手前の部屋から調べてみよう」

そう云って高瀬が歩き出したとき、ふいにバサバサッという音がした。小さく悲鳴を上げて瑞穂が高瀬の腕に飛びつく。窓の外を、一瞬黒い影がよぎった。鳥だ。

安堵の息を吐き出した瑞穂を見下ろし、高瀬が皮肉めいた口調で云う。

「異常犯罪者に助けを求めて頂けるとは光栄だが、そろそろ腕を離してくれないか?」

瑞穂ははじかれたように高瀬の腕から手を離し、ムッとした表情で睨みつけた。

高瀬が再び前方を向き、一番近くのドアノブに手を掛ける。美咲たちが息を詰めて見守る中、慎重な動きでドアを押し開いた。

――部屋の中はごくシンプルな造りだった。ベッドと机と、作り付けのクローゼット。

そこに生活の匂いは、全くというほど感じられなかった。いっそ潔いほど物のないフローリングの床は広く、がらんとして見える。

高瀬はゆっくりとクローゼットを開いた。中は、空っぽだった。

「……誰もいないみたいね」と呟きながら、瑞穂が油断ない目で高瀬を見つめる。

部屋の内部を調べる高瀬の行動が演技かどうか、推し量ろうとしているのかもしれない。

勝手に人の家を探るのは気が引けたが、熱心に部屋のあちこちをチェックする彼らの横で突っ立っているのもいたたまれず、なんとなくドアの横にある机に触れてみた。滑らかな木肌は、とても質の良いもののように思えた。何気なく引き出しを開けると、絵の具のチューブが無造作に放り込まれている。赤、青、緑、白。

絵を描く人間が、この机を使っていたのだろうか。

同じように他の引き出しも開けてみたが、いずれも空っぽだった。無機的な室内で、窓越しに差し込んでくる白っぽい陽光だけが、やけに眩しい。

他の部屋も、置いてある家具に違いはあるものの、そこに住んでいた人間の生活ぶりを連想させるような物は結局何も見つからなかった。なんだか、モデルルームみたいだ。住む人間の存在しない部屋。第三者に見せることのみを意図した空間。

「セカンドハウスか何かに使われてたのかな」

「それにしたって、不自然よ」

瑞穂が考え込むような表情で呟いた。

「いくら普段住んでいないからって、写真の一枚くらいあったっておかしくないんじゃない？　まるで……わざと痕跡を消したみたい」

瑞穂の台詞に、どきりとする。

「とにかく、二階には誰もいなかったわね。さっさと部屋を決めましょ。一階を調べるのは、荷物を置いてからでもいいでしょう？」

先程のジャンケンで勝った者から部屋を選んだ結果、手前から瑞穂、美咲、草薙、高瀬の順番で部屋を使用することとなった。最初に勝った瑞穂が階段の近くを選んだのは、何らかの非常事態が迫った際に逃走ルートを確保しやすいようにか、それとももっと別の理由があるのだろうか。

キッチンとダイニング、バスルームなどもくまなく見て回ったが、いずれの部屋にも不審な人物が潜んでいる痕跡はなかった。

ラウンジに戻った美咲は、ボーンと陰鬱な音を響かせる柱時計へ目をやった。大きな振り子が規則的な動きを繰り返している。美咲の背丈よりも高い、重厚な柱時計だ。

七匹の子山羊の一匹が隠れる隙間はあっても、人間が隠れるにはさすがに狭すぎる。

己の考えに苦笑すると、鏡の中の美咲が同じ動きで表情を作った。

瑞穂と高瀬がそれぞれラウンジを出て行くのを確認した草薙が、小声で尋ねてきた。

「何のカードを引いた?」

美咲はポケットからカードを取り出し、そっと草薙に手渡した。カードを見た草薙がやや表情を険しくする。

「ハートの10か……」

「草薙さんは?」

「ダイヤのクイーンだ」

そう云って、ジーンズのポケットから自分のカードを出してみせる。やはり、常に身につけているらしい。

「あの二人のどちらかが、ジョーカーを持ってるってことですね」

「……そうなるな」

草薙は二枚のカードをしばし見比べていたが、さりげない動きで一枚を美咲の手に戻した。

顔を近付け、耳元で声をひそめる。

「気をつけた方がいい。用心するに越したことはない」

カードを受け取った美咲は、戸惑って草薙を見上げた。

そのとき、階段の方で叫び声がした。物がぶつかるけたたましい音と、ガラスの割れるような音が鳴り響いた。

驚きのあまり飛び上がりそうになる。とっさに顔を見合わせ、音のした方へと駆け出した。

「どうしたんです⁉」

階段の下に、高瀬が倒れていた。マネキンの入ったガラスケースがその傍らに転がっている。割れたケースの隙間から不自然な形で突き出したマネキンの腕が、まるで高瀬に襲い掛かろうとして途中で力尽きたように見え、ぞっとした。

ガラスの破片が床の上に派手に散らばっている。

「今の音は何？」

二階にいた瑞穂も、動揺した様子で姿を現した。階段の惨状を見て、血相を変える。

「何があったの⁉」

高瀬は壁にもたれながら、緩慢な動きで上半身を起こした。

「つまらないミスをした」

「え？」

「踊り場を調べていて、ガラスケースに軽く手をついたら、いきなりケースが傾いて、そのままバランスを崩して一緒に落ちたんだ」

立ち上がろうとして、高瀬は顔をしかめた。確かめるように、右の足首を押さえる。

「……足を捻ったみたいだ」

「何やってるのよ！　待って、手当てするものがないか捜してくる」

瑞穂がラウンジの向こうに駆け出した。その場に座り込んだままの高瀬は、ショックのせいか、痛みがひどいのか、心なしか顔色がよくないように見える。

美咲は心配になって尋ねた。

「大丈夫ですか？」

「ああ。我ながら、くだらないドジをしたよ」

「彼のせいじゃない」

階段の踊り場に屈み込みながら、草薙が呟いた。

「このガラスケースには、転倒防止の簡単な処置すら施された形跡がない。ただ無造作に置いてあっただけだ。狭い階段の踊り場にこんなものをわざわざ飾るのに、そんな不安定な置き方をするか？　危険なことくらい、容易にわかるだろう」

「どういうこと……？」

「床に何かの跡が残ってるんだけど、飾ってあったガラスケースよりも細い横長で、どちらかといえば正方形より長方形に近いような感じなんだ。たぶん、ここには長い間、何か別のものが置いてあったんだ。それを誰かが持ち去って、代わりにこのマネキンの入ったケースを置いてカムフラージュしたんだろう」

「床に残っている形の一致しない跡が気になって、調べてたんだ。そうしたらこのざまさ」

高瀬が小さく嘆息し、草薙に向かって尋ねた。

「何の跡かわかるか？」

「いや。若干こすったような跡が表面にあるから、固くて重い物じゃないかと推測するくらいだ」

「どうしてそこから持ち去る必要があったんでしょう？」

「さあ、わからないな」

ややあって、手に何か持った瑞穂が戻ってきた。急いで高瀬の側にしゃがみこむ。

「バスルームの棚に救急箱があったわ。どこを怪我したの？」

「……右足を痛めたな。あとは、右肘と手を打ったくらいで、大したことはないと思う」

「見せて」

確認するように自分の体を見下ろしながら云う高瀬の腕を、瑞穂がいささか強引に奪い取った。落ちた際に階段にぶつけたと思われる赤い痕が、痛々しい。

「掌がちょっと切れてるわね。でも、このくらいで済んでラッキーよ。ガラスの破片で動脈でもざっくり切ってたら、下手すりゃ死んでたとこよ」

「それはありがたいな」

さしてありがたくもなさそうに云うと、高瀬はされるがままに大人しく身を任せた。沈黙するその横顔は、何かを思案しているように見えた。

瑞穂は、包帯の端を切ろうとして悪戦苦闘している。

「やだ、このハサミ使いづらい」

鼻の頭にしわを寄せた瑞穂と、ぎざぎざになった包帯の切り口とを交互に見やり、高瀬はぼそりと呟いた。

「……不器用だな」

「あなたねえっ、それが手当てしてあげてる親切な人間に向かって云う台詞⁉」

「や、やめて下さい。怪我人ですから」

高瀬の胸倉を摑んで揺さぶろうとする瑞穂を慌てて止める。瑞穂が不満そうに手を離し、救急箱の蓋をばたんと閉めた。美咲は割れたガラスケースと、散乱した破片を見下ろした。

「ガラス、危ないですね」

「さっき救急箱と一緒に捜したんだけど、片付けるのに使えそうな物が見当たらなかったの。箒とちりとりくらい、どっかに置いてないのかな」

草薙はTシャツの布の上から壊れたガラスケースの縁に手を掛けると、用心深く、壁際に数センチほど押しやった。硬質な音を立てて、ガラスの欠片がパラパラと床に落ちる。

「その辺を歩くときは注意して。踏んだら怪我するわ」

破損したガラスケースに、廊下が半ばふさがれる形になった。草薙が提案する。

「キッチンの裏口から玄関にまわって靴を取ってくるよ。他人の家で土足なんて無作法だけど、こんな所で怪我をしたら大変だ」

壁に手をついて慎重な動きで立ち上がる高瀬に、美咲は支えるように手を伸ばした。

「本当に大丈夫ですか？」

「ああ。多少痛むが、幸い歩けないほどじゃない」

云いながら、念入りに衣服を払う。神経質に身繕いする猫みたいだ。

「――それにしても、一体あそこに何が置いてあったんだろうな」

動き出す彼らの姿を見ながら、美咲は胸の中がひやりと冷たくなるのを感じた。

その答えを知っている人間が、この中にいる。

少なくとも、この中の誰か一人は。

◇

割り当てられた部屋のベッドに浅く腰掛け、美咲はため息をついた。

もどかしい。あと少しで何かがわかりそうな気がするのに、そこから先がどうしても見えない。

……ぼんやりしている場合じゃないのに。

落ち着かない気持ちで腰を上げたとき、見計らったようなタイミングでドアをノックする音がした。草薙だろうか。

用心のために掛けていたロックを外し、ドアを開くと、廊下に立っていたのは意外にも瑞穂だった。

戸惑いながら「どうしたんですか?」と尋ね、瑞穂の険しい表情に身を硬くする。

瑞穂は美咲を見据え、意を決した様子で告げた。

「——仕掛けられるのを待つのは、性に合わないの」

瑞穂はいつもより低い、だがしっかりとした声で口にした。

「勝負を挑むわ」

思わず息を詰めた。これほど急な展開は、予想していなかった。

瑞穂はなぜこんなに早く自分に勝負を賭けてきたのだろう? もしかして、ジョーカーを持っているのだろうか。しかしそれなら、相手のカードを云い当てなければ逆に彼女の負けになるはずだ。何らかの理由で、美咲が最も弱いカードを引き当てた事実を知っているのか。

——いや、それともゲームはどうでもよくて、やはり彼女が犯人なのか?

めまぐるしく疑問符が頭の中で巡った。突然の事態に、どう反応していいのかわからない。

そんな美咲の様子に気付き、瑞穂はすぐさま首を横に振った。

「違う、あなたにじゃない」

「え?」

混乱して訊き返した美咲に、瑞穂は自らの意思を再確認するように、もう一度揺るぎない口調で宣言した。

「草薙透吾に、ゲームを挑むわ」

予想外の展開に、言葉を失う。状況をなんとか理解しようとしながら、美咲は尋ねた。

「草薙さんにゲームを挑むって、そんな、どうして」

「あたしは最初から、あの人が怪しいと疑ってたからよ」

瑞穂は、静かな確信に満ちた口ぶりで答えた。

「ミステリーに関する知識なんて、そんなものあたしは持ってない。でもね、芝居をやってるせいか、普段から人を見る癖がついてるの。他人の仕草、言葉、ちょっとした表情の動きなんかを、無意識にいつも観察してる。それがその人の本当に感じていることなのか、或いは意図的に作られたものなのかとか、そんなことをね。このゲームが始まってからは、なおさら注意して周りを見てた。それで、気付いたの」

「気付いたって……何を？」

「うまく説明できないけど」

瑞穂は焦れたように、言葉を切った。

「あの人は、何か大事なことを隠してる。他のプレイヤーと違う。なんていうか、彼だけが違う目線でこのゲームに参加してる気がするの。それは確かよ」

美咲は困惑して彼女を見つめた。

美咲と草薙が引いたカードは、ハートの10とダイヤのクイーンだ。つまり、いずれも高瀬と瑞穂が持っているカードよりも弱いものだということである。

「あなたに立ち会ってもらいたいの」

瑞穂の言葉に、驚いて固まる。

「あたしが彼にゲームを仕掛けたという事実の証人になって欲しいの。ルールで、必ず一度は誰かと勝負しなきゃいけないわけでしょ？」

「え、ええ」

「――それに、あたしがゲームに勝ったとき、逆上した彼があたしに危害を加えないって保証は無いわ」

美咲はぎょっとして目を瞠った。瑞穂の顔つきからは、既に挑みかかるような気迫がうかがえた。

どうやら瑞穂は、草薙をこの推理劇の犯人――すなわちジョーカーだと結論づけたらしい。真犯人である草薙と真っ向から勝負し、自分が勝利することでシナリオを終わらせようという、彼女なりの目論見のようだ。

……或いはこれも芝居で、何かの罠なのだろうか？　いずれにせよ、これは非常にまずい展開だ。美咲は唾を呑み込んだ。

瑞穂が草薙に、ゲームを仕掛ける。

もしここで草薙が敗北し、ゲームから脱落してしまったとしたら、次の被害者は草薙ということになってしまう。草薙がジョーカーではないことを瑞穂に伝えるには、どうしたらいいのだろう。

彼が「司」であることを告げれば、それを確信した経緯について話さなくては、瑞穂は決して納得しないだろう。「蝉コロン」と「司」のハンドルネームの由来について、個人的なメールのやりとりをした一件を話せば、ハンドルネームを明かしてはならないという推理劇のルールに触れてしまうことになる。

いや、それ以前に、もし瑞穂がジョーカーだったとしたら……？

不安と疑念が頭の中でぐるぐると回った。背中を冷たい汗が伝う。

そんな美咲をじっと見つめ、瑞穂はもう一度、告げた。

「来て」

静かに促すような眼差しに、瑞穂の決意を翻すことが不可能だと悟った美咲は、やむなく頷いた。先を行く瑞穂の背中を見つめながら、汗ばんだ掌を握り締める。

このままでは、本当に瑞穂と草薙が勝負する羽目になってしまう。一体どうすればいいのだろう、草薙はジョーカーではないのに。

美咲の焦りをよそに、瑞穂は草薙の部屋の前で立ち止まった。数秒ばかり睨むようにドアを見つめ、意を決したようにノックする。

――もうダメ。美咲は半ば絶望的な思いでその光景を見守った。

草薙の応答は無い。もう一度、瑞穂がドアをノックした。

しかし、中からは沈黙が返ってくるばかりだ。

「……いないみたいね」

ホッと体から力が抜けた。

「でも、こんな時にどこに行ったの?」

云いながら瑞穂がドアノブを回すと、軽い金属音がして、抵抗無くドアが開いた。鍵が掛かっていなかったらしい。

大胆にも室内に入っていこうとする瑞穂に、「瑞穂さん!」と慌てて制止の声をかけた。

「待たせてもらうだけだってば。……え?」

室内を見回していた瑞穂が、訝しげな声を上げた。つられて美咲もそちらに視線を向ける。

殺風景な部屋の片隅に無造作に投げ出された、草薙のスポーツバッグ。それから中央のテーブルの上にある物体を見て、思わず立ち尽くした。

電源の入ったノートパソコンが、画面が開かれた状態で置いてある。草薙が持ってきたのだろうか。まさか、そんな話は聞いていない。

「――やってくれるじゃないの」

瑞穂は低く呟き、パソコンに近付いた。キーボードに手を伸ばすと、複数の球体がそれぞれ複雑な動きを反復していたスクリーンセーバーが消え失せる。

デスクトップの右上に、ウェブサイトというフォルダが現れた。瑞穂が画面を睨みつけ、ためらいなくインデックスページを開く。

次の瞬間、表示された画面に、後ろから覗き込んだ美咲は小さく声を上げた。

そこに現れたのは、静謐に光る月だった。

何度も目にしたことのあるその画像の下に、『月の裏側』という文字が記されている。『地球より……』。『月の住人』。そこに並ぶ見覚えのある文字に、発した声がかすれた。

「……これ、八月三日に閉鎖されたはずじゃ」

「そうね、ネット上ではもう見られない。作った人間のパソコンの中に、ソースが残ってるのよ」

瑞穂はひたと画面を見据えた。

「間違いないわ」

厳かに下される、宣告。

「犯人は、草薙透吾よ」

「ち……違う」

混乱して否定する言葉を探しながら、声が途切れた。ふいに、ある疑いが頭をよぎる。——あのお茶。

昨晩、部屋で草薙が出してくれた緑茶を飲んだ直後、美咲は急速に眠りに落ちた。もしもあのときのお茶に、睡眠薬か何かが混ぜられていたとしたら？　美咲が眠った後に、草薙が部屋を抜け出し、藍人を罠にはめるためにジョーカーとして動いていたとしたら？

ありえない、そんな、まさか。

「違う、草薙さんはジョーカーじゃない」

湧き上がる疑念を懸命に振り払おうと、美咲は声を荒らげた。

動揺を見透かしてくるような瑞穂の視線に耐え切れず、衝動に任せて口を開く。

「草薙さんは、草薙さんは『司』なのよ」

「え⁉」

今度は瑞穂がふいをつかれた表情になった。

「それ、本当なの？」

「──本当。だから草薙さんは、ジョーカーじゃない」

瑞穂は眉をひそめ、美咲の言葉を吟味するかのごとく口をつぐんだ。

「……仮に、そうだとしたって」

瑞穂が、険しい顔つきで言葉を発する。

「彼がジョーカーじゃないって証拠にはならないわよ。彼がハンドルネームを複数使い分けていたとしたら？　ジョーカーであると同時に司だったとしても、なんの不思議もないじゃないの」

瑞穂の言葉に、顔から血の気が引くのを感じた。

──そうだ。

ハンドルネームが異なるからといって、別人とは限らない。同一人物が、ネット上で複数の名前を使い分けていることだって、十分考えられるのだ。

個人的に連絡を取り合うためや、ハンドルネームを明かすことを禁じたのは、ジョーカーが他のユーザーになりすましてこのゲームに参加するためではないのか。話し合いの中で、そんな意見があった。

しかし、わざわざ他のユーザーのハンドルネームを借りて別人になりすまさなくても、接続環境を変え、二つのハンドルネームを使い分けるという手段をとれば、ジョーカー以外の登場人物としてゲームに参加することは可能なのだ。どうして今まで、その可能性を考えてみなかったのだろう。

美咲には、その答えがわかっていた。

……おそらく、考えたくなかったのだ。この不気味なゲームの主催者であるジョーカーが、無骨で穏やかな目をした草薙という青年と同一人物だとは。

この異様な状況において、唯一頼れる存在として、草薙を信じたかった。

思えば、ハンドルネームの由来について草薙が美咲に個人的なメールを送ったのは、この推理劇の途中で自らそれを明かしてみせることによって、自分がジョーカーではない、司なのだと、美咲に思わせることが目的だったのかもしれない。

一体どこまでが本当で、どこからが偽りなのだろう。美咲に見せた態度も、言葉も、全てが意図的に作られたものだったのだろうか？　美咲には、わからなかった。そのとき、瑞穂が息を呑む気配がした。

戸口に草薙が立っている。草薙は驚きを宿した表情で、美咲たちを凝視している。鼓動が跳ね上がった。言葉が喉の奥で固まったようになって、出てこない。

「近寄らないで！」

前に踏み出しかけた草薙に、瑞穂が鋭く声を発した。

「やっぱりあなたが、殺人狂いのサイコパスだったのね⁉」

「——何だって？」

草薙は低いトーンで訊き返し、眉をひそめた。その目が、テーブルの上で開かれたままのパソコンに向けられる。

草薙はハッとして美咲と瑞穂に視線を戻すと、何か云おうと口を開きかけた。

それより早く、瑞穂が美咲の手を勢いよく摑む。

「逃げるのよ！」

叫ぶとほぼ同時に、草薙に体ごとぶつかるように体当たりする。ふいをつかれた草薙がよろめいた隙に、美咲の手を引っ張ったまま、強引に草薙の横をすり抜けた。

廊下に飛び出し、派手に足音を立てながら階段を駆け下りる。途中で足がもつれて、あやうく転がり落ちそうになった。興奮のせいか、膝ががくがく震えている。

「瑞穂さん、どうする気なの？」

「決まってるでしょ！　警察に駆け込むのよ。あの男が犯人だってはっきりした以上、イカれたゲームに付き合う気はないわ。ここから逃げなきゃ」

玄関に向かって走ろうとして、瑞穂は苛立たしげに舌打ちした。割れたガラスケースが廊下を塞いでいるのだ。さすがに飛び越えるわけにもいきそうにない。

「裏口よ!」

瑞穂の言葉に、慌てて方向転換する。ラウンジを走り抜け、ダイニングを横切ると、キッチンの奥へ向かった。しかし裏口を目にした途端、動揺して足を止める。

ドアの前に、ダイニングテーブルが重々しく立て掛けてある。更にその手前には、折り重なった椅子でバリケードが作られていた。

呆然として呟く。

「さっき見たときはこんなじゃなかったのに……どうして、誰がやったの?」

「あの男よ! いま部屋にいなかったのは、裏口を塞いでたからだったんだわ。早くどかして逃げないと」

「しっ、静かに」

二人は動きを止めた。階段を駆け下りてくる草薙の足音が聞こえる。

「まずいわ、どうしよう」

「とりあえず隠れないと」

「隠れるって、どこに!?」

慌てて周囲を見回すと、キッチンのカウンターワゴンが視界に飛び込んできた。

「こっちよ!」

キャスター付の大きなカウンターワゴンの影にしゃがみこんで身を隠すと、瑞穂は床に落ちていた白いテーブルクロスを引き寄せた。おそらく裏口を塞ぐのに使われたダイニングテーブルに掛かっていたのだろうそれで、ワゴンごと自分たちの体をすっぽり覆う。こんな物で誤魔化せるだろうか、布が不自然に人の形に盛り上がってはいないか？

テーブルクロスを被った薄暗い視界の中で、瑞穂が緊張した声で囁いた。

「絶対動かないで、じっとしてて」

小さく頷いた美咲の頭の中で、微かに何かが点滅した気がした。

……なんだろう、何か大事なことを忘れている気がするのだけれど。

足音がキッチンの方に近付いてきた。瑞穂が身を硬くする。さっきから握り締められた手首に、指が食い込んで痛い。きっと痣になるだろう。震えた指先から、彼女の恐怖心が直に伝わってくる気がした。いま誰かに肩を叩かれでもしたら、自分は悲鳴をあげてしまうに違いない。速くなっていく息遣いは、草薙に聞こえていないだろうか。

至近距離で微かな音がした。すぐ側に、いる。

慎重な足取りでキッチンを歩く気配。美咲たちを捜しているのだ。

お願い、どうか気付かないで。

祈る思いで息を殺していると、ふいに草薙の足音が止まった。キッチンの入口辺りで、じっと考え込むように立ち止まっている。

まさか、テーブルクロスの位置が変わっていることに気が付いた……？

瑞穂もその可能性に思い当たったらしく、表情をこわばらせたまま凍りついたように静止している。

誰も動かなかった。張り詰めた空気の中で、草薙の視線が布を透過して、怯える美咲たちの姿をはっきりと捉えているような錯覚を覚えた。

足音が、二人の潜んでいるワゴンの方へ近付いてくる。このままでは、確実に見つかる。

美咲と瑞穂は、とっさに視線を交わした。

ほぼ同時に身を起こすと、足音のする方に向かって、ワゴンを思い切り押し出す。

ワゴンの引き出しが床に飛び出し、けたたましい落下音を立てた。鈍い衝突音と、くぐもったうめき声。どうやら体のどこかにぶつかったらしい。

草薙が怯んだ隙に、二人はキッチンを飛び出した。

草薙はすぐに追いかけてくるに違いない。

ラウンジを突っ切り、ガラスの散乱した廊下でやむなく方向転換して再び階段を上る。迷わず、一番奥の部屋に駆け込んだ。あがった息の下から、必死に高瀬を呼ぶ。

「高瀬さん！」

鏡台が置かれただけの閑散とした部屋に、高瀬の姿は見当たらない。

「……ったくもう！　こんなときに限ってどこに行ったのよ！」

「──まさか高瀬さんまで、殺されたんじゃ」

瑞穂がぎょっとした表情になった。泣き出しそうに唇を噛み締める。

「これじゃ、追い詰められたも同然じゃない！」

美咲は落ち着きなく周囲を見回した。また二階に戻ってきてしまった。この部屋には、身を隠せるような場所はどこにも見当たらない。武器になるような物の一つとして、部屋には残されていなかったはずだ。一体どうする？

（——あ）

瞬間、美咲の頭の中で何かが閃いた。思い浮かんだ事実に、愕然として宙を見つめる。

「……何もなかった」

「ねえ、ちょっと何？　どうしたのよ？」

瑞穂が不安そうな瞳で美咲を見る。恐怖でどうにかなってしまったのかと思ったらしい。

美咲は考えをまとめながら、瑞穂に向かって云った。

「皆で部屋中を捜しまわったとき、パソコンなんて、あの部屋にはなかったはずだわ」

「え——そうね」

困惑した様子で瑞穂は頷いた。

「だったらあのパソコンは、どこに隠してあったの？」

「それは……自分の荷物に、上手いこと隠し持ってたんじゃないの。部屋で一人になったときを見計らって、バッグから出したのよ」

「瑞穂さん、草薙さんの持ってたスポーツバッグ覚えてます？　黒くて、円筒形の」

「……覚えてるわ。あのメーカーの、あたしも持ってるから」

「ああいう丸い形のスポーツバッグに、四角いノートパソコンが入っていたら、多少は角が出っ張ったりしますよね。でも、草薙さんのバッグにはそんな不自然な様子はありませんでした」

瑞穂が黙り込んだ。

「それに、ノートパソコンなんて壊れやすい物を入れてたら、嫌でも取り扱いに慎重にならざるをえないと思うんです。草薙さんはゲームの最中もバッグを地面に無造作に投げ置いたり、どちらかといえば乱暴な扱い方をしていたくらいで、そんなふうに気を遣う様子は一切ありませんでした」

「じゃあ、たまたまあたしたちが見つけられなかっただけで、やっぱり部屋のどこかにパソコンが隠してあったのかも」

「確かに、そういう可能性も否定できませんね。だけど、考えてみたらなんだか変じゃないですか？」

「え？」

「ジョーカーは、推理劇の舞台になる場所を予約するのにも第三者を使いましたよね。自分の素性は一切明かさず、姿を見せたこともない。これまでの関わり方を見る限り、非常に用心深い人物といえると思うんです。それが、パソコンをテーブルの上に置いたまま、しかも電源を入れた状態で、わざわざディスプレイを開きっぱなしで部屋を出るなんて、ちょっと不自然だと思うんです」

「…………」

「部屋を留守にするのなら、それこそ、すぐ傍のベッドに隠すなり、バッグにしまうなりすればいいじゃないですか。全然手間のかかることじゃないはずです。パソコンを見たときは思わず動転してしまったけど、もしかしたら、誰かがわざと草薙さんに疑いがかかるように仕組んだ罠なんじゃないでしょうか」

美咲は、ゆっくりと瑞穂に顔を向けた。

「――瑞穂さん」

ぎくっとした表情になり、瑞穂が勢いよく否定する。

「ちょっと待ってよ、あたしがその罠を仕組んだ犯人だって云いたいわけ？　冗談云わないでよ、あたし、そんなことしてない」

「瑞穂さんが犯人だなんて云ってません」

美咲は真摯な口調で尋ねた。

「瑞穂さんは、さっき、どうして急に草薙さんに勝負を仕掛けようと思ったんですか？」

瑞穂は眉間にしわを寄せて考え込み、ぼそりと口を開いた。

「……コマンドが来たのよ」

「コマンド？」

「そう。『**最も疑わしい人物と対峙し、自らの未来を選択する**』これだけよ。疑うなら、あたしの受信機を見てもらってもいいわよ。とうとうクライマックスシーンが来たんだと思ったわ。あたしが最初から疑ってる相手っていったら草薙透吾だったから、それで彼の部屋に行くことを決めたの。後は、あなたも知っての通り」

「草薙さんが部屋にいなかったのも、もしかしたらコマンドで呼び出されたからかも。きっと草薙さんを犯人だと思わせて、お互いを混乱に陥れるために、ジョーカーの仕組んだ罠だったのよ」

「……つまり、どういうこと？」

美咲は今度こそ、力強い声で告げた。

「草薙さんは、ジョーカーじゃない」

そうだ。やはり草薙は、このゲームの犯人などではない。

口にした途端、こわばっていた体が緩んだ。同時に、一瞬でも疑心暗鬼に陥ってしまったことへの罪悪感が芽生える。早く、彼に謝らなければ。

美咲の台詞に少なからず衝撃を受けていた様子の瑞穂の目に、戸惑ったような翳りが差した。

「でも、じゃあ、ジョーカーは一体誰なの？」

その時、部屋の扉が開かれた。驚いて振り返ると、戸口には緊張した面持ちの草薙が立っている。

「草薙さん……！」

「九条」

美咲の姿を見た途端、草薙は安堵と不安の入り混じったような複雑な表情を浮かべた。

冷静な態度を取り戻そうとしてか、静かに息を吐き出し、二人に向かって話しかけてくる。

「……説明させてくれ」

「草薙さん」

美咲はそれを遮るように急いで口を開いた。

「もういいの、誤解だったんです。さっきは動転して、ひどい思い違いを」

「誤解？」

美咲が疑った事実を詫びようとした、そのとき。

草薙の背後に誰かが現れた。——高瀬だ。

反射的に身がこわばった。高瀬の存在にまだ気が付いていない様子の草薙が、突如固まってしまった美咲たちに訝しげな視線を向ける。

「どうした？」

ひっ、と瑞穂がひきつった声を発した。

廊下に立つ高瀬の手には、銀色に光る大きなハサミが握り締められていた。

◇

——けたたましい悲鳴が上がった。

派手な足音を立てて、廊下に美咲と瑞穂が転がり出る。

「ひ、人殺し！　草薙さんを刺すなんて……！」

瑞穂がよく通る声でわめいた。

美咲は口元を覆い、信じられないというふうに力なくかぶりを振った。そのままふらふらと、床にくずおれる。

「立って！」

瑞穂は青ざめた面持ちで叫び、美咲の腕を懸命に引っ張った。小柄な体の一体どこからと思うくらい、物凄い力で摑んでくる。興奮のためか、口元が不自然に引きつっていた。

「早くここから逃げるのよ、しっかりして！」

「残念ながら、それは無理だ」

ひどく間近で告げられた言葉に、瑞穂がハッと言葉を切った。目を瞠り、そのままゆっくりと後ろを振り向く。まるで性急な動きをしたら、不吉な何かが起きるとでもいうみたいに。

瑞穂は肩越しに自分の背を見下ろした。その背中に、真っ赤な染みが滲んでいた。

鮮烈な赤い色は、瑞穂のワンピースを汚し、みるまにその面積を広げていく。

「君のことは、嫌いじゃなかったよ」

高瀬が、動揺など微塵も感じさせない声で囁きかけた。

「さようなら」

ぐらり、と瑞穂の体が傾いた。長い睫毛に縁取られた眼球がいっぱいに見開かれたまま、固い床の上に倒れ込む。

「いやああっ、瑞穂さん……！」

足元に倒れ伏した瑞穂の体に向かって、美咲は何度も叫んだ。

「瑞穂さん、瑞穂さん！」

しかし、返ってきたのは、冷たい沈黙だった。美咲は両手で顔を覆った。廊下にかすれた嗚咽が響く。

美咲は震える指の隙間から、低い声を発した。

「……名前」

「何？」

高瀬が怪訝そうに問い返す。

顔を上げ、表情を歪めて、美咲は高瀬を睨みつけた。

「――本当の名前も、訊けなかったわ」

美咲の言葉に、高瀬が一瞬ふいをつかれた顔をする。が、すぐに冷然とした微笑を湛えた。

「大丈夫だよ」

高瀬の手にしたハサミが、窓越しの陽光を受けて、赤く不吉に光る。

「すぐに訊けるさ。君も彼女たちの所へ行くんだから」

美咲は目を瞠った。よろめきながら立ち上がる。

「嫌……！」

こちらに向かって伸ばされた高瀬の手を間一髪ですり抜けて、階段を駆け下りた。

足がもつれ、思わず転がり落ちそうになる。一階の廊下を走るとき、靴底がじゃり、とガラスの破片を踏みつけた。

ラウンジに行き、とっさにテーブルの下に潜り込む。椅子を引き寄せ、テーブルクロスの下から自分の姿が見えないよう、身を隠した。

わずかに右足を引きずるようにして、高瀬が追ってくる足音が聞こえる。息を殺して様子を窺った。近付いてくる気配に、ぎゅっと目を閉じる。

しかし高瀬の足音はそのまま美咲の側を通過し、まっすぐにキッチンの方へと向かっていった。美咲が裏口から逃げようとすると判断したらしい。

このままでは、すぐに捕まってしまう。この状況でどう行動するべきか？

草薙の部屋には、ベッドとテーブルがあった。あそこに逃げ込んでバリケードを作り、助けを待つか？

胸の内で、激しく逡巡した。迷っている暇はない。高瀬はまだキッチンの方にいるようだ。移動するなら、今だ。

美咲は思い切ってテーブルの下から這い出した。高瀬が戻ってくる前に、ラウンジを出なければ。

その場から離れようとして、ふいに足が止まった。

ラウンジに鎮座する柱時計に視線を向ける。十一時四十分。

美咲の頭に、ある考えがよぎった。小走りに柱時計に近付くと、風格のあるその扉を開き、長針を指で少しだけ進める。

どうしてそんなことをしたのか、自分でも明確には説明できなかった。急いで元通りに扉を閉め、一刻も早くラウンジを立ち去ろうとした、そのとき。

「――ここにいたのか」

高瀬の声がした。いつのまにかラウンジに入ってきた彼の姿にぎくりとし、美咲は階段の方へと走った。息を切らせて踊り場まで駆け上がったところで、鋭い声が飛んできた。

「九条！」

反射的に足を止める。ああ、と思った。覚悟を決めるときが来たのだと悟る。

明かり取りの窓の下、あがる呼吸を整え、美咲は振り返った。階段の下に立つ高瀬が、こちらを見上げている。

彼の身に纏う涼しげな空気は、これまで一緒に行動していたときと一片の変わりもないように見えた。その口から、決定的な台詞が発せられる。

「ラストゲームの時間だ」

美咲は唇を噛み、高瀬を見据えた。自分の発する一言一言が、この局面でひどく重要な意味を持つであろうことがわかった。失敗は許されない。緊張に、声がひび割れる。

「あなたが、ジョーカーだったのね」

高瀬は小さく首を横に振った。

「違う。オレはジョーカーじゃない」

「嘘」

「嘘じゃないさ」

美咲は混乱した面持ちで再び問いかけた。

「じゃあ、どうして？　なんでこんなことを？」

「どうして？」

次の瞬間、高瀬が発した台詞に、美咲は全身をこわばらせた。

「探偵役は、一人しか必要ないだろう？」

立ち尽くす美咲に向かって、高瀬はつかみどころのない微笑を投げかけた。

「ゲームに勝つ方法は一つじゃないと、忠告したはずじゃないか。九条」

ホテルのロビーで自分の首筋をなぞった、冷たい指の感触がよみがえる。

『正しい答えを導き出すだけが、ゲームに勝つ方法じゃないんだぜ』

「あれは本気だったんですか」

美咲は両腕で自分の体を抱きしめた。

「あなたは本気で、自分以外のプレイヤーを、ゲームから脱落させるつもりで」

美咲は高瀬を凝視した。

「狂ってる」

「ああ、そうかもしれない。でもオレを狂わせたのは、あの人だ。あの人が最後に紡いだ言葉を、オレは誰にも渡しはしない」

「あの人って……」

「才能の持ち主だよ」

高瀬は、どこか誇らしげにすら聞こえる口調で告げた。

「崇高なる、残酷な才能の持ち主だ」

美咲は両手で口元を覆った。かすれた声が、口から漏れる。

「あなた、まさか、モナド……？」

その問いには答えず、高瀬は美咲に向かってあらためて云い放った。

「君にゲームを挑む」

高瀬はシャツのポケットに手をやると、一片の動揺も感じさせない滑らかな手つきで、一枚のカードを取り出した。舞台の上の、マジシャンみたいに。

「最初に宣言しておこう。オレのカードは、ジョーカーだ」

自分に向けられたカードを、美咲はまじまじと見つめた。そのカードに描かれていたのはまぎれもなく、不気味なにやにや笑いを浮かべたジョーカーだった。最強のジョーカーを引き当てた人物は、瑞穂ではなく、高瀬だったのだ。

しかし、まだ勝負はわからない。美咲はそっと唇を舐めた。

ジョーカーがゲームに勝つための条件。それは、相手の持っているカードを云い当てることだ。

高瀬が美咲の持っているカードを当てることが出来なければ、この勝負は美咲の勝ちとなる。その可能性に賭けるしか、プレイヤーとしての美咲が助かる道はない。

そんな美咲の思考を読み取ったかのように、高瀬の形の良い唇がゆっくりと動く。

「オレには、君の引いたカードがわかる」

美咲は思わずたじろいだ。

「嘘よ」

「鏡さ」

高瀬は至極当然なことを話す口調で呟いた。

「カードを引いたとき、君は壁の鏡を背にする形で座っただろう？　あのとき、後ろの鏡に、君の引いたカードが映っていたんだよ」

動揺して高瀬を見た。無意識に上ずった声で、精一杯反駁する。

「じゃあ、なぜ、すぐに私に勝負を仕掛けなかったんですか。カードが何なのかを知っていたなら、いつでも私をゲームオーバーにすることが出来たはずだわ」

「すぐに君を退場させなかった理由は、幾つかある」

高瀬は冷静な口ぶりで話し始めた。

「ゲームが始まってすぐに君に勝負を挑み、葬り去ったら、オレがジョーカーを持っている事実を周囲に知られる危険性が高くなるだろう。他のプレイヤーに警戒されたら、少々厄介だ。それから、もう一つ」

高瀬はそこで言葉を切ると、思わせぶりな眼差しで美咲を見た。

「早い段階で君を退場させることが正しい選択なのかどうか、確信が持てなかったからだ」

「……どういうことですか」

ためらいながら、美咲は尋ねた。高瀬が意味深に唇の端を上げる。

「ジョーカーは、君なんだろう？」

「え？」

想像すらしなかった台詞に、呆気にとられて高瀬を見た。

「何、云ってるの……？」

「ゲームの重要な局面において、気が付けばいつも君はシナリオに関わっていた」

予想もしなかった意見を突きつけられ、言葉を失う。

「決定的に疑惑を持ったのは、バスターミナルで君が姿を消したときだ」

美咲は、驚いた表情で高瀬を見下ろした。

「気付いていないと思ったか？　あれは共犯者と連絡を取っていたんだろう？　オレたちがこれから別荘に向かうことを、あらかじめ知らせていたんだ」

「違……っ」

どう云えばいいかわからなくなり、立ちすくむ。全てが、完全な誤解だった。

「オレはむざむざ殺されはしない」

笑みを消し、高瀬が一歩、近付いてきた。

互いの距離が縮み、美咲は緊張に身を硬くする。

背中と脇の下が、じっとりと濡れて不快な感触を伝えてきた。しかしそんなものを意識する余裕など、微塵もない。

一歩、また一歩と、高瀬が接近してくる。心の中で祈った、次の瞬間。

時計の音が鳴った。

ボーン、ボーン、と、十二時の刻を告げる重々しい音が家中に鳴り渡る。

高瀬が驚いてラウンジの方を振り返った。次いで、自分の腕時計に視線を走らせる。

「バカな……！　今は、十一時五十分のはずだ」

「——さっき、あなたの腕時計を遅らせました」

美咲は、自分の声が少しでも落ち着いて聞こえることを願いながら、高瀬に向かって云った。

「まさか、いつのまに」

高瀬は半信半疑といった様子で、まじまじと自分の腕時計と美咲を見比べている。その目が愕然と宙を見た。

「嘘じゃありません」

額に滲む汗に高瀬が気付かないことを懸命に願いながら、鳴り響く時計の音にかき消されないよう、美咲はさらに大きな声で云い放った。

「気付かれないよう、こっそり遅らせておいたんです」

ぎこちなく、優越の笑みのようなものを浮かべてみせる。

「あなたの、腕時計の針を」

その言葉に、ぴくりと高瀬が眉をひそめた。

「……何だって？」

静かに顔を上げた高瀬が、こちらを見つめる。明らかに冷静さを取り戻した鋭い視線に射貫かれ、美咲は言葉を失った。一体どうしたというのだろう？

戸惑う美咲の前で、高瀬はおもむろに、包帯を巻かれた左手を上げてみせた。手首に装着した腕時計の盤面に、ＡＭ１１：５１という数字が見え、言葉を失う。

「オレの腕時計は、デジタル式だ。従って、長針も短針も存在しない」

美咲はその場に凍りついた。

「君はオレの腕時計を遅らせたんじゃない。ラウンジの柱時計を進めたんだ。その時のイメージが頭に残っていて、つい時計の針と口にしてしまったんだろう。失言だったな、九条」

何も答えられなかった。顔をこわばらせたまま、ただ黙って高瀬を見つめる。

「つまり、まだ十二時になっていない。今オレが君の数字を云い当てれば、このゲームはオレの勝ちということだ」

柱時計が沈黙し、緊迫した静けさが漂った。

「さあ、幕を下ろそう」

高瀬が告げた。形のよい唇が、ゆっくりと動く。

「……君の引いたカードは、ハートの１０だ」

——その瞬間。美咲は、晴れやかな笑みを浮かべた。

ポケットからカードを取り出し、怪訝な表情をする高瀬に向かって、誇らしげにそれを翻す。

そこに描かれていたのは、ハートの10ではなく、ダイヤのクイーンだ。

高瀬の目が驚愕に見開かれた。

「まさか、どうして」

訳がわからないという風に首を振り、ハッとした様子で呟く。

「カードを、取り替えたのか……!」

(気を付けた方がいい)

ラウンジでの、潜められた草薙の声を思い起こす。草薙から返された一枚のカードを、戸惑って見返す美咲。

(用心するに越したことはない)

「高瀬さん」

美咲は、厳かな口調で宣言した。

「——私の、勝ちです」

高瀬の喉の奥から、唸るような低い声が発せられた。

美咲が身をこわばらせるのと、表情を歪めた高瀬が摑みかかってくるのがほぼ同時だった。

物凄い力で肘を摑まれた瞬間、全身に恐怖が走った。それは今までの漠然とした感情とは異なる、自分に危害を加えようとする存在への本能的な恐れだった。情念にも似た暗い光をたたえた眼差しが、息遣いすら感じられるほど近くで美咲を貫く。思わず肌が粟立った。

「未発表作を渡すんだ」

「嫌……！」

逃れようと懸命にもがく。ふっと腕が軽くなり、自由になったと思った次の瞬間、首に高瀬の指が絡みついてきた。

「ひ……っ！」

瞬時に相手の意図を察し、引きつった声を上げる。引き離そうと、手をかけた。美咲の抵抗に怯む様子も見せず、高瀬は尚も首を締めつけてくる。

浮かされたような呟きが、その唇から吐き出された。

「あの作品は、誰にも渡さない」

「狂って、る……！」

苦しげに眉を寄せ、美咲は身をよじった。しかし高瀬の腕が離れる気配はまるでない。心臓の音が、壊れたみたいに速くなった。

美咲は固く目をつぶると、そのまま体ごと思い切って高瀬にぶつかっていった。ふいをつかれた表情の高瀬が、あっと叫び声を上げる。

バランスを崩した彼に強い力で腕にしがみつかれ、悲鳴を発した。

傾いた上半身が、何もない空間に向かって同時に投げ出される。

二人の体はもつれ合って階段を転がり落ちた。

どさっという鈍い音がして、落下した高瀬と美咲の体が、物体のように廊下に転がる。

——静寂が落ちた。

◇

天窓のガラス越しに降り注ぐ夏の日差しと、遠い蟬の鳴き声。

別荘の中に、もはや動くものの姿は何一つ存在しなかった。——いや。

階段のきしむ音がした。ゆっくりと注意深い足取りで、階下に下りてくる姿があった。

草薙だ。

草薙は、床に倒れたまま動かない二つの肢体を検分するように見下ろした。その唇から、冷静な響きを持った台詞が発せられる。

「『別荘の中には、冷たい亡骸が横たわっていた』」

埃っぽい陽光にさらされた、マネキンのような美咲のか細い手首を一瞥する。

「『そして最後に立っているのは、探偵と犯人のみとなった』……か」

確かめるように呟き、草薙はテーブルに近付いた。薄紅色の花が飾られた一輪挿しに手を伸ばすと、中身をテーブルの上にばらまく。

水が入っていないその中から、花と一緒に、ごく小さなボックス型の盗聴器が転がり落ちた。それに向かって語りかけるように、草薙は声を発した。

「いい加減、出て来たらどうだ？　ジョーカー。それとも、役名で呼ぼうか」

その目が、鋭く細められる。

「——羽霧藍人」

# 【FINAL STAGE】

player × ?

「羽霧藍人」

その言葉が発せられた途端、無人だったラウンジの室内に変化が起きた。

奥の壁の一部が、ゆっくりとこちら側に向かって開かれた。

——一人の人物が、中から姿を現す。それは間違いなく、これまで行動を共にしていた青年だった。

「……隠し部屋か。いい観客席だ」

草薙が皮肉を口にする。それには反応を返さず、藍人は挑戦的に草薙を見た。

「——どうしてわかった？」

「奥行きだ」

草薙がぼそりと口にする。

「この部屋に入ったとき、微かに妙な違和感を感じたんだ。たぶん外観と、実際に入ったときの空間の奥行きに差があるせいで、僅かな圧迫感のようなものを感じたんだと思う」

「へえ？　それだけで、よく隠し部屋の存在に気が付いたな」

「そこにある柱時計は、元々は階段の踊り場にあった物なんだろ？　カムフラージュするために、わざとそこに置いたんだ。それだけ大きくて存在感のある柱時計を近くに置いておけば、圧迫感はそのせいだと思い込ませられる」

「アンタ、やっぱり勘がいいな」

藍人は悪びれた様子もなく笑みを浮かべた。

「元々、画家だった父親の仕事部屋として使われていた部屋なんだよ。風変わりな人でね、望まない来客や雑音に煩わされるのが嫌だったんだろう。半分遊び心でこんな設計にしたらしい」

藍人は、ふっと目を細めた。

「──三島加深は、オレの姉」

◇

「……そうか」

草薙は静かに藍人を見た。

「もし本当に未発表作が存在するとしたら、それを手に入れられるのは、ごく限られた身近な人間だと思ってた」

「姉は独特な感性の持ち主でね。うかつに近づいたら、ある種の人間は後戻りできない場所に引きずり込まれちまう。ギリシア神話に出てくるセイレーンとか、そんな化け物みたいな感じで」

藍人は忌まわしいもののように吐き捨てた。

「……姉の作品を巡ってこんなふうに人が死ぬなんてな。やっぱり今も、姉の呪縛は健在ってわけか」

独白めいた呟きを漏らす藍人に向かって、草薙は云った。

「いや、死んでないさ」

「あ？」

藍人が訝しげに眉を寄せる。

「今、何て云った？」

「誰も死んでいないと云ったんだ」

尋ねた藍人の台詞に、男性の声が重なった。

「もう、起きてもいいだろう？」

ハッとして藍人が振り返る。信じられないという表情で、その光景を凝視した。

廊下に倒れていたはずの高瀬と美咲が、のそりと身を起こしたのだ。

高瀬はやや右足を庇うような動きをしながらも、衣服の埃を払い、悠然と立ち上がった。

「失礼。体が痛くて敵わない」

床に落ちた眼鏡を拾い上げ、壊れていないことを確認した後、ゆっくりとそれをかけ直す。

動揺を抑えながら、美咲もぎこちなく立ち上がった。階段にぶつけた膝が痛んだが、それよりも、自分の取った大それた行動にまだ興奮が抜けなかった。全身から汗が噴き出している。

「大丈夫か？　九条」

「は、はい」

草薙の問いに、どぎまぎしながら頷いた。

「まったくもう、どうしてくれるのよ、これ」

これ以上ない絶妙のタイミングで、不満げな表情をした瑞穂が階段を下りてきた。乱れた髪の毛をばさりと掻き上げ、ワンピースの背中の赤い染みを見せる。

「気に入ってたのよ、この服。まだ、そんなに着てないのに」

ぼやきながら、赤い絵の具のチューブを無造作に足元に放る。それは二階を捜索して回った際、引き出しに入っていた物だった。

訳がわからないという様子の藍人に、美咲は緊張しながら話しかけた。

「……二階で高瀬さんがハサミを持っているのを見たとき、一瞬、彼が犯人なんじゃないかと思ったんです」

「でも、彼に犯行は不可能だ。裏口は物で塞がれていた。足を怪我している彼に、あの短時間に重いテーブルや椅子をドアの前に積み上げるなんて真似は出来ない」

「草薙さんに突然、協力して欲しいって云われたときはほんと驚いたわよ」

腕組みした瑞穂が、軽く草薙を睨む。

「芝居の中で、さらに芝居を仕掛けようなんてね。とんでもないこと思いつく人だわ」

「二階の部屋に監視カメラや盗聴器が仕掛けられていないのは、家捜しをしたときに確認してた。ゲームマスターに自ら登場してもらうには、ああいう形でゲームを終わらせるしかないと思ったんだ」

瑞穂はやや意地の悪い表情になり、高瀬に向き直った。

「自分が殺した女に再会した気分はどう？　何が『君のことは嫌いじゃなかった』よ。まったく、下手な素人芝居で見てられなかったわ。いつバレるかひやひやしたわよ」

「無茶を云わないでくれ。オレは役者でもなければ、スタントマンでもないんだからな」

高瀬が疲れたように嘆息した。

「ま、なんとか演じきったことは褒めたげる。後半はなかなか悪くなかったわ。本来なら計画を云い出した張本人の草薙さんにやってもらうところだけど、器用に小芝居の出来るタイプじゃなさそうだし、下手したら一発でバレちゃいそうだものね。さっさと被害者役で退場してもらって正解だわ。あたしの演出も、まんざら捨てたもんじゃないでしょ」

瑞穂が身も蓋もない台詞を吐く。

「……カードを交換していたことは、本当に知らなかったからな。細かい打ち合わせをする時間がなくて半ば即興でやったのが、逆に幸いしたってわけか」

高瀬の発言に、草薙がばつの悪そうな顔をした。

「殺されたんじゃ、なかったのね」

瑞穂があらためて、その場に現れた藍人を見つめる。きっと、草薙を一睨みした。

「草薙さんはもうわかってるんでしょう？　三島加深の弟って、どういうこと。これは何なの？　聞かせて。あたしたちには、その権利があるはずだわ」

凛とした口調で云い切られ、草薙は無言で頷いた。

「わかってる。これでようやく、舞台と役者が揃ったんだ。――この不可解な推理劇の、解決編を始めよう」

◇

「失礼、椅子に掛けさせてもらってもいいかな？」

「どうぞ」

草薙に促され、高瀬は軽く足を引きずるようにしてソファに腰を下ろした。

「そう長くはならないつもりだけど、皆さんもどうぞ」

草薙の言葉に、美咲は慌てて首を横に振った。このただならぬ状況下で、とても落ち着いて座ってなどいられそうにない。「結構よ」と瑞穂もやんわりと拒否する。

藍人は黙ったまま、壁に軽くもたれかかっていた。不敵な眼差しで、挑むように草薙を見つめている。

ラウンジには、先程とは異なる種類の緊張した空気が流れていた。草薙がおもむろに口を開く。

「まず、最初に起こったのは、黒木さんの消失事件だ。走っている列車の中から、彼はいかにして忽然と消え失せたのか？」

草薙は真剣な面持ちで、他のメンバーの顔を見回した。誰も口を開く者はいない。

「彼は、消えたんじゃない。初めから存在しなかったんだ」

「……今、何て？」

草薙のあまりに予想外な台詞に、瑞穂が困惑した声を出す。草薙は続けた。

「気付いているだろうか？　オレたちに与えられた名前には、ある共通点がある」

「共通点？」

美咲は首を傾げた。何のことだろう？

「虹の色だ」

草薙はあっさりと告げた。

「虹の色は、地域や文化によって異なる。六色だったり、三色だったりする場合もあるが、日本の場合、一般的に虹は赤、橙、黄、緑、青、藍、紫の七色とされている。オレたちの名前には、虹を構成する色を表す字が一文字ずつ含まれているんだ。高瀬浅黄、藤森紫苑、青井瑞穂、羽霧藍人、黒木高志、九条茜の茜は赤を示し、草薙透吾は草色……つまり、緑だ」

　頭の中に、幾つかのシーンがよみがえる。アートフェスティバル。町の至る所に増殖する、七色のポスター。耳の奥で鳴る《Over The Rainbow》の旋律。

　注意した方がいいかもしれないよ、と藤森がにやにや笑う。

　登場するアイテムに意味があるっていうのは、ミステリの基本だからね。

「……一人違うわ」

　美咲は緊張した声で呟いた。

「黒木さんには、名前に虹の色が入ってない」

「そう。黒は虹の七色の中には存在しない。つまり、黒木高志という役柄の人物は、最初から存在しないんだ」

　瑞穂があっけに取られたように草薙を見る。

「なに云ってるの？　じゃあ、あたしたちと一緒にいたあの人は誰だっていうの」

「始めからそんな人物はいなかったんだ。なぜなら、オレたちが黒木高志と思い込んで接していたのは、推理劇とは全く関係のない、赤の他人だったんだから」

　瑞穂は今度こそ啞然とした表情になった。

「――意味がわからない。一体あの人は誰で、どこに消えたっていうの？」

「単純な話だよ。オレたちの乗った〈流星群〉では、一番先頭のラウンジカーとS寝台の車両が五周年記念のイベントで、参加客以外は立ち入り禁止になってた。彼はずっと、その車両にいたんだ」

草薙の言葉に、美咲は混乱しながら尋ねた。

「で──でも、S寝台の車両の出入口で聞いたとき、誰も通らなかったってスタッフの人がはっきり云ってたじゃないですか」

「よく思い出してくれ。あのときスタッフは『誰も通らなかった』と云ったんじゃない。正確には、『他の車両の客は誰も通らなかった』と答えたんだ」

ハッとし、まじまじと草薙を見つめる。

「考えてみれば簡単なことだ。他の車両の人間が、S寝台の車両に立ち入ることは出来ない。だけどその逆は可能だ。イベントの参加客なら、当然S寝台の車両にも、それ以外の車両にも自由に出入りが出来るんだよ。スタッフの人は嘘ついたわけじゃない。確かにあのとき、招かれざる不審な客は誰も目の前を通らなかったんだ。黒木氏はイベントの参加客として、普通にチケットを提示して通過しただけなんだから」

藍人は壁に寄りかかったまま、草薙の話に耳を傾けている。

「ジョーカーは、オレたちに割り当てたA寝台とは別に、五周年記念のイベントに使われるS寝台の個室をあらかじめ予約しておいたんだ。そして第三者に『予約したが、参加することができなくなった。チケットを譲るから自分の代わりに利用しないか』という話をもちかけたんだ。オレの推測だけど、参加できなくなった理由として、おそらくこんな作り話をしたんじゃないだろうか。

『同じ列車で、趣味のサイトで知り合った人たちとオフ会をすることになったのでそちらに参加したい。だけどせっかくS寝台の予約が取れたので、せめてオープニングセレモニーだけでも体験してみたい。他のオフ会参加者に知られたらずるいと云われてしまうので、初めだけ自分のふりをして、内緒でオフ会に顔を出してはくれないか。後で入れ替わって、皆には自分がきちんと説明するから』なんていうふうにね。

そう考えると、オレたちが黒木氏だと思い込んでいた人物と初対面したときの彼のよそよそしい態度にも説明がつく。今思えば、彼は推理劇を演じるのに緊張していたんじゃない。嘘をついていることを後ろめたく思い、ぼろが出ないよう、懸命に気を配っていたんだ。

黒木氏として顔を見せた後、何も知らない彼は、予定通りS寝台からやってきた藍人君と自分の持っているA寝台のチケットを交換する。そのまま何食わぬ顔で、チケットを手にイベントの参加客としてS寝台に戻っていったってわけだ。

——不思議に思ってたんだ。ジョーカーはオレたちへのコマンドを常に文字で提示している。なのに一度だけ、音声によるコマンドを与えたことがあっただろう？　寝台列車の個室に残されたメモリーチップを受信機に装着し、イヤフォンでメッセージを聞くというものだ。どうしてあのときだけ音声で指示を出したんだろう、と引っかかってたんだ。

今にして思えば、それにはきちんと理由があった。藍人君はあの時間、オレたちの聴覚を奪っておく必要があったんだ。黒木さんと思われていた人物と入れ替わり、個室を出入りするときの音をオレたちに聞かれないようにするためにね。

オレたちが乗車した後、列車はしばらく駅のホームに留まっていた。カードキーを交換した藍人君は、黒木さんの個室を出てドアをロックし、一度ホームに降りて、わずかに開けておいた窓から室内にキーを投げ入れた。受信機や外したイヤフォンマイクがテーブルの上に置いてあったのに、カードキーだけが床に落ちていたのはそのためだ。そして全ての細工を終えた後、列車は走り出した。

——あの部屋は、最初から無人の密室だったんだ」

瑞穂が不可解そうに眉をひそめる。

「最初から無人って——だけど彼は、あたしたちの前で消えたのよ？」

「青井。もし君がジョーカーだったらどうする？」

瑞穂の問いに対して、草薙が逆に尋ね返した。

「藍人君は、黒木さんと入れ替わりに途中から姿を現しただろう。もし君がジョーカーなら、ゲームマスターが不在で、推理劇がはたしてシナリオ通りに進められているか、心配にはならないか」

きょとんとしていた瑞穂が、戸惑いながら頷く。

「ええ、そうね。きっとすごく心配になるわ。それがどうしたの？」

美咲は黙り込んだ。確かめるように、口にする。

「……メンバーの中に、共犯者がいたって云いたいんですね？」

瑞穂がぎょっとした顔で美咲を見た。「ああ」と草薙が神妙な面持ちで頷く。

「あのとき、黒木さんの個室に真っ先に駆けつけたのは誰だった？　黒木さんの個室のドアの前に位置取り、場の主導権を握ることが出来たのは？」

「――藤森氏か」

　高瀬はぽつりと呟いた。草薙が、小さく首を縦に振る。

「『月の裏側』の掲示板で、ユーザーの一人、モナドさんが自分のことを小生と表現していただろう。書き込みを読む限り、そう年齢の変わらないくらいの人だと推測していたから、若い年代の人がああいった場所で書き込むにしてはちょっと珍しい一人称だな、という印象を受けたんだ。『月の裏側』に辿り着くとき、オレはジョーカーのテストで『凍った空　うつくしい虹』という個人のサイトを経由していった。就職活動をしながらプロの作家を目指していた管理人が、自分の作品や投稿歴を載せたり、これまで読んだ作品の書評を書き綴ったりしているサイトだった。そして、そのサイトの管理人も、小生という一人称を使っていたんだ。掲示板の書き込みと、そのサイトの文章を見比べてみると、それ以外にもよく似ている点があることに気が付いた。

『美しい』という文章を、どちらも『うつくしい』とひらがな表記をしている点だ。他の表現に関しては、『凍った』『崇高な』というようにきちんと漢字をあてているのに、本人の文章に対する何らかのこだわりがあるのか、必ず『うつくしい』とひらがなで表記している。そこから導き出された結論は……モナドとこのサイトの管理人は、同じ人物ではないのかということだ」

その言葉に、瑞穂が驚いたような顔をする。

「こんな形でリンクを貼ってあるということは、サイトの管理人の了承を取って行っていると考えるのが自然だ。ジョーカーと、モナドなる人物は、『月の裏側』以外でも交流があったんじゃないか？」

「つまり、藤森さんとジョーカーが知り合いだったっていうの？」

「書き込みを読む限り、モナドさんは三島加深の熱烈な愛読者だ。狂信的、と云っていいかも知れない。モナドさんは、掲示板にこういった内容の書き込みをしていた。『うつくしいもの、特別な存在について語るには、語る側にも相応の資格が求められる。すなわち、真に才能を理解する者としての。三島加深の才能に魅せられた一人として、ここに意見を述べることが出来ることを小生は嬉しく思う』。それ以降の発言についても、才能、資格というような言葉が繰り返し出てくる。モナドさんは三島加深の作品を賞賛しながら、自分はその才能の真の理解者である、作品を一番理解できるのは自分だとほのめかし、そこに強い優越感を感じている。それは、管理人であるジョーカーの素性を知っていたから。『月の裏側』へ通じる秘密の入口として、自分のサイトが使われていることを誇らしく思う気持ちがあったからじゃないだろうか？　自分は他のメンバーが知らないジョーカーの正体を知っている、自分は皆より三島加深に近いポジションにいる。そんなふうに解釈して、内心で優越に浸っていたんじゃないかと思う」

「……ありうるわ」

掲示板の書き込みを思い出したのか、瑞穂が鼻の頭にしわを寄せた。

「あくまで個人的な印象だが、文章を読む限り、モナドなる人物は、非常に自意識の強い人物なのではないか、と感じられた。誰よりも三島加深の才能を理解していて、その作品を語るのにふさわしい資格がある——そう自分で確信している彼が、未発表作のことを知ったとしたら、どう思うだろう？　なんとしてもその作品を手に入れたいと考えはしないだろうか？

彼は掲示板で、他のメンバーの発言に度々嚙みついていた。特にシェリングさん、ゆっぴぃさんとは意見が合わず、掲示板で執拗に彼らに攻撃をしていた。彼にとって二人は、『三島加深の作品を語る資格を持たない』『低俗で不道徳な凡人』だった。……失礼」

草薙がメンバーの方に向かって義務的に詫びる仕草をした。

その台詞に特に反応した者はなく、高瀬が軽く肩をすくめただけだった。

「だからこそ尚更、その二人に未発表作を横取りされるようなことだけは、彼にとって我慢がならなかった。しかしシェリングさんはゲームにやる気を見せ、ほのかに自信ものぞかせていた。モナドさんにとって、崇拝する三島加深の最後の作品を他の人間——特に自分が嫌っている、三島加深の読者としてふさわしくないと思われる人物に奪われるという事態は、絶対に許しがたい、どうにかして阻止しなければいけないことだった」

草薙はそこで、軽く息を吐いた。

「そこで彼は、メンバーの中で自分しか出来ない手段を講じることにした。すなわち、ジョーカーに接触した。彼の屈折したプライドの高さを考えれば、そうした行動に出たであろうことは想像に難くない。彼はジョーカーに訴えた。三島加深の残した作品を受け継ぐ人間として最もふさわしいのは自分だと。自分に未発表作を渡して欲しい、と」

瑞穂が苦々しげに呟く。

「なんてヤツ」

「ジョーカーはモナドさんを利用して推理劇の共犯者に仕立て上げることを思いつき、自分に協力すれば未発表作を譲ることを考えてもいいと、言葉巧みに誘いかけたんだろう。そして、モナドさんはそれに飛びついた。……オレの云ったことで誤りがあれば、遠慮なく訂正してほしい」

藍人は何も云わなかった。訂正すべき事柄がなかったからか、或いは単に草薙の言葉に反応しなかっただけなのか、美咲にはわからなかった。

「思い返せば、黒木さんが消えたあのとき、オレたちは黒木さんが個室にいるのをきちんと確認したわけじゃない。個室の前で藤森さんが『放っておいてくれだってさ。何様のつもりだよ』と、黒木さんとさも今しがた会話をしていたような台詞を発したためにそう思い込んだだけだ」

「じゃあ、あたしたちが聞いたあのときの悲鳴は？　あれはどう説明するの？」

「あらかじめ録音されたものだよ。──仕掛けは、これだ」

草薙が受信機を取り出し、軽く振ってみせる。

「黒木さんの部屋にあったメモリーカードの中身は、おそらく他のプレイヤーに与えられた物とは違ってたんだ。推測するに、長い沈黙の後で悲鳴が流れるような内容が録音されてたんだろう。黒木さんの部屋に残されていた受信機から、イヤフォンマイクは外れていた。あれは、受信機の音声をオープンにし、外に聞かせる目的で使われたからじゃないか？　オレたちは与えられたコマンドに従って行動してた。時間やタイミングを合わせて都合のいい状況を作り出すのは、ゲームマスターであるジョーカーにとって容易だったはずだ。――黒木さんが消えたとき、目の前の受信機に誰も特別な注意を払わなかった。当然、それが自分の与えられたものと同じだと思い込んでいたからだ。だけどそこに挿し込まれたメモリーカードは、同時刻に全く別々の目的のために機能していた。オレたちに対しては、聴覚を奪うため。そして黒木さんの部屋に残された方は、密室から人間を消し去るための小道具として」

草薙が藍人の顔を見る。

「最初にメールで説明された三つ目のルールには、わざわざこう書いてあった。他プレイヤーのアイテムを奪ったり、無断で使用したりしてはいけない、とね。ルールに違反してはいけないという警戒心が無意識に頭の片隅に植えつけられていたこともあって、あのとき誰も敢えて他人の受信機の中身を詳細に調べようとはしなかったんだろう。

仮に誰かが調べようとしたとしても、こんな小さなメモリーカードだ。開いた窓に藤森さんが注意を逸らしている隙にでも、ゲームオーバーの画面を発見したふりをしてすり替えるのは難しいことじゃなかったはずだ。何より、直前に藤森さんに送られたあの思わせぶりなコマンドのせいで、オレたちはいやがおうにも『黒木さんの身に何かが起こるかも知れない』という先入観を刷り込まれてしまったんだ。かくて、走る密室から人間が消え失せるという不可解な現象が作り上げられたわけだ」

息を吐き出し、草薙は続けた。

「あのときの藍人君の台詞を覚えてるか？　彼は大胆にも、皆の前で藤森さんに向かって『犯人、アンタじゃねえの？』と指摘しているんだ。さらに藍人君は、黒木さんが消えた真相について、自ら共犯説まで披露している。他のメンバーによってすぐに論破されたけど、あのとき藍人君が意図したのは、まさにそれだったんじゃないだろうか？　わざと穴のある推理を展開し、否定されること。

一度真っ向から打ち消された可能性が、推理線上から外れることを見越して」

美咲は身を硬くした。誰かの思惑通りに動かされていたという事実に、今さらながら、背中に冷たいものが走る。

「当然ながら、プレイヤーの中に共犯者がいた方が、ゲームは進めやすい」

草薙は、冷静に続きを語り始めた。

「思うに、おそらくあの時点では、藤森さんはまだ被害者としてゲームから姿を消す予定ではなかったんじゃないだろうか。——だけどここで、予想外のアクシデントが起こったんだ」

「携帯電話を落としたこと、だな？」

「そう。藤森さんは携帯電話をうっかり落とし、あまつさえそれを皆に見られるという失敗を犯してしまったんだ。そのため、藤森さんはゲームのルールを破った参加者として殺害されなければならなくなった。藍人君はとっさの判断で推理劇のシナリオを一部変更し、その後も何食わぬ顔で、メンバーの一人としてオレたちと行動を共にした」

草薙は、親指で軽く顎の先を撫でた。

「わざと転倒してゲームに参加できなくなるという状況を作り出し、誰かに殺されるのではないかと怯えるふりをして、オレたちの目を欺いた。わざわざ観覧車のゴンドラを指定したのは、オレたちの目の前で殺されるためだ。人間は限られた情報を与えられたとき、無意識にこれまでの知識や経験に基づいて、最も普遍的な情報で欠けた部分を補い、全体を想像する。藍人君はその想像力を利用して、観覧車の死角を使った罠を仕掛けたんだ。必死で逃げている藍人君の姿と、建物の下に倒れている人間らしき姿を連続してみせられたオレたちは、藍人君が追い詰められて落下したのだというストーリーを勝手に想像力で補完してしまった。だけど、オレたちは誰も彼が突き落とされる瞬間を見ていない。あれは藍人君の自作自演だ。彼は自ら、殺害された被害者を装って舞台の上から退場し、最高の観客席に腰掛けたんだ。残されたプレイヤーが、どんな答えを導き出すかを期待して」

「──そんな、理由で」

瑞穂が目を瞠った。鋭い眼差しで、藍人を見据える。

「そんな理由で藤森さんは殺されたって云うの？　こんな、訳の分からないゲームのルールを破ったから、ただそれだけで……？　ふざけないでよ。あの人のことなんか好きでもなんでもなかったけど、そんなバカなことって、絶対許せない」

「そうじゃない」

激昂しそうな瑞穂を、草薙が穏やかに制した。

「さっきオレが彼に云った言葉を聞いていなかったのか？　オレは、誰も死んでいないと云ったんだ」

誰かが短く息を吸い込む音がした。

ラウンジ内の空気が、静止した。

◇

不自然な沈黙の中で、最初に反応したのは瑞穂だった。

「死んでないって……どういうこと？」

その目には、明らかに戸惑いの色が浮かんでいた。固唾を呑んで次の言葉を待っていると、草薙が口を開いた。

「云った通りの意味だ。藤森さんは、殺されてはいない」

「だって藤森さんは毒殺されたんでしょう？　脈がなかったって、あなた、あのとき自分で云ったじゃないの」

「オレが彼の手首の脈を測ったあの時点で、既に心理的なトリックが仕掛けられていたんだ」

草薙の言葉に、訳がわからないという表情で瑞穂がまばたきをする。

高瀬は特に口を挟む様子を見せず、無言で草薙を見つめている。

「タネを明かせば何のことはない。小説や映画で昔から使われている、ごくありふれた手法だ」

草薙はポケットに手を入れた。赤い文字で、GAME OVERと描かれたピンポン玉を取り出す。

不吉なその色を目にした瞬間、反射的にどきりとした。

「ピンポン玉を、強く両脇の下に挟む。すると動脈が圧迫されて、脈が止まる。オレが腕を放したとき、はずみで藤森さんの体からピンポン玉が落ちたのを覚えているか？

表面に赤い色で描かれたショッキングな文字の方に注意が向いたが、注目すべきだったのはピンポン玉に描かれた文字ではなく、実は、ピンポン玉そのものだったんだ。

藤森さんの殺害シーンが演じられた前日、オレたちは推理劇のシナリオに沿って、架空の女流作家が亡くなった状況について語り合っていたな。あのとき、話の中で何度か赤い色の表現が出てきた。柘榴のように真っ赤な血、というように、死と結びついた鮮烈なイメージで赤い色が繰り返し用いられていた。消えた黒木さんの部屋に残されていた受信機にも、同じ文字が残されていた。

それが頭に残っていたから、赤で描かれたGAME　OVERという穏やかではない文字を見たとき、ピンポン玉ではなくその文字の方に注意が向けられてしまったんだろう」

草薙はそこで息をついた。

「巧みな演出は、ここからだ」

再び、厳しい表情に戻って云う。

「一般的に、人間の生死を確認するにはどうするか？　呼吸をしているか、心臓が動いているかなど、確認する術は色々あると思う。だけどあのとき藍人君は藤森さんの手首に触れながら、脈がない、確認してくれと呼びかけ、第三者がごく自然に手首の脈を取るよう誘導した。口から甘酸っぱい香りがしたと証言したのは誰だった？　藍人君だ。彼の他に、それを確認した者は誰もいない。彼の発言によって、藤森さんは毒殺されたと、皆が思い込んだんだ」

「でも……そんなの、調べられればすぐバレるじゃない」

「そう。だから、調べられないようにしたんだ。ぎりぎりの短時間でコマンドを設定し、藤森さんの体を詳しく調べることが出来ない状況を作り出した。次の駅で降りなければならない、もう時間がないとあのとき皆を急かしたのは、オレの記憶に誤りがなければ、藍人君だったはずだ」

美咲は慌てて記憶を辿った。そういえば……そうだったかもしれない。

「そして今にして思えば、オレが最初に藍人君に疑いを持ったのがこの行動だった。九条が倒れている藤森さんを見て、こう云ったんだ。藤森さんをこのままにしていくんですか、せめて上に何か掛けてあげませんか、と。それに応じて藍人君がベッドのシーツを外し、藤森さんの体に掛けた」

「その行動のどこが、不自然なの？　何もおかしくないじゃない」

「床に倒れた藤森さんのすぐ足元には、毛布が落ちていた」

草薙は静かに問いかけた。

「なぜその毛布を使わずに、わざわざベッドのシーツを外す必要がある？」

瑞穂が表情をこわばらせる。

「藤森さんが実際に死んでいるのではない以上、呼吸で胸が上下したり、微かに身動きしてしまうこともあるだろう。おそらく、メンバーの視線からそれを隠すには体の線に密着する柔らかい毛布より、糊の効いた固いシーツの方がいいと無意識の計算が働いたんだ」

誰も口を挟む者は、いなかった。

「そこまで考えたとき、一つの疑問が氷解した。寝台列車の個室、静寂を謳い文句にしたホテル、町の中を息つく間もなく移動させられたことや、生活用品が皆無の別荘。推理劇の舞台として選ばれた場所と、定められたルールには、ちゃんと理由があったんだ。テレビやラジオをつければ、ニュースで藤森さんや藍人君の殺人事件が全く取り上げられないことを皆が不審に思うだろう。そうなれば、殺害が偽装だと知られてしまう可能性が高い。

パソコンや携帯電話の持参、知人との連絡を禁じたのも同じ理由だ。推理劇の役になりきるためではなく、犯人にとって不都合な情報を与えないため。オレたちに真相を気づかせないために、不自然ではなく情報を遮断できる環境を作り出したんだ」

草薙はそこで言葉を切り、表情を引き締めた。

「真相を暗示するような演出は、実は、芝居の最中にもさりげなく提示されていた。例えば、地下駐車場でナイフを突き立てられていたマネキン。人間の死体が転がっていると思って驚いたあれだ。あれは本当は死体ではないもの、つまり、殺人がダミーであるという事実を婉曲的にほのめかしていたんだ」

そう云って、おもむろに藍人に視線を投じる。

「そうなんだろう?」

藍人は黙ったまま、しかし目をそらすこと無くそれを受け止める。

云いようのない微かな不安を感じながら、美咲は二人を見つめた。先程から彼らの間に漂う、このひどく張り詰めたものの正体は何だろう?

高瀬と瑞穂も、同様に緊迫した空気を感じ取っているようだ。草薙は何か、重要なものの核心に触れようとしている。

周囲の不安と緊張をゆっくりと煮詰めながら、草薙が再び口を開く。

「ここで、大きな疑問が残る。犯人は、なぜこんな大掛かりな芝居を行ったのか? 未発表作を託す相手を選別するために仕組まれたとされる推理劇。だがこれは、本当に額面通りのものなんだろうか？

――その謎を解くヒントは、おそらく、この推理劇のシナリオにある」

「え……？」

声の調子が微妙に変わったことで、草薙がいよいよその部分に触れようとしていることに気が付いた。取り扱いに慎重さを要するであろう、何か、得体の知れないものの。

「この場所で、現実に人が亡くなっている。日付は奇しくも推理劇の中で架空の作家、羽霧泉音が転落死したのと同じ、一年前の今日」

はっきりと、動揺がその場に走った。

「これはただの偶然だろうか？　そう考えたとき、ある一つの可能性が思い浮かんだ」

草薙の眼差しが強い光を帯びる。

「もしかしたら、この推理劇は、現実をそのまま再現したものなんじゃないだろうか？」

「はあ⁉」

瑞穂が大声を上げた。愕然とした様子で首を打ち振る。

「そのまま再現、て……自分の云ってることが、わかってる？」

「――ウムイズネ」

高瀬が、ふいにぼそりと呟いた。

「三島加深の作品『空色眼球』、『かくも美しき白昼夢』、『終末時計』、『ピリッシュノイズ』。そして未発表作となる、『月のソナチネ』」

脈絡もなく作品名を列挙し始めた高瀬に、瑞穂が怪訝な目を向ける。

薄く笑った高瀬の長い指が、眼鏡のフレームに掛けられた。

「シンプルな言葉遊びさ。タイトルの終わりの文字を発表順に並べていくと、ウムイズネ、いやいや、羽霧泉音となる。オレがこのゲームに参加したのは、最初からこの推理劇の設定にちょっとした引っかかりを覚えたからだ。もしかしたらこれは額面通りのミステリゲームじゃなく、三島加深に関わりのある、何か重大な謎が隠されたものなんじゃないか、ってね」

高瀬の言葉に、草薙も頷く。

「『月の裏側』で、管理人のジョーカーは三島加深を指し、誰よりも残酷な才能に最大の敬意を表して、と述べている。残酷な、という表現もずいぶん意味深だ。聞きようによっては、まるで何らかの危害を加えられた、という意味にも受け止められる。

ジョーカーが三島加深の身近な人物だとすれば、本人について詳しく知っていて、作品を託されたとしても不思議じゃない。それを再現することも、可能だ。

三島加深は徹底して正体不明の謎の作家だった。その素性を知っているのは、おそらく限られたごく一部の関係者だけ。彼女の死はありふれた事故死として処理され、読者がその事実を知ることはなかった。

劇中の羽霧泉音が三島加深のことであるならば、三島加深という作家はおそらくもう、この世には存在しないんだ」

「……嘘」

瑞穂が悲鳴のような声を上げた。

「嘘、そんなの、嘘」

草薙の言葉に、撃ち抜かれたような衝撃を覚えて棒立ちになった。胸の中心に、血を流したような痛みが走る。

——三島加深が、もうこの世に存在しない？

「そんな……」

「待ってよ、ほんとに待って」

瑞穂がかすれた声で云った。必死で己を立て直そうとしながら、震え出す両手で口元を覆う。

「推理劇の設定が、現実世界を再現したもの……？　それじゃあなたは、三島加深が誰かに殺されたって云いたいの。しかもこの推理劇の犯人が、現実に三島加深を殺した犯人だって、そう云うの？」

草薙は真顔で全員の顔を見回した。痛いほど張り詰めた空気に、動けなくなる。

誰かが唾を呑み下す音が聞こえた。

草薙が、険しい表情で口を開く。

「この推理劇の軸となるのは、云うまでもなく架空の女流作家、羽霧泉音の謎の死だ。別荘でサマーハロウィンに興じている最中、部屋にこもっていたはずの彼女はなぜ庭で転落死体となって発見されたのか？　落下音の直後、そこに死体が存在しなかったのはなぜか？」

疲労と緊張に、喉が渇いていた。口の中が苦い。草薙は、淡々と喋り続けた。

「サマーハロウィン。一度消えて、再び庭に現れた死体。上手く云えないけど、このシナリオを読んだときオレが一番最初に抱いたのは、『出来過ぎている』という感想だった。なんというか、まるでよく作り込まれた舞台を見せられているような、誰かの綴ったミステリ小説の一シーンのような、そんな印象を受けたんだ。

藍人君は亡くなったお姉さんについて、こんなことを云っていたね。子供の頃、お姉さんから悪趣味な悪戯を仕掛けられた。お姉さんは死んだふりをして度々君を驚かせては、パニックに陥る様子を見て悪びれたふうもなく笑ってたって。それで、思った。

――もしかしたらあれは、羽霧泉音が皆を驚かせるために仕掛けた、手の込んだ悪戯だったんじゃないかって」

「悪戯――?」

瑞穂が不可解そうに呟き、眉をひそめる。美咲は驚いて尋ねた。

「部屋から姿を消したのも、皆を驚かせた落下音も、死体が消えたのも、全部彼女が自分でやったことだっていうんですか？　そんなの、一体どうやって」

「サマーハロウィンだ」

草薙が短く答えた。

「彼女の思いつきで行われることになったという催し。スイカのオランタンに、シーツで作ったお化け。雰囲気を出すために窓を黒い布で覆って、飾り付けをして」

ああ！　と高瀬が納得したという顔で頷いた。

「そうか。草薙君がこっそり別荘へ来たとき、建物は真っ暗だったから引き返した、という証言をしていたな。あれはサマーハロウィンのために窓を覆っていたから、外からは不在のように見えたというわけか」

「たぶん。――ここで重要なのは、その催しのために別荘にいた全員が黒ずくめの衣装を身に着けていたってことだ。青井の証言によれば、泉音だけが涼しげな白いワンピースを着ていて腹が立った、ということだった。これが、彼女が誰にも見られることなく屋上へ行くことが出来た理由なんだ」

「そんな目立つ格好をしてるのに……？」

「目立つ格好をしていたから、だよ。泉音は周りの人間に黒ずくめの格好をさせておいて、あえて対照的な格好をすることで、自分が白の衣服を身に着けていることを周囲に強く印象づけた。『一人になりたい』と向かいの部屋に移動した彼女は、そこで、足首まですっぽり隠れる黒の衣装をワンピースの上から羽織ったんだ。青井が着ていたのと全く同じ、魔女の衣装をね」

「何ですって？」

瑞穂は目を瞠った。

「廊下にいた藤森さんが目を離している隙に部屋から出ると、泉音は電話している彼の前をその格好で堂々と通ってみせたんだ。藤森さんは、こう証言してる。青井や九条が何度も手洗いなどで廊下を通ったのは覚えているが、泉音の姿は見なかった。女性というのはどうしてああもすぐに洗面所に立ちたがるんだろう、というようなことを口にして、そんなに頻繁に行っていないと青井に反論されていたね。

おそらく、藤森さんが見たうちの一人は、屋上へ向かう泉音の姿だったんだ。キャンドルの明かりで家の中は仄暗かったし、フードを被って顔が見えないように気を配ったんだろう。彼女の目論見通り、藤森さんは全く気がつかなかった」

草薙はそこで言葉を切った。考えをまとめるようにしばし沈黙した後、再び語り出す。

「誰にも気付かれずに部屋を抜け出した彼女は、皆の肝を冷やす大掛かりな悪戯を仕掛けるために屋上へと向かった。ここで登場するのが、サプライズを演出するのに必要な小道具だ。

藤森さんはこう云っていたね。屋上へ続く階段の所に置いてあったはずの、お化けとサボテンが消えていたって。彼女の亡くなった後、サボテンは明かり取りの窓の下に誰かが移動させたのが見つかった。じゃあ、お化けはどこに消えた？　藍人君が揶揄したように一人でどこかへ飛んで行ってしまったんだろうか？　もちろん、そんなはずはない。

泉音は屋上へ上がるとき、魔女の衣装を脱ぎ、ある物にシーツを巻きつけて作ったお化けからシーツを外したんだ。そして、そのある物だけを持って屋上に出た。

別荘の中は、サマーハロウィンの飾り付けがあちこちに施されていた。その中に余分な黒い衣装やシーツが置いてあったところで、誰も気に留める者はいないだろう。泉音は屋上の端に立ち、おもむろに手を離して、その物体を地面に投げ落とした。

おそらくこれが、皆が耳にしたという落下音だ」

理解しかねるという面持ちで瑞穂が首を傾ける。

「だけど、庭には何もなかったって、その場に居た全員が証言したじゃないの。そんな物体が落ちてたら、いくらなんでも誰かが気付くわよ」

「ああ。皆の云うように、不審な物体は本当に何も見当たらなかったんだろう。だけど、状況をよく思い出せ。庭には確かに、落ちているものがあったじゃないか？」

美咲は瞬きをした。ソファに腰掛けて聞いていた高瀬が、回答する。

「――切り落とされたガジュマルの枝、か」

「ええ!?」と瑞穂が声を上げた。続けざまに展開される事実に、美咲も呆然と呟く。

「嘘でしょ？」

「藍人君の証言によると、泉音は枝が伸び放題で邪魔だからと云って、亡くなった当日に藍人君に庭のガジュマルを切らせている。だけど途中で気が変わったように、もういいからピアノの調律をしてくれ、と作業を中断させているんだ。藍人君はただの気まぐれだと解釈したようだが、本当はそうじゃなかったとしたら？

その日、庭には、切り落とされた枝が転がったままになっていた。一つくらい落ちている枝の数が増えたところで、誰も気付かなかったんじゃないか？

落下音を聞いた仲間たちが、人が落ちたのではないかと慌てて窓を開ける。だけどそこに見えたのは、庭にあるのが当たり前のものだけだった。

——たぶん、これが泉音が思いついた悪戯だったんじゃないだろうか。大きな落下音で来客を驚かせ、皆が慌てふためいて自分を捜しているところにすました顔で登場してみせる。……おそらく藍人君も、お姉さんが悪戯を仕掛けて、皆を驚かせようとしていることに気がついていたんじゃないかな。彼は子供の頃からさんざん同様の悪ふざけをされたと話していたから、可能性は高い」

草薙の語る内容に、瑞穂が口を挟んだ。

「……待ってよ。あれは彼女が皆を驚かそうとして企んだ悪戯だったって云うの？　だけど、彼女は本当に死んでる。その後で死体になって、庭に倒れていたのよ。これをどう説明するつもり？」

「彼女の死体が消えたのは、誰が意図したわけでもない。皮肉にも、偶然によって作り出されてしまった謎だったんだ」

草薙は、一瞬だけ窓の外に目を向けた。

まるで今そこに、彼女の死体が横たわっているのだというように。

「大きな音がして、心配した皆が向かいの部屋に泉音の様子を見に行った。全員が部屋に入り、ドアが閉まる。彼女の姿は見当たらず、室内には机とピアノだけがあったと青井が話してた。——このとき、実は外部の音が遮断されていたんだとしたら？」

高瀬が指を鳴らした。室内を見渡しながら、藍人に向かって話しかける。

「防音設備か。なるほど、芸術家の父親が絵に集中するのにピアノの音が気になったとしたら、そんな設備を施していてもおかしくはないな」

藍人は黙ったまま、目の前で語られる事実の正否を見極めようとでもするのかように、じっと話を聞いている。

「内部の音が外に漏れないということは、つまり、外部の音も部屋の中には聞こえないということだ。彼女を捜しに全員が部屋に入り、ドアが閉まっていたまさにその時間に、彼女は屋上から転落したんだ。彼女の身体が地面に叩きつけられる音は防音設備によってかき消され、誰の耳にも届かなかった。二度目の落下音は聞こえなかったんだ。だから、皆が耳にした落下音の後に死体は消え、再び現れるという奇妙な現象が発生してしまった」

「……そういうこと、だったのね」

瑞穂が溜息のように言葉を吐き出した。徐々に、腑に落ちた、という顔になる。

一方、草薙の表情は硬いままだ。草薙は緊張を含んだ声で続けた。

「問題は、彼女の身に何が起きたのかということだ」

「えっ？　だって今の話じゃ、彼女は皆が一緒に部屋にいるときに落ちたんでしょう？　同じ時刻に屋上にいた彼女を突き落とすなんて、誰にも出来っこないわ」

「確かに、突き落とすのは無理だ。だけど部屋にいながらにして屋上の彼女を死に至らしめることは、本当に実行不可能だろうか？」

草薙の発した不穏な言葉に、周囲が固まる。

「——九条」

草薙は、そこでゆっくりと美咲の方に身体を向けた。唐突に名前を呼ばれ、どきりとする。

「証言によれば、九条茜は別荘に夾竹桃を持ってきたね。庭に咲いていたその赤い花にむやみに触らないよう注意されたせいか、綺麗だけど近寄りがたいというイメージがあって、泉音を連想したのだと話していた」

草薙の言葉に、美咲は戸惑いながら頷いた。草薙がすうっと目をすがめる。

「――夾竹桃は園芸植物としてよく見られるが、実は青酸カリよりも強いオレアンドリンという毒を含む、有害植物なんだ。口にすると、腹痛や心臓発作などの中毒症状を引き起こす」

背中に、冷たいものを差し入られたような気がした。

「幼かった九条に、むやみに触らないよう両親が注意したのは、この植物に毒性があることを知っていたからだと思う。その日、泉音の提案で始まったサマーハロウィンの準備に追われていた九条茜は、適当なグラスに夾竹桃の花を入れ、ひとまず二階の部屋のテーブルに置いた」

美咲は固まったまま、草薙を見つめていた。

「その後、青井が飾り付けのために部屋にやってくる。泉音と愉快ではない会話をしていた青井は、感情的になって思わず手近にあった花を摑む。が、そこへ九条が戻ってくる。青井は、きちんと飾らなければもったいないと取り繕ってグラスから花を抜き取り、一輪挿しに移し替えるべく一階へそれを持っていく」

みるみるうちに、今度は瑞穂の表情が変わった。狼狽した顔になる。

草薙の発する一言一句が、ひどく不吉なものに思われた。

「青井が花を持って出て行った後、藍人君が部屋に入ってくる。『さっきの夾竹桃は？』と訊かれた九条は、花瓶に移すところだと答えた。藍人君は呼ばれてすぐに部屋を出て行き、グラスを片付けようとした九条の元へ、今度は血相を変えた藤森さんがやってくる。泉音から預かったピルケースが見当たらないので捜してほしいと頼まれた九条は、そのまま藤森さんと一緒に部屋を出て行った。

水の入ったグラスは忘れられたまま、テーブルの上に残された」

「やめて」

瑞穂が青ざめた表情で遮った。低く、ぞっとするような声で呟く。

「もういいわ、やめて。あなたはあたしが——『青井瑞穂』が犯人だった、って云いたいんでしょう？ あたしがグラスから花を抜いて持ち去ったせいで、誤ってグラスの水を飲んだ泉音が屋上から落ちて死んだ。そういうことなんでしょ？ テーブルに置いてあるグラスの水が、まさか毒だなんて誰も思わないもの。泉音が寝る前に睡眠薬を飲んでいたのは、皆知ってた。誰かが彼女のために薬水を用意したと思い込んでも、不思議じゃない」

美咲はうろたえて瑞穂を見た。

「そんな、それをいうなら私です。花を持ってきたのも、グラスを片付けなかったのも、『九条茜』なんですから」

草薙が静かに首を振った。

「それは違う。羽霧泉音を殺したのは青井瑞穂でも、まして九条茜でもない」

二人は顔を見合わせた。草薙の表情が陰る。気の進まない作業に取り掛かるように、重々しく口を開く。

「前に云ったろ？　この推理劇の犯人と、ジョーカーは同一人物なんだ。泉音から水が欲しいと云われて、テーブルの上のグラスを手渡したのは誰だ？」

草薙は、息を吸い込んで口にした。

「――藍人君だ」

「それは……不運な事故だったんでしょう？　知ってて、わざと渡したわけじゃ」

「いや、藍人君は知っていたはずだ。当時の状況を証言したとき、他の皆が夾竹桃を『赤い花』『薄紅色の花』と表現している中で、藍人君だけは夾竹桃、とはっきり名称を口にしているんだ。この植物の毒性が由来となっている、『危険』という花言葉についても九条に話している。

彼は、その花が毒性のある危険な植物であることを知っていて、さらに、それを飾っていたグラスがテーブルの上に放置されているのも目にしているんだ。

それなのに彼は確認もせず、何のためらいもなく、テーブルの上に置かれたグラスを身内に手渡している。これは不自然な行動と云わざるを得ない」

高瀬が気怠げに息を吐き出した。

「……未必の故意、ってやつか」

「そうかも知れない。或いは本気で彼女の死を願ったのかも知れない。悪意か殺意か、それは本人にしかわからない。ただ、これだけは事実だ。彼は間違いなく、毒の溶け出したその水が害を及ぼすと知っていて、彼女にそれを手渡したんだ。そして彼女は自分の行ったサプライズが成功したかどうかを見届ける間もなく、屋上で中毒症状を起こし、転落死してしまった」

云い残したことがないかどうかを自身に確かめるように、草薙が数秒だけ目を閉じた。

「……この推理劇がどんな結末を迎えるのか、オレにはわからない。元恋人や親友に姉の死を他殺ではないかと疑われた犯人の藍人君が、真実を知りたいという名目で関係者を呼び集め、真相に気が付いた関係者を殺害するというシナリオだったのかもしれない。或いはもっと別の結末が用意されていたのか、それはわからない。だけど」

喉の奥がざらつく。動悸が、激しくなっていく。

「これが、オレの解答だ」

一呼吸置いた後、草薙は藍人に向かって告げた。

「羽霧泉音を——いや、もう茶番はよそう。作家の三島加深さんを殺したのは、君だ」

◇

頭の中がめまぐるしく回る。

現実世界の三島加深と、推理劇の羽霧藍人の名前が同一線上に羅列される響きに、ひどく奇妙な感覚を覚えた。

これは現実なんだろうか。それともまだ、芝居の途中……？

「――最高」

場にそぐわない言葉が発せられた。

それは台詞とは対照的に少しも熱のこもった響きではなく、むしろ与えられた言葉を筋書き通りになぞるような、不思議に落ち着き払ったトーンを含んでいた。

藍人だ。

これまで黙って話を聞いていた藍人が、初めて言葉を発した。

真意の読み取れない、淡々とした態度。その中で草薙を見据える強い眼差しだけが、アンバランスな印象を与える。

「三島加深の小説は、愛する人物が物語の重要なファクターになってるものが多かったっけ。恋人役のアンタが事件の真相を語るとこ、まるで姉の小説のラストシーンみたいだった。アンタやっぱり、最高。女だったら抱きてえ」

どこか凶暴な光を孕む薄茶色の目が、細められる。

気圧されるものを感じながら、美咲はまじまじと藍人を見つめた。

まばたきした藍人の長い睫毛が、皮膚の上に翳りを落とす。まるで異質な素材で出来ているかのようだ。

彼を包む空気にやや怯みながら、気丈にも藍人を睨みつけ、瑞穂が尋ねた。

「……藤森さんは、本当に生きてるの?」

ふっ、と藍人が口元を緩めた。

「はなっから、あんなヤツに未発表作を渡すつもりはなかったよ。アイツ、自分の名前でそれを発表するつもりだったんだぜ。笑えるだろ。自分がやらかした失敗のせいでチャンスがふいになったと思って、今ごろ布団被って泣きわめいてんじゃねーの」

藍人は、挑発的な眼差しを瑞穂に向けた。

「アンタが本当に訊きたいのは、ンなことじゃないだろ」

ぎくっとしたように瑞穂が息を呑んだ。藍人はあらためて顔を上げると、不遜に告げた。

「――ご名答。三島加深を殺したのは、オレ」

場の空気が、一瞬にして凍りついた。

藍人の口から発せられた「殺した」という言葉は、推理劇の芝居の中で何度も用いられた同じ台詞と全く異なる、乾いた響きを持っていた。

混乱して藍人を凝視する。三島加深を、殺した? 目の前のこの青年が?

あまりの展開に、思考がついていかない。

「……どうして」

美咲は呆然と呟いた。首を横に振り、もう一度、同じ問いを発する。

「どうして？」

藍人は煩わしそうに前髪を掻き上げた。

「……姉は、暴君だったんだよ」

藍人の目の中で、暗い熾き火のような何かがちらつく。手を伸ばしたら火傷を負ってしまいそうな、ひどく物騒な何か。

苦い物を呑み込んだように、藍人の表情が歪んだ。

「父親は芸術家肌というか、一風変わった人間でね。当時は著名な賞を取ったばかりで、業界の人間が多く出入りしていたし、よりよい創作環境を求めて頻繁に住む場所を変えてた。そんな中で育ったせいか、オレと姉は一般的な同年代の子供とは、考え方も物の見方もだいぶかけ離れてた。神経過敏で、大人びた物云いをする扱いにくい子供。オレたちにとって、同い年の子供はまるで言葉の通じない生き物だった。

当時、オレと姉の世界は自分たちだけで閉じてた。互いの存在だけが世界の全てだったんだ。姉が毛布を持ってきて、二人の頭からすっぽりと被せる。周りのものが見えなくなって、暗がりの中にお互いしか存在しなくなる。姉が秘密めかした声で『ほら、夜よ』って囁くんだ。それが二人だけの王国の合図だ」

藍人の表情が、陰鬱な陰りを帯びる。

「そしてその王国の支配者は、姉だった。気まぐれや残酷な好奇心から、姉はいつもオレに無茶な要求をしたよ。ねえ、あの木の一番高い所から飛び降りてみて。この瓶の香水を飲み干したらどうなるか試してみせて。骨が折れたときってどんな音がするのか聞かせて。そんなふうに。

今なら、わかる気がするんだよ。姉にとって、自分とよく似たオレは自分の一部だったんだってな。ガキの頃からあまりに一緒に居過ぎて、自分との境目がわからなくなっちまった。他者の存在しない世界で、オレたちは互いが互いの存在に依存してた。

だからオレが思い通りにならず、離れていこうとすると不安になる。オレの心と体を思うようにしたがり、常に自分の支配の下に繋ぎとめようとしたんだ」

藍人の目に、嫌悪に似た複雑な光が滲んだ。

「成長して共有する時間が少なくなり、別々の世界を持つようになって、オレは次第に周りに溶け込むコツを覚えた。自分の中にある不穏な何かを飼い馴らすことを、徐々に覚えていったんだ。だけど姉はそうじゃなかった。オレが外に目を向けることを嫌い、時にはオレから友人や恋人を取り上げるような真似もした。

——姉を思うと、いつも天秤に載った二つのグラスを連想するんだよ。縁までいっぱいに水の入ったグラスが、あやういバランスで均衡を保ってる。ほんの少しでも力が加われば、天秤は傾き、グラスから水がこぼれ落ちちまう。

姉自身、そんな鋭敏すぎる自分の感受性を持て余していたんだろうな。ここ数年は特に、その鬱屈が強くなっていくのを感じてた。

作品を発表し、才能が認められるようになっても、姉の中の大きなひずみは解消されなかったんだ。むしろ誤解されたり嫉妬されたり、身勝手な感情を周囲に押しつけられることに対して、姉は苛立っていたのかもしれない。おそらく、父と姉はよく似た親子だったんだろう。下手すりゃ自分自身を食い尽くしてしまいかねない、厄介で恐ろしく凶暴なシロモノを内側に抱え込んでた。それと真正面から対峙する行為が、たぶん父にとっては絵を描くことで、姉にとっては文章を書くことだったんだろうな。

あんなのはごめんだ。あんなふうに、自分の身を削り取るようにして生きていくなんてゾッとするね。……姉は、そんなオレにも苛立ってた。自分から離れ、違う生き方を選ぼうとするオレが許せなかったんだ」

「――藍人君」

高瀬が声をかけた。藍人が、そちらに視線を向ける。

「三島加深が最後に世間に発表した、『ピリッシュノイズ』。ひょっとしてあの小説を書いたのは、君じゃないのか？」

その言葉に、驚いて高瀬を見た。全員の注目を集めながら、高瀬が口を開く。

「三島加深の作品はその独特の文体や世界観も魅力だが、同時に、構成が非常に凝っている。最初の三作はミステリ小説としての完成度が高く、交互に展開される二つのストーリーがラストで有機的に絡み合うなど、作品への仕掛けもよく練られたものになっているね。

最後に発表された『ピリッシュノイズ』。発表された作品の中で、あれだけが違うんだ。ミステリとも幻想小説ともつかない、不思議な小説。癖のある文章や、作品全体に漂う匂いみたいなものがこれまでの三島加深の作品と比べて違和感がなかったから、読者は作者が新しい作風に挑戦し始めたんじゃないかとか、そんなふうに解釈した。だけど、あれは本当はお姉さんじゃなく、君が書いた作品だったんじゃないのか？」

藍人の顔から、表情が消えた。高瀬は続ける。

「君とお姉さんはとてもよく似ていたと云っただろう。類似した感性を持ち、一番近くでお姉さんを見てきた君なら、あの小説を書くことが出来たんじゃないのか。——青井が『ピリッシュノイズ』が好きだと語ったとき、君は顔をしかめて、あの作品を嫌いだと吐き捨てていたね。赤い風船が繰り返し出てきたりと、読んでいてなんだか気持ちが悪いからだと云っていた。それを聞いたとき、不審に思ったんだ」

高瀬の言葉に、瑞穂がぴくりと反応した。

「赤い風船？」

「そうだ。三島加深の作品には、モチーフとして白い色がよく使われる。例えば『空色眼球』のヒロインは白いバラを浮かべた浴槽で喉を突き、『かくも美しき白昼夢』では登場人物が休日の学校に忍び込んで、屋上から白いハンカチを投げ落とすシーンがある。『ピリッシュノイズ』もそうだ。青井が好きだと話していた『この風船は卵のよう。生まれなかった無数の子供たちが眠っている』という台詞にも象徴されるように、作中に繰り返し出て来るのは、卵に比喩される白い風船だ。なのに藍人君は、はっきり赤い風船と口にしたんだ。

オレたちは当然、三島加深の小説を全て読んでいる。まして藍人君が『月の裏側』の管理人だとすれば、作品の内容を知らないはずがない。

——たぶん、藍人君が最初にこの小説を書いたとき、作中に出て来る風船は赤い色だったんじゃないのか。その後で、お姉さんの手によって書き換えられたんじゃないだろうか。だから藍人君の中にはそのときのイメージが強く残っていて、ついうっかり赤い風船と口走ってしまった。違うか？」

室内がしんと静まり返った。藍人の深いため息が響く。

「……一度だけ、書いてみたんだよ。あんなふうに、何かを吐き出すようにしてものを作るっていうのは一体どんな気分なんだろうって思ってさ。予想以上にしんどい作業だったね。内側に秘めた暗い欲望や、根っこの部分にあるどろどろした感情の欠片みたいなものまで、全部すくい上げて書き出した。もちろん、誰にも見せるつもりなんかない。云ってみれば、あれはオレの吹き溜まりだ。死んでも人には見せたくないシロモノだったんだよ」

自嘲めいた笑みが、藍人の唇の端に浮かんだ。

「まさか姉がオレの隠していた小説を見つけ出し、勝手に持ち出すとは思いもしなかった。姉はオレの作品に手を加え、あろうことか自分の作品として世間に発表しちまったんだよ。そのときのオレの気持ちがわかるか？

自分の内部が白日のもとに晒され、好き勝手に咀嚼される。まるで頭の中まで犯されたようなひどい気持ちだった。

愕然とするオレに向かって、姉は笑いながら悪びれもせずこう云ったよ。『あら、ごめんなさい。てっきり自分の書いたものだと思ったわ。だってあたしの文章にとても、とてもよく似てるんですもの』ってね。

……その瞬間、オレの中で何かがはじけた。生まれてから一度も味わったことのない感情に、全身が総毛立ったよ。それが憎悪という感情なんだと、頭の隅で理解した」

藍人は視線を下ろし、自分の掌を眺めた。

「オレは姉に、云った」

不安定な天秤のグラス。水をこぼしたのは——

「オレとアンタは、全く違う。アンタの人形はもうどこにもいないんだ、と」

皆が黙り込んだ空間に、藍人の声だけが響く。

「——それを聞いた瞬間、姉の表情が青ざめた。ぞっとするような激しい感情がたぎる目で、オレを睨んだ。……すぐにいつもの顔に戻って『なにムキになってるの？　バカみたい』ってせせら笑ったけど、あのとき姉がオレに向けた激情は、まぎれもなく本物だったね。

休暇を別荘で過ごしたい、知人を招待したいと突然云い出したとき、オレは姉が何か不穏なことを企んでいることにすぐ気が付いた。悪趣味な悪戯を仕掛けて、幼い頃のオレが怯えたり泣き叫んだりするのを見てるときと同じ顔をしてたんだよ。残酷な喜びに満ちたあの目つきを見たとき、本能的に察知した。

姉は、もしかしたら、オレを殺そうとしてるんじゃないかって」

ハッとしたように瑞穂が息を呑む。

「姉の世界を構成する駒であるはずのオレが、姉の存在を否定した。それが彼女には許せなかったんだろう。自分に対するオレの憎悪が本物であることを感知したんだ。

たぶん、サプライズに乗じて、何らかの方法でオレを殺すつもりだったんじゃないかな。

急にサマーハロウィンなんてものがやりたいと云い出したり、あれこれ準備を云いつけたりして、明らかにいつもと違う様子ではしゃいでいるのを見るにつれ、疑惑は確信に変わっていった。

姉は、別荘でオレに尋ねてきたよ。『アンタは誰かの死を願ったことがある？』って。

『あたしはあるわ。嫌いな人間がどこに行こうが怖くない。好きな人間が自分から離れていかないために、あたしはいつだって好きな人間の死を願うの』って微笑んでたっけ。

何をするかわからない姉が、怖かった。ああ、そうだよ。水の入ったグラスを渡したとき、オレの中には明確な殺意があった。植物から溶け出した毒が体内に回り、確実に息の根を止めることを願って、それを手渡したんだ」

そのときの光景を思い返すように藍人が空を見つめ、それから静かに両手を下ろす。

「――あれは、姉の亡くなった数日後だ。姉が書いた小説、『月のソナチネ』がオレに宛てて送られてきた」

藍人の言葉に、皆が動揺する気配があった。

「……どんな内容だったの」

思わず、というふうに尋ねた瑞穂を藍人がそっけなく一瞥する。

「女流作家の死の真相を巡って、インターネットのサイトを通じて集った見知らぬ男女が、推理劇に参加する。推理劇の中で、不可解な出来事が起こり、様々な事実が明らかになっていく。彼らは彼女の死の状況について推理し合い、想像を巡らせる。彼女を殺したのは、果たして誰なのか？」

美咲は思わず息を詰めた。

「それって……」

「ああ。この推理劇『架空遊戯』は、初めから三島加深の最後の作品、『月のソナチネ』のあらすじに沿って作られたものだったんだよ」

「――――！」

全員の間に衝撃が走った。知らされた思いがけない事実に、言葉を失う。

競い合っていた彼女の未発表作を、知らないうちにまさか自分たち自身が演じていたとは。

『『月のソナチネ』のラストで、犯人は明らかにされないままなんだ。幾つもの伏線が張られ、謎が横たわったまま、それらは明確な解決を見せない。登場人物によって、『あの人物が犯人だったのではないか』という推測が述べられているが、本当のところがどうであったのかは作中で明らかにされない。真相は闇に包まれたまま。

彼らは女流作家の言葉や行動について語り、死について空想を巡らせる。

『彼女を殺したのは』

彼女を殺したのは、本当は誰だったのだろう……？

藍人は含みのある目つきで、皮肉っぽく云った。

「作中、女流作家は別荘で謎の死を遂げる。その小説が送られてきたときの、オレの衝撃がわかるか？──原稿を手にしたまま、どれくらい長い間立ち尽くしていたのかわからない。そのとき、確信したんだ。他の誰にわからなくても、世界中でただ一人オレにだけはわかった。おそらく姉は、自分が殺される可能性を予想していたんだって。あれは姉の告発だ。オレに殺されたというメッセージを、作品に託して──」

「ちょっと待ってよ」

瑞穂が混乱した様子で頭を押さえる。忙しなく動く視線が、彼女の動揺を如実に伝えた。

「あなたが、本当に、作家の三島加深を殺した犯人だとして」

恐ろしい事実を口にしながら、ぎゅっと眉を寄せる。

「余計わからない。だって、なんで？　どうしてこんなふざけたことをする必要があるの。三島加深の死をそのままモチーフにした推理劇をその愛読者たちに演じさせ、犯人は自分ですって？　一体どういうつもりなの？」

瑞穂の問いに、藍人は自虐的な笑みを浮かべた。

「──オレたちは、嫌になるくらいそっくりなんだよ」

くしゃ、と前髪に指を差し入れる。絶望の形に切り取られた彼の目に、反射的に怯んだ。

「鏡を見ると、いつもそこに姉がいるんだ。胸クソ悪い目でオレを見てる。逃れたくて葬ったのに、今もオレを支配し続ける。誰も知らないオレの罪を知ってるんだって責めるんだよ。姉の命日が近付くにつれて、いい加減頭がおかしくなりそうで、うんざりしてね」

一瞬、唇が泣き出すかのように歪む。藍人はそのまま、露悪的な笑みを唇に刻んだ。

「嘲笑ってやりたかったんだよ。いまだに姉の魔力に取り憑かれてるくだらない連中も、自分のこともな。姉は死んだ。もうオレを好きにすることなんて出来ないって、自分の手で証明したかった」

どこか勝ち誇ったような色を湛え、藍人は芝居じみた仕草で告げた。

「オレの長い悪夢にようこそ。そう、この物語の犯人はオレ。オレが姉を殺したんだ。だけど、皆さん。現実にそれを証明できますかね？　今となっては、全てが状況証拠に過ぎないんだぜ。誰もオレを裁けない。それが現実」

自らに云い聞かせるように、宣言する。

「あの女はもう、存在しない。これが最後だ。オレは、この世界に決別してやる」

藍人が、上着の懐からおもむろに何かを取り出した。その手に摑まれた白い原稿の束を目にし、さっと緊張が走る。

瑞穂が興奮した表情で呟いた。

「それって、まさか」

「三島加深の最後の作品となる、『月のソナチネ』だ」

藍人の言葉に、高瀬が意外そうに瞠目する。

「作品は、本当にあったのか……」

どくん、と心臓が高鳴り、美咲は半ば無意識に自分の服の裾を握り締めた。カットソーに施された繊細な刺繍が、美咲の掌で形を崩す。

ふいに、耳鳴りのようなものがした。説明しがたい違和感が体の中で蠢いている。

なんだろう。何かがおかしい。何かが――

藍人は、草薙に歩み寄った。正面から強い視線で見据えられ、草薙が気圧されたように身じろぎする。

「姉の作り出した世界で、姉の作品を愛した者たちの手で真相に辿り着かせること。これは賭けだった。参加者は全く違う結末を導き出すかもしれない。途中でゲームが失敗するかもしれない。オレは、賭けた。興信所を使って身元まで調べさせたのは悪かったが、このゲームは本気で、全力でやってくれなきゃ意味がない。結果、アンタは見事この『架空遊戯』でオレの罪を暴き、真実に辿り着いた。これで全てが終わりに出来る。高橋……いや、草薙透吾さん。ゲームは、アンタの勝ちだ。受け取ってくれ」

耳鳴りがいっそうひどくなる。そのとき、胸の奥からせり上がる違和感の正体に気が付き、美咲はハッと顔を上げた。

差し出された原稿を、ためらいの色を浮かべて草薙が見つめている。

そんな草薙の態度に、藍人は再びはっきりとした口調で告げた。

「この原稿は、アンタのものだ」

草薙は、差し出された原稿と藍人の顔を見比べた。しばらく黙り込んだ後、やがて何かを決したように、原稿を受け取ろうと手を伸ばす。

そのときだった。

「──違う」

自分の口から、そんな言葉が飛び出した。驚きの視線が美咲に向けられる。

「九条……？」

戸惑いを含んだ声で、草薙が名を呼ぶ。美咲は心を決めた。

確信があった。深い、仄暗い場所で明滅する光のようなものが。

藍人に向けて、言葉を発する。

それは美咲自身が思ったよりもずっと力強い響きを持って、その場に響いた。

「三島加深さんを殺したのは、あなたじゃない」

◇

時が止まった。

美咲が放った台詞は、その場に予想以上の衝撃を与えていた。

ひどく長く感じられた沈黙の後で、藍人が剣呑に目を細めた。

「──オレじゃない、だって？」

美咲が頷くより早く、藍人が唇を笑みの形に歪ませる。

「……一体どういう冗談だよ。オレ本人が、姉を殺したって証言してるんだぜ？」

美咲は、怯むことなく続けた。

「いいえ。三島加深さんを殺したのは、あなたじゃありません」

「なんで」

苛立ったように云い、藍人の眼差しが落ち着きなく揺れる。それはこの別荘で彼が姿を現してから、初めて見せる表情だった。

美咲は息を吸い込み、あらためて口を開いた。

「お姉さんに水を求められ、あなたはテーブルの上に置いてあったコップを手渡した。毒が溶け出したコップの水を飲んで彼女は中毒症状を起こし、屋上から落ちて転落死してしまった。——だけどこれって、おかしくないですか？」

「だから、何が！」

「睡眠薬を常用していたお姉さんが、寝る前に部屋へ薬水を持っていくのはなんら不思議じゃありません。だけどあの日、彼女は薬を飲むことが出来なかったんです。何者かによって薬がキッチンのごみ箱に捨てられているのが見つかっているんですから。少なくとも、彼女が常用している薬を飲むために水を必要とすることはありえなかったんです」

いつのまにか、状況が藍人と美咲の奇妙な一騎打ちになっていると、周囲が気付き始めていた。

一体何が始まるというのだろう。瑞穂の目の中に、そんな疑問符が大きく揺れているのが見える。それを目の端で捕らえ、緊張を抑えつけるようにゆっくりと瞬きをしてから、美咲は再び口を開いた。

「何より不思議なのは、足跡です。彼女の足跡は、屋上の縁に向かってまっすぐに続いていたんです。仮に彼女が中毒症状を起こし、ふらついたりしたのなら、屋上に残っていた足跡は多少なりとも乱れているはずでしょう？　毒を飲んで具合が悪くなった彼女が屋上から転落したとすれば、不自然な状況じゃないでしょうか？　警察が事故死と断定したのも、たぶん、この足跡のことがあったからでしょう」

藍人が身構えるように美咲を見る。

「それと、もう一つ。藤森さんの証言によれば、彼女が転落した後に無くなっていたものがありました。お化けとサボテンです。サボテンは、踊り場の明かり取りの窓の下に誰かが移動させていたのが見つかったということでした。シーツを巻き付けて作ったお化けが草薙さんの推理したような使われ方をしたとして、干からびたサボテンは、誰がなんのために動かしたんでしょう？」

柱時計の刻む音が、心臓の鼓動のようにラウンジに響く。

「私の推測では、サボテンを元の場所から動かしたのは、おそらく三島加深さんです」

瑞穂が物問いたげに身じろぎした。草薙は無言のまま、美咲と藍人のやりとりを見守っている。

「藍人君の証言の中で、彼女は水を受け取り部屋を出て行くときに、藍人君に向かって不機嫌そうに『アンタって、結構ものぐさよね』というような台詞を発しています。ものぐさ。これはどういう意味だったんでしょうか？　――おそらく彼女が水を求めたのは薬を飲むためではなく、藍人君が買ってきたサボテンの土がカラカラに乾いているのを見て、水をかけてあげるつもりだったんじゃないでしょうか」

美咲の発した言葉に、はっきりと空気の色が変わった。

「彼女は気まぐれにその小さく弱々しいサボテンに水を与え、日の当たる場所の方が植物にはいいのではないかという単純な思いつきから、明かり取りの窓の下にサボテンの鉢を移動させたんです。だけど土が乾いていたのは、藍人君がものぐさだったからじゃなかった。そう、休眠期です。元々サボテンはそれほど多くの水を必要としません。特に夏場は蒸れて非常に根が腐りやすいために、水をかけず日陰に置いておくことがあるんです。休眠期にたっぷりの水を与えたからこそ、彼女の亡くなった後でサボテンは根腐れを起こして駄目になってしまったんじゃないでしょうか？　つまり」

美咲は、そこで乾いた唇を舐めた。

「彼女は、毒の溶け出した水を口にしなかったんです。当然、中毒症状を起こすはずもありません。――たぶん、彼女は、藍人君が殺意を持って自分に毒を渡したなんてことは全く知らなかったんじゃないでしょうか。彼女を殺したのは、あなたじゃない」

その場に、戸惑いと動揺を含んだ空気が流れた。

「――面白え」

口調とはうらはらに、ひどく張り詰めたものを孕んだ表情で、藍人が美咲を見返す。

「アンタは、姉を殺した犯人が他にいるって云いたいのか？」

美咲は、斬り込むように尋ね返した。

「きっとあなたも、薄々気が付いていたんでしょう？ 彼女を殺したのは、本当に自分だったのか。残された色んな状況から、そんな疑問を感じては、密かに悶々としていたはずだわ。この推理劇を実行したのはお姉さんの世界から決別するため、そうあなたは云った。だけど、もしかしたらそれ以外にも理由があったんじゃないですか？ あなたはただ、真実を知りたかった。本当のところ、彼女を殺したのは誰だったのか」

藍人の目の中の光が、一瞬揺らぐ。美咲は続けて云った。

「……この推理劇を演じていて、なんだかすごく、不思議な気持ちになったの。三島加深さんの小説には、常に血や死の気配が濃厚に漂っています。激しい憎悪や愛情、印象的な台詞やシーンに惹かれる読者も多い。女流作家の謎の死。それを取り巻く、一癖も二癖もある人物たち。演じているうちに、まるで三島加深さんの小説を読んでいるような、その作品世界に入り込んでしまったような、そんな錯覚を覚えました。彼女が死んだ状況が、彼女の描く作品世界を強く連想させたんです。私には、彼女の死と、彼女の作品で描かれる死がかぶって感じられました。それで、思ったんです。

ひょっとしたら彼女の死を演出したのは、他の誰でもない、彼女自身だったんじゃないかって」

周囲が、ぎょっとした顔で美咲を見た。

「藤森さんが証言にしてましたよね。別荘で、彼女のピルケースが無くなったとき、不機嫌になるかと思われた彼女は『ああ、あれね。別にいいのよ』と意外にもあっさりしていて、全く気にした様子もなかったと。

――薬をごみ箱に捨てたのは、実は彼女自身だったんじゃないでしょうか？

だからこそ、常用している薬が紛失したという大事を藤森さんから聞かされても、彼女は怒りも驚きもしなかったんです。薬を捨てたのは、他ならぬ自分自身なんですから。

彼女には、睡眠薬を使う必要がなかったんです。彼女はもう、自分が眠れない夜に悩まされることは二度とないであろうことを知っていたんですから。

自殺というにはあまりにも虚構じみていて、観客の目を意識して作り上げられた舞台装置。

――云うならば、そう」

美咲は顔を上げ、凜とした声で告げた。

「これは三島加深による、三島加深の殺人だったんです」

誰も声を発しなかった。

おのおのが目の前に突きつけられた予想外の事実を咀嚼しようとしてか、緊張した面持ちで黙り込む。沈黙がその場を支配した。

恐る恐る、瑞穂が呟く。

「……つまり、彼女は、自ら命を絶ったってこと？」

「――なるほどね」

ずいぶん経ってから、苦い表情で藍人が吐き捨てた。

「三島加深の殺人、か。最後まで全てを自分の思う通りに演出しようなんて、つくづくプライドの高い姉さんらしい」

横顔に、微かに傷ついたような色が見て取れる。

「……姉が生きることに絶望したんだとしたら、最後のひと押しをしたのは間違いなくこのオレだな。追いつめて、姉の世界を壊した。オレのことを、さぞ憎んでたろうな」

美咲の胸を、絶望がかすめた。口の中が乾く。

――もしかしたら自分は、ひどく残酷な事実を彼に告げようとしているのかも知れなかった。しかしそれでも、どうしても云わずにはいられなかった。

逡巡の後、美咲は声を発した。

「違います」

藍人が怪訝そうに美咲を見る。美咲は小さくかぶりを振り、もう一度、懸命に伝えた。

「違います、そうじゃありません。推理劇の証言を思い出して下さい。皆が口を揃えたように、あの日の彼女は幸せそうだったと話しています。

まるで好きな人に会いに行くみたいに、とても満ち足りた表情をしていたんだって」

瑞穂が、再び狐につままれたような表情になる。草薙は黙ったまま、ただじっと美咲を見つめていた。

「これは彼女自身の死をもって作り上げられた作品。だとしたら、彼女はこの特殊な舞台を誰に見せるつもりだったんでしょう。謎めかした自分の死を、誰に紐解いて欲しかったんでしょう？」

藍人が、理解不能な言語を耳にするように眉をひそめる。

美咲は構わずに続けた。

「――藍人君」

名を呼ばれ、藍人の体が微かにこわばった。

「三島加深さんにとってあなたは、最も近い場所にいる人間だった」

美咲の発する言葉を聞きながら、藍人が何かを恐れているのに気が付く。

彼の中に潜む、何かとてつもなく大きなものを。

「だけどあなたは彼女自身から目を逸らし、そこから逃げ出そうとした」

自分自身の居場所を持ち、離れていこうとするこの青年を、彼女はどんな思いで見つめていたのだろう。彼女の中に鬱積していった感情とは、どんなものだったのだろう。

「そのことに怯え、動揺した彼女は、あなたから友人や恋人を取り上げた。あなたを手ひどく傷つけるであろう手段に出た。あなたが密かに書き綴ってた小説を奪い、自分の名前で公に発表した」

美咲の口から、自分のものではないかのような静かな確信に満ちた声が響く。それを告げる。

まるで初めから定められている、彼女の綴った小説の一シーンみたいに。

「彼女の中の火のような何かは、もはや彼女の意志では制御ができないところまで来てしまっていた。このままでは、いつかあなたを焼き尽くす。あなたを呑み込んでしまう前に、彼女はとうとう決意した。――あなたではなく、自分を殺すことを」

藍人は動かない。凍りついたように、瞬きすらせず、ただそこに立ち尽くしている。

「王子を生かすために自らの死を選んだ人魚姫。だけど彼女は、純粋に王子の幸福を願ったわけじゃない。命と引き換えに、呪文をかけた。あなたが彼女と向き合う呪文。あなたの中に、ずっと生き続ける呪文を」

藍人が手にした未発表作に、ハッとしたように皆の視線が集まった。

彼女が最後に藍人に贈った、結末のない小説。謎かけのような問い。

『――彼女を殺したのは、本当は誰だったのだろう?』

幾度も繰り返された悪ふざけに、死んだふり。あっと驚かす方法で、彼の前から消えてみせる。

忘れないで、どうかあたしを忘れないで。

(――あたしが死んだら、あんたは哀しむ?)

最後に仕掛けられた魔法。呪縛であり、全てを賭けた祈りでもある言葉。

「やめろ」

藍人がかぶりを振った。まるでそこが痛むかのように、こめかみを強く押さえる。

「三島加深さんは」

「嘘だ!」

「彼女は、あなたを」

――その後に美咲が続けた言葉を、藍人は瞠目したまま耳にした。呼吸がままならないように、喉元がぎこちなく動く。

信じられないという藍人の眼差しが、呆然と宙を見つめた。

「オレは――」

喘ぐように漏れ出た声。激しい息遣い。藍人の肩が苦しげに上下する。

「オレ、は」

――ぴし、と何かに亀裂の入る音を聞いた気がした。

『羽霧藍人』という名の仮面がひび割れる。その裂け目から、美咲の知らない誰かが顔を覗かせる。

割れた仮面が藍人の皮膚からゆっくりと滑り落ち、地面の上で砕け散るのを、美咲は見た。

先程とは違う、見知らぬ青年の双眸がそこにあった。

まるで今しがた覚えたばかりのようなおぼつかない発音が、色を失った唇からこぼれ落ちた。

「……藍人君」

草薙が呼びかけた。びくりと藍人の肩が跳ねる。

愛想のない、しかしまっすぐな口調で草薙は云った。

「その作品を受け取るのは、オレじゃない」

藍人が呆然と草薙を見た。それから、原稿に視線を落とす。そこに残された言葉、体温。

──密やかに歪んだ愛情。

藍人のこわばった指先が、壊れ物に触れるように、おずおずと原稿の表面をなぞった。

掠れた吐息が口から漏れる。次の瞬間、藍人の表情がぐしゃりと歪んだ。こらえきれないように、喉の奥から押し殺した叫びが上がる。

いつか拒絶の言葉を吐き出したその唇が小刻みに震え、ひび割れた声が、そして最後に彼女を呼んだ。

姉さん。

「僕は──」

「──僕の、もの、だ」

……仕掛けられた最後の魔法が発動する瞬間を、美咲は見た。

息を吐き出す。わかった、わかってしまった。なぜ自分が、三島加深の作品に惹きつけられたのか。

変わりゆくことを知ってしまった自分と、変わらないことを選んだ彼女。

狂おしいほどに彼女になりたくて、でも決してそうはならないことを、もはや美咲は知っていた。

最後の呪文。彼女は全てと引き換えに、最愛の人の望む言葉を手に入れた。

誰も身動きする者はいなかった。

静まり返ったラウンジに、藍人の嗚咽だけが、いつまでも微かに響いていた。

◇

「これが誰かの見た夢の中ではないと、どうして云い切れるのかしら。誰かが目を覚ました瞬間、私たちはぱっと消えてしまう儚い蜃気楼のようなものかもしれないのに」

鏡の向こうの自分が囁く。ソナチネは流れ続ける。

「私もあなたも、そして彼女も。きっと全てが夢の中の一瞬の存在なんだわ」

「そう……そうかもしれない。それでもあなたは、かわらない心を信じるのね」

鏡の表面が水面《みなも》のように揺らぎ、そこに映る自分の姿が輪郭を失う。向こう側へ消えてゆく。

「これはあなたの、夏の王国」

九条茜は、微かに笑みを浮かべた。

「――さようなら。もう一人の私」

――三島加深『月のソナチネ』

【LOG OUT】

――青井瑞穂こと、『ゆっぴぃ』はバス停のベンチに腰掛けたまま、ぼんやりと地面を眺めていた。

軽い眩暈を感じるほどに、アスファルトの照り返しが強い。

SPF高め、もちろんウォータープルーフのクリーム。帽子と上着で紫外線対策をしてみたものの、皮膚の表面が日に焼けるのは免れそうにない。

みっともなく鼻の頭や頬が赤くなるのは、まっぴらご免だ。いつもなら、こんな日差しの強い日には人一倍ぴりぴりしているところだ。けれど。

先程から漠然と胸を占める何かが、彼女を上の空にさせていた。もうこの世には存在しない女性の、いびつな愛情の形が頭を離れない。

蝉の声が降ってくる。サンダルを履いた足元に、再び視線を落とす。

――それはふとした瞬間に、胸の内を這い上がる。庭先に落とした甘い物のカケラに、いつのまにか黒い蟻がびっしりと群がっているのを目にしたときのぞっとする感じ。

いつかの、彼の声を思い起こす。

「ある種の深海魚はね、とても興味深い愛し合い方をするんだ」

そう云って微笑む。彼の唇が動くのを、なんとはなしに見ていた。

「暗い深海で彼らが出会う確率はあまりにも低い。だから雄は、雌と出会ったらすぐさまその体の一部に口づける。食らいつくんだ。雄の口元が次第に溶け始め、いつしか雌の体に吸収され、退化して最後には心臓と循環器と生殖器しか残らない。雄は一生、雌の体にぶら下がったまま、共に深海を泳ぐ」

自分がどんな反応をしたのかは覚えていない。ふうん、とか、シュールね、とか、たぶんそんなそっけない言葉を返したような気がする。

「自分の存在が退化して、相手に吸収されていく気分って一体どんなものだろうと、つい考えてしまわない？」

考えないわ、きっぱりと云い切る。

好きな人と一つになりたいとか、離れていても気持ちは一つだとか、漫画やドラマでうんざりするほど使い回されてる陳腐なお決まりの台詞。自分と相手を同じ概念で捉えて勘違いの幻想抱いて安心したつもりになってるなんて、馬鹿馬鹿し過ぎていっそ笑える。ペアルックで歩いてる恋人同士なんてシュールな生き物、生理的に気持ちが悪すぎてどうしていいのかわからない。そういう輩に限って、相手が自分のイメージに反した行動を取るや否や裏切ったとか裏切られたとかすぐに騒ぎ立てたがるくせに。自分と相手は別々の人間だし、お互いが一個の人格として成立していなければ一緒にいて何の意味があるって云うの？　誰かと一つになりたいなんて決して思わない。

「うん、そうだね。祐里は強い子だから」

優しげに、そして少し寂しそうに年上の彼は笑う。

「だから、頑張れ」

進学のために離れた場所で暮らすことになった彼に、平気だと告げる。

自分には目標があって、そのために頑張っていて、だから彼が側にいなくても平気だと。自分には自分の世界があるから。だから四六時中そばにいたいなんて思わない。わたしたちのこころは変わることなんかない。

――けれどふとした瞬間、胸の内を這い上がる何かの存在に気が付くのだ。

いつからか、ホームドラマを観るのが怖くなった。

不治の病。支え合い、残された命を精一杯生きようとする家族たち。先の読めるありふれた展開。二時間の枠で気持ちよく泣けるシノプシス。冷めた思考で思う。日本人て、ほんとこういうお涙頂戴もの好きだよね。

ある日突然、想像してぞっとした。

一生を一緒に生きていこうと決めた相手が、あと少しでこの世から存在しなくなると宣告されたら、それはどれほどの恐怖だろう？

うなじを汗が伝う。

うだるような気温の中、視線を上げると、道路の端にさんさんと日差しを浴びる電話ボックスが見えた。足が自分のものではないように動き、ふらりと立ち上がる。

ドアを開くと、ボックス内のこもった熱気がむっと顔に当たるのを感じた。受話器を握る手が微かにこわばっているのに気が付く。ダイヤルを押す。

自分からかけたことはほとんどない、だけど明確に覚えている番号。

喉の奥が震える。受話器の向こうで、回線がつながる気配がした。

「……慎ちゃん？」

誰かを欲しいと口にしたことなんて一度もなかった。依存するのはみっともない行為で、自分に確かなもののない女のすることだと思った。

しかし今、自分は、こんなにも脆い。

視界が急速に滲み、剝き出しの声が頼りなく揺れた。

どうしても云えなかった言葉を、彼に伝えるために。

ねえ。

――わたし、寂しかった。

◇

高瀬浅黄こと、『シェリング』はフェンスに手を掛け、眼下の景色を見渡した。駅ビルの屋上のコンクリートが、靴の下から日差しの熱さを伝えてくる。右足首の白い包帯を一瞥し、小さく苦笑する。……まったく、ざまはない。

何気なく目をやると、壁に貼られた一枚のポスターが視界に飛び込んできた。駅ビルに入っている大型書店のものらしい。ポスターの写真の中、すました顔で笑みを浮かべる自分の姿があった。

『現役大学生、新進気鋭のミステリ作家デビュー！』

仰々しい宣伝文句から、視線を外す。煙草を抜き取ろうとポケットを探った指先が、ふと何かに触れた。

それは、トランプのジョーカーだった。ゲーム中にポケットにしまいこんだときのものらしい。カードを目にし、ふっと笑う。

「ジョーカー、か」

シェリングフォード。

かの名探偵シャーロック・ホームズが誕生する前、コナン・ドイルが彼につけた仮の名前。ドイル曰く、出来損ないの名探偵。ホームズの前段階。

にやにや笑いを浮かべるジョーカーを見つめる。この推理劇において、結局自分は彼女の動かす人形に過ぎなかったというわけだ。

足首に鈍い痛みが沈み込む。やれやれ、自嘲的に嘆息する。——けれど。

雲一つない夏の空に抱かれ、視界に家々が広がる。蛇行した線路の上を電車がゆるゆると走っていくのが見える。

彼は眩しげに目を眇めた。フェンスを越えた先、何もない空間で、ゆっくりとその指がトランプを破り裂く。

手を離した瞬間、細かくちぎられたジョーカーの欠片は宙に舞い、生ぬるい風に流されて消えた。

瞼を閉じる。敬愛すべき名探偵の台詞を、口の中でそっと呟いてみる。

『誰だって経験によって学ぶものさ。今度の事件で君が得た教訓は、他の可能性というものを決して忘れてはいけないということだ』

そう、いつだって世界は謎と矛盾に満ちている。

――そしていつかきっと、自分はそれを解き明かしてみせるのだ。

「……仕切り直しだな」

夏の匂いの空気が肺に吸い込まれる。

再び目を開けたとき、そこには眩い八月の光が溢れていた。

◇

行き交う人々を眺めながら、美咲は駅の広場で隣に佇む草薙に声をかけた。

「ねえ」

路上に濃密な日差しが落ちる。怪訝そうにこちらを見る草薙を、美咲は軽く睨んだ。

「本当は、初めから気が付いていたんじゃないですか？　三島加深さんは自殺だったってこと」

草薙が目を細め、やんわりと尋ね返してくる。

「どうして？」

「……藍人君を犯人だと断定するくだりが、なんだか強引だった気がして」

そもそも他人との距離の取り方がフラットな印象を受ける草薙が、あんなふうに性急な形で藍人を追及したこと自体、およそ彼らしくなかった。

別荘に向かう前、草薙に請われ、自宅に電話をかけたことを思い出す。

……今にして思えば、ゲームの参加者が実際には殺害されていないと推測していたからこそ、草薙はああいった行動に出たのだろう。

**『別荘の中には、冷たい亡骸が横たわっていた。そして最後に立っているのは、探偵と犯人のみとなった』**

推理劇の中で与えられた役柄に忠実に沿ったような行動。それは、まるで。

「あなたは藍人君を追い詰め、罪を暴き出す探偵役を敢えて演じてみせたんじゃないですか。彼がそれを、望んでいたから」

草薙は首を横に振り、ぎこちなく微笑んでみせた。

「買いかぶりすぎだよ。オレは君が思っているほど頭のいい人間じゃない」

「でも……」

尚も云い募ろうとした美咲は、草薙の穏やかな眼差しにぶつかって口をつぐんだ。

生温かい風が吹く。草薙が遠くを見る目つきで、呟いた。

「ゲームを、終わらせよう」

そうしなければならないことが、美咲にもわかっていた。

腕時計に視線を落とす。午後二時五十三分。あとわずかで、ゲームの終了時間だ。

あと七分で魔法が解ける。

自分がいつも通りの天野美咲に戻るまで、残された時間はもう残り少ない。ふいに、焦れるようなもどかしい思いが込み上げてきた。

九条茜でいられるのは、あとわずかだ。美咲は息を吸い込んだ。

「――嘘をついたわ」

美咲の言葉に、草薙が怪訝そうに視線を上げた。勇気をかき集め、口を開く。

「父が再婚相手の女の人と共謀して、母を殺したかも知れないなんて嘘。母はどこかの山の中に埋められているかもなんて、嘘。……だって」

自分の声が、微かに揺れるのを自覚した。口の中が苦くなる。

「生きてるんだもの。母は再婚して、新しい家庭を持ってる。会いたいって云われたけど、私が会わなかったの。殺されてなんかいない」

偶然、仲良さそうに家族と町を歩く母の姿を見た。見なかったふりをし、とっさにその場を立ち去った。

それを見てはいけないのだと、美咲の中の何かが告げた。

「……うん、知ってる」

草薙が静かな表情で頷いた。目を瞠り、驚いて問い返す。

「どうして」

「お父さんが再婚したって云ったね。——失踪したままのお母さんに死亡宣告が下されるには、短い期間だ」

ふっと草薙の目元に柔らかい色が浮かぶ。それを目にした瞬間、唐突に泣き出したくなった。

「だって」

怒りのような、哀しみのような、自分でも理解しがたい感情が押し寄せてきた。

一度震えて崩れてしまった声は、立て直そうとしても、もうどうしようもなかった。

「だって、母は冷たい山の中で埋められてるって思った方がいいじゃない。帰ってきたいのに、自分の力ではどうしようもない事情で帰れなくなったんだってそう思う方がいいじゃない。私を捨てて、父のことも捨てて、自分で選んで出て行っただなんて思いたくないじゃない」

いつか近所の主婦が眉をひそめて囁いていた、陰口を思い出した。

（……ていったばかりなのに、もう再婚だなんてねえ。最近の……は、非常識にもほどが……）

（美咲ちゃんは……）

遮っていたノイズが消え去り、甲高いその話し声が、美咲の中で鮮明になる。

（ご主人と娘さんを置いて出ていったばかりなのに、もう再婚だなんてねえ。最近の母親は、非常識にもほどがあるわよ）

（美咲ちゃんはいい娘なのに、可哀想にねえ）

可哀想だなんて云われたくなかった。だってそうしたら、自分は大切な人に「可哀想なこと」をされたのだと、認めなければならなくなってしまう。

——だから、脆弱な物語で、自分を守った。

わあんと頭の中で鳴り響くセミの鳴き声。夏の終わり、美咲にとっての世界の終わり。

玄関先で立ち尽くす美咲を、母が振り返った。美咲に向かって伸ばされる白い腕。華奢なその腕が、美咲の身体を抱き締める。彼女から離れないためではなく、別れを告げるために。

耳元で囁かれる、声。

（——ごめんね、美咲）

草薙がそっと目を細め、静かな声を出す。

「……それでも君は、お母さんが冷たい死体となって山の中に埋まっているのではなく、生きていてよかったと思うはずだよ」

「思わないわ」

「お母さんが幸せであればいいと願うと思う」

「思わない」

「君はたぶん、そういう人だ」

「偽善よ」

意固地になった子供のように、頼りなく震える自分の声が繰り返す。

——二時五十七分。あと、三分しかない。

話をしたかった。自分が見ているもの、考えたこと。それにはあまりにも時間が足りなかった。

色々な感情が自分の中でぐしゃぐしゃに絡まって、息が詰まる。強過ぎる日差しの中で目を伏せて、呼吸を整え、やがて美咲は顔を上げた。

「私」

偽りのない自分の声が、拙い言葉でそう告げる。

「……会えてよかったと、思う」

その囁きはざわめきにかき消されることなく、彼の耳に届いただろうか。

草薙は黙ったまましばらく美咲を見つめ、ゆっくりと口元を綻ばせた。

それは切なくなるくらい、いい表情だった。

「オレも君に会えてよかった。本当にそう思うよ」

——駅の大時計が鳴った。鐘の音が高らかに響き、三時を告げる。

微かな寂しさが胸をよぎる。少しでも彼の目に晴れやかに映ることを願いながら、美咲は明るく微笑んだ。

「さよなら」

草薙が優しげな色を滲ませて、返事を返す。

「——さようなら」

振り返らず、背を向ける。互いに別々の方向に向かって歩き出す。

世界が消える。九条茜も、草薙透吾も、もういない。

小さな喪失感があった。しかし、不思議なくらいに気持ちは軽かった。

——さて、と。旅行バッグを肩からかけ直して、自然とそんな呟きが口から漏れる。

やるべきことがたくさんあった。家族に叱られて、この三日間の出来事をなんとかうまく云い訳して、それから両親が心配して電話をかけてまわったという友人たちにも弁明をしなければ。思わず溜息をつく。

……だけど、まずは家に帰って、苺のババロアを食べよう。

重い荷物を肩から下げ、けれどどこか浮き立つような足取りで、美咲は雑踏の中へと消えていった。

# エピローグ

蒸し暑い室内に、陽光が注がれる。

学校の誰もいないパソコンルームの席に座り、美咲は先程からディスプレイを眺めていた。

夏休みに入った校舎はうって変わって静かだった。

開放されているとはいえ、部活動に励む一部の生徒を除いて、クーラーの入らないこの場所で自主勉強に勤しもうという者は限りなく少ないようだ。

画面の中で、カーソルが同じ場所で止まったまま所在なげに瞬く。

パソコンから少し離れた位置に置いた、緑茶のペットボトルを手に取る。もうぬるくなってしまったそれを口に含むと、それでもいくらか暑さが和らいだ気がした。

ゲームから帰宅した後。家で美咲を待ち受けていたのは、怒り心頭の父親と、取り乱す未和子だった。

話せる部分だけを取り出して、どうにか辻褄を合わせた説明を試みる。

インターネットの推理小説愛好者が集まるサイトで、オフ会をしようという話になった。楽しく語らっていたら、ついつい時間を忘れて連絡するのを忘れてしまった。

……我ながら果てしなく間の抜けた云い訳だ。

心配かけて、ごめんなさい。素直にそう頭を下げる。それは本心からの言葉だった。

「美咲ちゃん！」

父親の説教がひとしきり終わった後、リビングで向かい合っていた未和子が、きっと美咲を睨みつけた。本気で怒っている。

「どれだけ……どれだけ心配したと思ってるの？」

云うなり、興奮した様子で席を立つと、キッチンに姿を消してしまった。美咲が追うべきかためらっていると、何かを手にした未和子が再び戻ってきた。トレイに載せたそれを、乱暴に美咲の前に置く。……苺のババロアだ。

困惑して、目の前に置かれたピンク色の物体を見つめた。おかしいような、泣き出したいような奇妙な感情が美咲の胸をよぎった。

ああ、と思う。……結局のところ、自分はこの人のことが好きなのだ。

美咲はスプーンを手に取り、冷たいババロアをひとくち口に運んだ。

「未和子さん」

「なんなの!?」

すねたように子供っぽく頬をふくらませた未和子に、美咲は云った。

「——美味しい」

ふいをつかれた表情で、未和子がまじまじと美咲を見つめる。その瞳が、みるまにうるんだ。未和子が慌てたようにそっぽを向く。

自分たちは血のつながらない他人同士で、それは変わらなくて、今すぐに『本当の家族』になんてなれるはずがなくて。……だけど、それでも。

「姉さん」

戸口に現れた守が、手にした本を振ってみせた。見覚えのあるそのタイトルに、驚いて見返す。三島加深『空色眼球』。

守がはにかんだ表情をし、そっけない口調で云った。

「これ、けっこー面白いね」

両親の前では知らん顔をしてみせた守が、ちらりと共犯者めいた視線を送ってきたのに気が付いた。本当のところ何があったのか、僕には聞く権利があるはずだよね？　好奇心に満ちた眼差しが、如実にそう語っている。まったく、こまっしゃくれた弟を持ったものだ。苦笑する。

ブックマークに登録してある『月の裏側』をクリックすると、「Ｎｏｔ　Ｆｏｕｎｄ」のそっけない文字が表示された。……あの場所は、既に存在していなかった。

ほとぼりはまだ冷めておらず、父親から当分の間インターネット禁止令が出て、あの日以来、自分のパソコンが没収されてしまった。

そんなわけで、こうして学校のパソコンルームにやってきたのだが。

パソコンの画面を見つめる。開かれたまま、まだ一文字も書かれていないメールのウィンドゥ。ゆっくりと一つ、瞬きをした。

――新しいゲームを仕掛けるつもりだった。

少し考えた後、美咲はキーボードに手を伸ばした。メールの件名を入力する。

『はじめまして』

インターネット上から削除された『月の裏側』は、もうどこにもない。

ジョーカーのメールアドレスも既に解約された後らしく、宛先不明で戻ってきてしまった。あれは本当にあったことだったんだろうかと、そんなふうにすら考える。

けれどたった一つ、司と蟬コロンの交わした短いやり取りだけが、それが夢でないことを美咲に教えた。

『はじめまして、天野美咲といいます』

迷いながら、ぎこちなくキーを叩く。

『千葉県在住の十七歳の高校生です。趣味は本を読むことと、お散歩。好きな作家はレイ・ブラッドベリと、それから、三島加深さんです』

気温が高い。衣服の下の素肌がじっとりと汗ばむ。

『知っていますか？　とても綺麗な文章を書く作家さんです。特に『かくも美しき白昼夢』という小説がお気に入りです。あなたの趣味は何でしょうか？　最近気になっていることは何ですか？　よろしければ、お返事を頂けたら嬉しいです』

キーを打つ手を止める。その手が、再び動き出した。

『ところで今週の土曜日、地元で納涼祭があります』

学籍番号と、学校名の特定できるメールアドレス。誰かの役柄ではない、美咲自身の言葉で綴る。

『夜には花火大会があるそうです。もしよかったら、一緒に行ってみませんか？　夏が終わる、その前に』

少しだけ緊張して文面を読み返した後で、思い切って送信をクリックした。軽やかな電子音と共に、あっけなくメールが送信される。

美咲は息を吐き出した。返事は来るかもしれないし、来ないかもしれなかった。

席を立ち、窓辺に歩み寄ると、校庭を見下ろす。ボールを打つ金属バットの小気味いい音。野球部員の歓声が、遠くで漣みたいに広がった。つられたように蝉が鳴く。

しばらくそうしていると、色濃い緑の匂いがした。窓から差し込む陽射しが床の上で生き物みたいにちらちらと踊る。

と、背後で、メールの受信を告げる音がした。美咲は振り返った。

視界の中で夏の光が鮮やかに姿を変え、そして、

――はじけた。

かわらないこころは存在すると思いますか？

# 解説

書評ライター 小池啓介

何かに興味を持ち、知識を深めていく行為は、私たちの日常を彩り生活を豊かにする。楽しみの範囲にとどまらず、心の支えになることもあるだろう。けれども、執着心が凝り固まり過ぎれば、居心地の良かったはずの世界は、あたかも牢獄のような自らを縛りつける場所になりかねない。愛着と依存を隔てる壁は、ときに容易に崩れ去る。

本書『夏の王国で目覚めない』は、そんな愛するものの存在に囚われた少女の運命を、謎解きミステリの手法によって描き出した長篇小説である。

本書は、二〇一一年八月に早川書房より《ハヤカワ・ミステリワールド》叢書の一冊として刊行された。二〇〇九年、第七回富士見ヤングミステリー大賞準入選作『未成年儀式』（現・幻冬舎文庫。文庫版では改稿の上『少女は夏に閉ざされる』と改題）でデビューした彩坂美月の三作目にあたる作品で、第十二回本格ミステリ大賞の候補にもなっており、今回が初の文庫化となる。

主人公は、高校生の天野《あまの》美咲《みさき》。三年前に実の母が姿を消し、父親は再婚した。新しい母親と血のつながらない弟と暮らす日々に違和感を抱きつつ、家族のひとりを〝演じながら〟彼女は日々を送っている。

美咲の心に安らぎを与えるのは、小説家、三島加深《みしまかふか》の著作を読むことだ。三島は「一部に熱狂的なファンを持つ、年齢も性別すらも明かさない謎の作家」、いわゆる覆面作家であるが、三年前にデビュー後、四冊目の著作を上梓してから一年間、ぷっつりと刊行が途絶えていた。その言葉に自分のすべてが暴かれた――三島の作品を読んだ美咲はかつてない感銘を受け、いつしか作品のみならず、作者のことをも知りたいと願うようになった。三島加深の存在は、今いる世界に生きづらさを感じている美咲にとっての癒しとなったのである。

やがて、あるきっかけから三島のファンサイトの存在を知った美咲は、そのなかにある隠しサイト〈月の裏側〉にたどり着く。ジョーカーと名乗る管理人が設けた掲示板への書き込み形式のサイト内で、彼女は「蟬《セミ》コロン」という即席のハンドルネームを使い三島加深について語る会話に参加し、依存の度合いを深めていく。

およそ一カ月がたった頃、美咲のもとにサイトの管理人ジョーカーから「架空遊戯に参加しませんか?」と書かれた案内メールが届くことで、物語は動き出す。

参加者は七人。期間は二泊三日。それぞれが与えられた役を演じ、「コマンド」と呼ぶ指示に従っていくのだが、〝劇中〟では事件が起こり、参加者のなかに被害者と犯人がいると